우리 시대의 영웅

Герой Нашего Времени

세계문학전집 228

우리 시대의 영웅

Герой Нашего Времени

미하일 레르몬토프

오정미 옮김

민음사

서문

    모든 서문은 책의 처음이자 마지막을 의미한다. 그것은 해당 작품의 목적을 설명하거나, 작품을 변호하며 비평에 답하려 한다. 그러나 대개의 독자들은 도덕적 목적이라든지 비평적 논란에는 관심이 없기 때문에, 서문을 읽지 않는다. 유감스럽게도 특히 우리 나라에서 그러하다. 우리의 대중은 아직도 너무나 미숙하고 순박하기만 해서, 마지막에 교훈을 찾을 수 없는 우화라면 이해하지 못한다. 그들은 농담을 알아듣지도 못하고, 풍자를 눈치 채지도 못한다. 간단히 말해서 그들은 형편없는 교육을 받은 것이다. 그들은 고상한 사교계나 책 속에는 노골적인 욕설이 없다는 점에 대해서도 알지 못한다. 동시대 교육이 보이지는 않지만 더욱 날카롭고 치명적인 무기를 만들어 냈다는 점에 대해서도 알지 못한다. 이 무기는 아첨하는 척하다가 피해 갈 수 없을 지점을 향해 정확한 공격을 날린다. 우리의 대중은 마치 전쟁 중인 양 진영으로부터 온 외교 사절들의 대화를 엿듣는 시골 사람과도 같다. 즉, 그들이 서로 간의 연약한 우정을 위해 각자의 정부를 배신하고 있다고 믿어 버리는 것이다.

불행히도 최근에 이 책은 낱말 그대로의 의미를 믿어 버리는 독자들이나 심지어 잡지들의 질타로 인해 애를 먹었다. 그들 중 몇몇은 '우리 시대의 영웅'과 같이 부도덕한 인물을 한 전형으로 제시한 점에 대해 정말로 몹시 화를 냈다. 다른 몇몇은 이 인물이 작가 자신이거나 작가가 아는 다른 사람의 초상일 거라는 애매한 지적만 남겼다……. 이 얼마나 낡아 빠지고 가여운 농담이란 말인가! 그러나 낡은 러시아는 이미 그렇게 만들어졌으니, 이제 남은 것은 새로워지는 일뿐이다. 다음과 같이 무의미한 일들만 사라진다면 말이다. 즉, 우리의 환상적인 이야기들 중에서도 가장 환상적인 이야기가 특정 개인을 모욕하려는 기도로 여겨지며 비난받아야 하는 것!

제군들이여, '우리 시대의 영웅'은 분명 하나의 초상이지만 한 사람의 초상은 아니다. 이 초상은 극한에 다다른 우리 세대의 모든 악덕으로부터 구성되었다. 그럼 그대들은 다시 물을 것이다. 어떤 사람이 이렇게까지 악랄할 수 있겠느냐고. 그렇다면 나는 이렇게 답하겠다. 이제껏 그토록 많은 비극과 낭만주의 악당들의 존재를 믿어 왔으면서, 대체 왜 페초린의 실제만은 믿을 수 없단 말인가? 만약 그대들이 훨씬 더 무섭고 괴상한 공상을 즐겨 왔다면, 왜 역시 하나의 공상에 지나지 않는 이 인물에게 자비를 베풀 수 없단 말인가? 혹시 그대들의 바람보다도 더 커다란 진실이 이 인물 안에 존재하는 것은 아닌지?

여기에서 도덕을 찾아볼 수 없다고 했던가? 용서하길. 사람들은 단맛에 물릴 만큼 물린 데다, 이제는 소화마저 안 될 지경이다. 그들에겐 좀 더 쓴 약이 필요하다. 신랄한 진실 말이다. 그러나 이런 말을 했다고 해서, 이 책의 저자가 인류의 악덕을 고치려는 것과 같이 오만한 꿈을 꾸고 있다는 생각은 하지 말아 주길 바란다. 신이시여, 그와 같은 무례함에서 그를 구하시길! 저자는 단지 그가 이해하는 방식대로 이 동시대인을 그려 가는 일에 즐거움을 느낄 뿐이다. 그리고 우리 모두에게는 안된 일이지만, 이러한 종류의 인간은 아주 자주 만날 수 있다. 아마도 여기에서 저자의 몫이라면 이 질병의 존재를 알리는 것일 뿐, 어떻게 치료해야 할지는 신만이 아시는 것이다!

차례

일러두기

1. 이 책의 원문은 제츠카야 리테라투라 판 Герой Нашего Времени(1967)이다.
2. 러시아어 표기는 국립국어원의 외래어 표기법을 따랐다. 단 구개음화를 적용하였
으며(나스챠 등) 외국어를 차용한 러시아어는 예외로, 또 Ш(쉬)와 Щ(슈), З(즈)와 Ж
(쥬)로 구분하였으며, Ц(츠)는 어말과 자음 앞에서 '츠'로 표기하였다.(케르츠, 자네츠
카 등) 다만 관용화된 인명의 경우엔 Ц(치)로 표기하였다.(알렉산드로비치 등)
3. 미터법 시행 전 러시아의 길이 단위인 베르스타는 미터로 변환하였다.
4. 지명의 의미는 본문 내 괄호 안에 설명하였다. 그 외의 괄호는 원문에 있는 것이다.
5. 별도의 표시가 없는 주석은 모두 옮긴이의 것이다.

1부

벨라*

역마차로 치플리스에서 오는 길이었다. 내 작은 짐마차 안에는 그다지 크지 않은 여행 가방 하나가 들어 있었고, 가방의 반은 그루지야 여행 중에 썼던 일기로 채워져 있었다. 그 일기 대부분이 분실된 것이 당신에겐 다행한 일이며, 나머지 짐들이 무사했다는 점에선 나도 운이 좋았다고 본다.

코이샤우르 계곡으로 들어섰을 때 태양은 이미 눈 덮인 산 너머로 기울고 있었다. 오세트인 마부는 해가 지기 전 코이샤우르 산으로 오르기 위해 계속해서 말을 몰아갔다. 그는 목청껏 노래를 불러 댔다. 얼마나 멋진 계곡이었던가! 사방에는 오를 수도 없는 산들이 솟아 있었고, 녹색 담쟁이를 매달고 플라타너스 숲을 관처럼 쓴 붉은 절벽들과, 움푹 팬 구덩이들이 잔뜩 늘어선 누런 낭떠러지들이 보였다. 그 위 높은 꼭대기에서

---

* 투르크(터키)어로 불상사, 재난, 불행 등을 뜻한다.

는 술 장식처럼 늘어진 눈 더미가 금색으로 빛났고, 아래에는 아라그바 강이 흐르고 있었다. 이 강은 안개 자욱한 암흑의 협곡으로부터 소란스럽게 뿜어 나온 다른 이름 없는 강줄기와 만났는데, 그 작은 강은 마치 뱀이 비늘을 벗듯 은빛 실처럼 뻗어 가며 반짝였다.

코이샤우르 산기슭에 다다라서 한 선술집 옆에 멈추어 섰다. 그곳에는 시끄러운 그루지야인들과 산악민 스무 명가량이 모여 있었다. 그들의 낙타 행렬은 밤을 새우기 위해 가까운 곳에 자리 잡고 있었다. 나는 내 마차를 그 빌어먹을 산 위로 끌고 올라가기 위해 황소를 빌려야 했다. 왜냐하면 때는 이미 가을이라 길 위에 살얼음이 깔려 있었기 때문이었다. 게다가 산으로 오르는 길은 거의 2킬로미터나 되는 거리였다.

다른 방도가 없었기에, 황소 여섯 마리를 빌리고 오세트인 여럿을 고용했다. 그들 중 하나가 내 가방을 어깨에 짊어졌고, 나머지 대부분은 한 목소리로 고함을 지르며 황소를 몰았다.

내 마차 뒤로는 산더미 같은 짐을 지고도 끄떡없어 보이는 황소 네 마리가 따라왔다. 나는 그러한 상황이 놀라웠다. 황소의 주인은 은을 박아 넣은 작은 카바르다산(産) 파이프로 담배를 피우며 걸어왔다. 그는 견장이 떨어진 장교의 외투에 체르케스인의 털 달린 모자를 쓰고 있었다. 나이는 쉰 정도 되어 보였다. 가무잡잡한 얼굴빛에서 카프카스의 태양을 오래전부터 보아 왔음을 알 수 있었다. 콧수염은 벌써 회색으로 변해 있었는데, 그 단단한 걸음걸이와 박력 있는 모습에는 어울리지 않았다. 나는 다가가서 고개를 숙여 인사했다. 그는 조용히 고개 숙여 내 인사를 받았고, 거대한 담배 연기를 내뱉었다.

"우리, 길동무가 되겠는데요?"

그는 아무 말 없이 다시 한 번 고개를 숙였다.

"스타브로폴로 가시는 거죠?"

"네, 그렇습니다. 관청 물건을 가지고요."

"궁금한 게 있는데요. 제 빈 마차는 짐승 여섯 마리에 오세트인들이 붙어서도 낑낑대며 끌고 가는데, 왜 그쪽 무거운 마차를 끄는 황소 네 놈은 전혀 힘들어 보이지 않는 건가요?"

그는 능청맞은 웃음을 지으며, 의미심장한 눈빛으로 나를 보았다.

"카프카스에 오신 지 얼마 안 됐죠?"

"일 년쯤 됐습니다." 나는 대답했다.

그는 다시 한 번 웃음을 지었다.

"왜 그런 겁니까?"

"그건 이런 겁니다! 이 아시아 놈들이 끔찍한 악당인 거죠! 저놈들이 황소의 사기를 북돋우려고 소리를 지르고 있다고 생각하시겠지만, 사실 저건 말도 안 되는 짓이에요! 황소들은 저놈들의 소리를 알아듣거든요. 아마 마차에 황소 열두 마리를 잡아맨다고 해도, 저놈들이 그러자고 소리를 내면 황소들은 꿈쩍도 안 할 겁니다…… 못된 깡패 놈들! 하지만 뭘 어찌시겠어요? 여행객들한테 돈을 뜯어내는 데 혈안이 돼 있는 놈들인걸…… 버릇없는 강도들 같으니라고! 나중에는 분명히 술값도 좀 보태 달라고 할 겁니다. 전 놈들을 잘 압니다. 제 눈은 못 속이죠!"

"여기 오래 계셨나 보군요!"

"알렉세이 페트로비치 장군이 계실 때부터 복무했죠." 그는 조금 거들먹거리며 대답했다.

"장군님이 국경에서 지휘하실 때 저는 소위였어요. 그리고 장군님 밑에서 산악민들과 벌인 전투로 두 번 진급했죠."

"그럼 지금은……."

"지금은 제3상비대대에 있습니다. 실례지만 그쪽은?"

나는 대답했다.

대화는 여기서 끝이 났고, 우리는 아무 말 없이 계속해서 나란히 걸었다. 산 정상에서 눈을 발견했다. 남쪽 지방에서는 늘 그렇듯이, 해가 지자마자 바로 어둠이 밀려왔다. 그러나 눈이 빛나는 덕분에 쉽게 길을 분별할 수 있었다. 길은 더 이상 가파르지 않았지만 여전히 오르막이었다. 나는 가방을 마차 안으로 집어넣고 황소를 말로 교체하라고 지시한 다음, 마지막으로 계곡을 돌아봤다. 그러나 골짜기로부터 파도처럼 솟아오른 짙은 안개가 계곡을 완전히 덮고 있어 아무런 소리도 들리지 않았다. 오세트인들이 나를 둘러싸고 소란스럽게 돈을 요구했지만, 이등대위가 아주 완고하게 꾸짖자 순식간에 흩어졌다.

"지겨운 놈들." 그가 말했다. "러시아어로 빵이 뭔지도 모르면서 '장교님, 술값 좀 주세요!'는 배워 뒀다니까요. 제 생각에는 차라리 타타르인이 나은 것 같아요. 그것들은 그래도 술은 안 마시는데……."

역까지 아직도 1킬로미터는 더 가야 했다. 사방이 조용해서, 윙윙대는 모기 소리를 따라갈 수 있을 정도였다. 왼쪽에선 깊은 골짜기가 검게 변해 갔다. 골짜기 너머의 앞쪽으로 진청색의 산 정상들이 보였는데, 깊게 주름이 지고 층층이 눈으로 덮인 그곳은 석양의 마지막 그림자를 간직한 희미한 지평선을 배

경으로 솟아 있었다. 어두운 하늘에서는 별이 반짝이기 시작했는데, 이상하게도 그 별들은 북쪽에 있는 내 고향에서보다 더욱 높이 있는 것처럼 보였다. 길의 다른 쪽에는 헐벗은 검은 바위들이 튀어나와 있었다. 여기저기 눈을 뚫고 올라온 관목 숲도 보였다. 그렇지만 마른 낙엽 하나 움직이지 않아서, 그 죽은 듯이 잠든 자연 속에서는 세 마리의 지친 역마가 내뿜는 콧소리와 제멋대로 딸랑거리는 러시아의 방울 소리가 기분 좋게 들려왔다.

"내일은 날씨가 좋겠네요!" 내가 말했다.

이등대위는 아무런 대답 없이 우리 바로 앞쪽에 솟아 있는 높은 산을 가리켰다.

"저게 뭡니까?"

"구드 산입니다."

"그런데요?"

"저 연기 나는 곳을 보세요."

정말로 구드 산은 연기를 내뿜고 있었다. 산의 측면을 따라 가벼운 구름의 물결이 기어가고 있었다. 반면 정상에는 검은 구름이 누워 있었는데, 그 색은 검다 못해 마치 검은 하늘에 반점을 찍어 놓은 것처럼 보였다.

벌써 역이 보였다. 카프카스 오두막의 지붕들이 역 주위를 에워싸고 있었다. 상냥한 불빛이 앞에서 깜박거렸다. 축축하고 차가운 바람의 냄새를 맡았을 때, 골짜기가 울리면서 가는 비가 내리기 시작하더니, 양피 외투를 걸쳐 입기도 전에 곧 눈이 퍼붓기 시작했다. 나는 이등대위를 존경스럽게 쳐다봤다.

"여기서 밤을 보내야겠네요." 그는 짜증스럽게 말했다. "이런 눈보라 속에서는 산을 넘을 수 없을 테니 말입니다. 이봐, 크레스토바야 산(십자가 산)에 눈사태가 있었나?" 그가 마부에게 물었다.

"없었습니다, 나리. 하지만 곧 수도 없이 일어날 테죠." 오세트인 마부가 대답했다.

역에는 여행객을 위한 방이 없었기에, 우리는 연기가 자욱한 카프카스 원주민의 오두막에서 밤을 보내야 했다. 길동무에게 가지고 온 주철 주전자로 차를 끓여 마시자고 했다. 그것은 카프카스를 여행하던 중에 내 유일한 위안거리였다.

오두막 한쪽 벽면은 절벽에 기대어 있었고, 문 앞까지 세 개의 미끄러운 계단이 놓여 있었다. 더듬어 들어가던 길에 소 한 마리와 세게 부딪혔다.(이 사람들은 하인들의 방을 외양간으로 쓰는 모양이었다.) 어느 쪽으로 가야 할지를 알 수 없었다. 이쪽에선 양이 울고, 저쪽에선 개가 으르렁댔다. 다행히 한편에서 희미한 불빛이 새어 나와 문처럼 생긴 또 다른 구멍을 찾을 수 있었다. 그곳에선 흥미롭다고 할 만한 광경이 펼쳐졌다. 연기에 검게 그을린 두 개의 기둥이 지붕을 받치고 있는 넓은 오두막 안은 사람들로 꽉 차 있었다. 한가운데 땅 위에 피워 놓은 작은 모닥불은 탁탁 소리를 내며 타고 있었다. 지붕의 구멍으로 들어오는 바람에 쫓겨 되돌아온 연기가 두꺼운 휘장처럼 곳곳에 퍼져 있어서 한동안 주위를 분간할 수 없었다. 모닥불 가에는 노파 둘과 아이 여러 명, 홀쭉한 그루지야인 하나가 앉아 있었다. 그들은 모두 넝마를 걸치고 있었다. 우리는 할 수 없이 모닥불 가에 앉아 파이프에 불을 붙였다. 잠시 후 찻주전자가 반가운 소리를 내며 끓기 시작했다.

"불쌍한 사람들이군요!" 나는 넋이 나간 사람처럼 말없이 우리를 뚫어져라 보고 있는 더러운 집주인들을 가리키며 말했다. 이등대위가 답했다.

"정말 멍청한 종족들이죠. 정말이라니까요! 아무것도 할 줄 모르고 어떤 교육도 받을 수 없는 것들이에요! 강도 아니면 거지인 우리 카바르다인들이나 체첸인들은 적어도 무모하기라도 하죠. 이놈들은 무기에도 관심이 없어요. 아마 제대로 된 단도 하나 가진 놈이 없을 겁니다! 이놈들이 진짜 오세트인들이에요!"

"체첸 지역에 오래 계셨나 보죠?"

"네. 카메느이 브로드(돌여울) 근처에 있는 요새에서 십 년 정도 중대와 있었죠. 어딘지 아세요?"

"들어는 봤습니다."

"아, 이보세요, 전 그 악당들이 정말 지긋지긋했어요. 요즘엔 천만다행으로 사정이 좀 나아지긴 했지만, 예전에는 어땠느냐면 말이죠, 성벽 너머로 백 발짝만 걸어가도 거기 텁수룩한 악마 몇 놈이 앉아서 노려보고 있었다니까요. 일 초만 방심해도 일이 벌어지는 거예요. 밧줄이 목에 감겨 있거나 뒤통수에 총알을 맞거나 하는 거죠. 아, 대단한 놈들!"

"그럼 정말로 많은 모험을 했겠군요?" 나는 호기심이 발동해서 말했다.

"그럴 수밖에 없었죠! 물론입니다……."

이쯤에서 그는 콧수염의 왼쪽 끝을 잡아당기기 시작했고 고개를 떨어뜨린 채로 생각에 잠겼다. 나는 그의 모험담 같은 것이 듣고 싶어 안달이 날 지경이었다. 여행을 하며 일기를 적는 사람이라면 으레 이와 같은 욕구를 갖기 마련이다. 그러는 동안에 차가 다 끓었다. 가방을 뒤져 작은 여행용 컵 두 개를 꺼냈고, 차를 부어 하나를 그의 앞에 놓았다. 그는 한 모금 들이켜더니 혼잣말처럼 말했다. "정말 그랬죠!" 이 외침이 내게 커다란 희망을 주었다. 나는 카프카스의 노병들이 잡담을 나누거나 이야기 들려주는 것을 좋아한다는 걸 알고 있었다. 그러나 그들은 좀처럼 그럴 기회를 가지지 못한다. 왜냐하면 또한 오 년은 중대원들과 어느 벽지에서 머무르겠고, 그러는 오년 내내 '안녕하세요.'라는 평범한 인사조차 들어 보지 못할 것이기 때문이다.(병장들은 '평안을 빕니다.'라고 인사한다.) 그래서 이야깃거리는 넘치고 넘칠 터였다. 주위에는 호기심을 자극하는 사나운 종족들이 있고, 하루하루가 위험천만인 데다가, 기묘한 사건들이 터지는 것이다. 이에 대한 기록이 얼마 없다는 사실이 안타까울 뿐이다.

"럼을 좀 넣어 드시겠습니까?" 나는 나의 대화 상대에게 물었다. "치플리스에서 가져온 화이트 럼이 있거든요. 지금 차가워요."

"아니요, 정말 고맙지만 술은 안 마십니다."

"왜 안 드세요?"

"음, 그건 맹세를 했기 때문이죠. 소위였을 때, 한번은 부대원 전체가 술에 취한 적이 있었어요. 그날 밤에 비상이 걸렸죠. 우리는 잔뜩 취한 채로 달려 나가서 전선에 섰어요. 그리고 알렉세이 장군님에게 들켜서, 물론 벌을 받았죠. 맙소사, 얼마나 화를 내시던지! 간신히 재판으로 안 넘어갔다니까요. 그러고 정말로 다음 일 년 동안은 술을 마시는 사람을 단 한 명도 보질 못했습니다. 다시 한 번 보드카에 손을 댔다가는 죽은 목숨이었죠!"

이 말은 거의 절망적이었다.

"체르케스인들 얘기를 하자면요……." 그는 계속해서 말했다. "그 사람들은 결혼식이나 장례식에서 부자*를 잔뜩 마시고 취하면 바로 칼싸움을 벌이며 놀죠. 저도 한번은 거의 죽을 뻔한 적이 있었는데, 그게 그러니까 미르노이 공작** 댁에 초대받아 갔을 때의 일이에요."

"아니, 어쩌다 그런 일이!"

"그게 그러니까……(그는 파이프 속을 채워 넣고 연기를 들이마신 뒤에 이야기를 시작했다.) 그때가 중대원들과 체레크 강 너머에 있는 요새에 주둔하고 있을 때였죠. 그 일이 있은 지도 오년이 다 돼 가네요. 어느 가을날 수송대가 식량을 싣고 왔어요. 그때 스물다섯 살쯤 되어 보이는 젊은 장교 하나도 같이 왔죠. 완벽하게 차려입고 와서는 우리 요새에 남으라는 명령을 받았다고 보고했어요. 그 청년이 너무 마르고 창백한 데다가 제복도 완전히 새것이어서, 카프카스로 온 지 얼마 안 됐을 거라는 걸 금방 알 수 있었죠. '러시아에서 전임 온 거지?'라고 물으니 '네, 그렇습니다.'라고 대답했죠. 저는 그 사람의 손을 잡고는 '반가워, 반가워. 아마 좀 지루하긴 하겠지만…… 그래도 우리 둘이 친구처럼 지내자고. 그래, 난 그냥 막심 막시므이치라고 불러 줘. 그리고 이렇게 제복을 전부 다 갖춰 입을 필요

---

* 카프카스 지역에서 대마의 씨앗과 독보리 가루를 발효시켜 만든 술.
** 전쟁에서 어느 편도 들지 않고 중립의 위치에 섰던 카자크 수령.

는 없다고. 날 보러 올 땐 모자만 쓰고 오면 돼.'라고 말했습니다. 그 사람이 지낼 숙소가 정해져서 요새 안에 살게 됐어요."

"그 사람 이름이 뭐였는데요?" 나는 막심 막시므이치에게 물었다.

"그 사람은…… 그리고리 알렉산드로비치 페초린이었죠. 정말이지 참 매력적인 친구였지만 좀 이상한 구석이 있었어요. 그게 그러니까…… 비 오는 날이나 추운 날에도 하루 종일 사냥을 하는 거였어요. 누구라도 그 추위에 떨다가는 진이 다 빠질 텐데 그 친군 아무렇지도 않았죠. 또 어떤 날은 방에 틀어박혀서, 바람이 조금이라도 들어올라치면 감기에 걸렸다며 꼼짝도 안 했죠. 또 그러다 덧문이 쾅하고 닫히기라도 하면 깜짝 놀라서 얼굴이 다 창백해졌어요. 하지만 한번은 혼자 힘으로 멧돼지 위에 올라탄 것을 제가 봤죠. 몇 시간 동안 한마디도 안 할 때가 있는가 하면, 가끔씩 그 친구가 이야기를 시작했다 하면 배가 아프도록 웃는 날이었죠……. 그랬어요. 정말 이상한 구석이 많은 친구였어요. 또 분명히 부자였을 겁니다. 여러 가지 비싼 물건들이 얼마나 많았는지!"

"그 사람과 오래 같이 지냈나요?" 나는 다시 물었다.

"일 년 정도요. 하지만 정말로 기억할 만한 일 년이었죠. 귀찮은 일도 많이 저질렀지만, 그것 때문에 기억하는 건 아니고요! 태어날 때부터 여러 특이한 일들이 일어나게 돼 있는 사람들이 정말로 있거든요!"

"특이한 일들이요?" 나는 그에게 차를 더 부어 주며, 호기심 가득한 말투로 외쳤다.

"바로 이런 일들이었죠. 요새에서 6킬로미터 정도 떨어진 곳에 미르노이 공작이 살았어요. 그 공작의 아들이 열다섯 살 쯤 되는 소년이었는데, 우리 부대가 있는 곳까지 말을 타고 오 곤 했죠. 그 애는 매일같이 이런저런 일로 왔어요. 저와 그리고 리 알렉산드로비치*가 그 애를 정말로 망쳐 놨죠. 지독한 장난 꾸러기였어요. 뭐든지 간에 빠른 아이였고요. 말을 타고 질주 하면서 모자를 주워 올리거나 총을 쏘거나 하는 일 말입니다. 그 아이한테는 나쁜 점이 한 가지 있었는데, 돈이라면 사족을 못 쓴다는 거였어요. 한번은 그리고리 알렉산드로비치가 농담 으로, 그 애 아버지의 염소들 중에 가장 좋은 놈 하나를 훔쳐 오면 금화를 주겠다고 약속한 적이 있었는데, 어떻게 됐을 것 같아요? 바로 다음 날 밤에 염소 뿔을 잡아 질질 끌면서 나타 났어요. 그리고 가끔씩 우리가 그 앨 약 올리려 하면 눈이 시 뻘게져서 냉큼 단도에 손을 갖다 댔죠. 그럼 전 이렇게 말했어 요. '야, 아자마트. 목이 떨어지고 싶지 않으면 그만두라고. 이 중에 재수가 없는 게 있다면 그건 바로 네 모가지일 테니까!'

하루는 늙은 공작이 직접 우릴 결혼식에 초대했어요. 큰딸 을 시집보내려던 참이었는데, 우리가 공작의 쿠나크**였거든 요. 그래서 타타르인이라 한들 초대를 거절할 수가 없었죠. 우 린 결혼식에 갔어요. 공작이 사는 마을에 도착하자 개 여러 마리가 큰 소리로 짖어 대면서 우릴 반겼죠. 여자들은 우릴 보 고 숨었어요. 그중에 그나마 볼 수 있었던 몇몇도 미인과는 거

---

* 페초린의 이름과 부칭. 알렉산드르의 아들 그리고리라는 뜻이다. 러시아에서 이름과 부칭을 붙여 부르는 것은 정중한 호칭이다.
** 투르크 방언으로 손님을 뜻하며, 헌신적인 친구를 부를 때 쓰는 말이다. 복 수를 대신할 정도로 절친한 사이를 뜻한다.

리가 멀었죠. '저는 체르케스 여자들에 대해 훨씬 더 기대하고 있었습니다.' 페초린이 말했어요. '좀 기다려 보라고!' 저는 미소를 지어 보였죠. 비장의 무기가 있었거든요.

벌써 많은 사람들이 공작의 집에 모여 있었습니다. 아시겠지만, 그 아시아 놈들 결혼식에는 온갖 것들을 다 불러 대는 관습이 있거든요. 우리는 극진히 대접받았고, 쿠나크의 방으로 안내받았어요. 하지만 전 놈들이 우리의 말들을 어디에 매어 두는지를 알아 놓았죠. 만일의 경우를 대비해서요."

"그 사람들의 결혼식은 어떤 겁니까?" 나는 이등대위에게 물었다.

"그냥 평범해요. 우선 물라*가 코란의 한 구절을 읽어 주죠. 그럼 신혼부부와 그 친척들에게 선물들을 전달해요. 먹고, 부자를 마시고, 그러고 나면 말 타는 묘기가 시작되는데요, 항상 먼지가 덕지덕지 낀 누더기를 입고 불쌍한 절름발이 조랑말 위에 올라탄 사내아이가 나와 괴상한 짓을 하면서 품위 있는 손님들을 웃기고 놀려 대죠. 그리고 어두워지면 쿠나크의 방에서, 말하자면 무도회 같은 것이 열려요. 볼품없게 생긴 작은 노파가 세 줄짜리 현악기를 튕기는데…… 그 악기를 뭐라고 하는지 잊어버렸네요……. 아무튼 우리 발랄라이카와 비슷하게 생겼어요. 소녀들과 젊은 남자들이 마주 보고 두 줄로 서서 손뼉을 치면서 노래를 하죠. 그리고 그들 중에 소녀 한 명과 남자 한 명이 가운데로 나와서 서로에게 노래하듯이 시를 읊어 줍니다. 우연하게 떠오른 생각들 같은 것인데, 그럼 나머지 사

---

* 이슬람교의 신학자.

람들이 후렴구를 합창하죠. 저와 페초린은 주빈석에 앉아 있었는데, 열여섯 정도 되어 보이던 주인 딸이 페초린에게 와서 노래를 불렀죠……. 그걸 뭐라고 할까…… 인사치레 같은 거였어요."

"뭐라고 노래했는지 기억하십니까?"

"네. 아마 이런 내용이었을 겁니다. '미끈한 우리의 젊은 기수(騎手)들, 그들의 카프탄*을 은으로 장식했네. 그러나 러시아의 젊은 장교는 그들보다 미끈하고 금테 견장 둘렀네. 그는 그들 가운데 백양나무처럼 서 있지만, 우리 정원에선 자라거나 꽃피울 수 없을 운명이라네.' 페초린이 일어나서 여자에게 고개 숙여 인사를 하더니, 손을 자기 이마와 가슴에 대면서 제게 자신의 말을 대신 전해 달라고 했어요. 전 그들 말을 잘 알아서 페초린의 말을 통역했죠.

그 여자가 멀리 갔을 때 제가 그리고리 알렉산드로비치에게 속삭였어요. '그래, 저 여자 어떤가?' '매력적입니다. 이름이 뭐죠?' 페초린이 말했어요. '벨라.' 제가 말해 줬죠.

그 여자는 정말 아름다웠어요. 키가 크고 늘씬한 데다가 산양을 닮은 까만 눈을 가지고 있었는데, 정말 영혼이라도 꿰뚫어 보는 것 같았죠. 페초린은 생각에 잠긴 채 여자에게서 눈을 떼지 않았고, 여자도 흘끔흘끔 자꾸 그를 훔쳐봤어요. 하지만 귀여운 공주님을 좋아했던 건 페초린만이 아니었죠. 방 한구석에 번쩍이는 눈을 고정시키고 있는 또 한 사람이 있었거든요. 자세히 보고는, 오래전부터 알고 지내던 카즈비치라는

---

* 투르크인들이 입는 띠가 달린 긴 소매 옷.

걸 알았죠. 그에 대해 말하자면, 그다지 중립적이지도 또 적대적이지도 않은 사람이었어요. 나쁜 일에 섞여 든 적이 없었는데도, 여러 가지 혐의가 있었어요. 때때로 우리 요새에 양을 가져와서 싸게 팔았는데, 한 번도 값을 흥정한 적이 없었어요. 얼마라고 하든지 간에 그 값을 내야 되는 거예요. 아마 그 사람의 목을 따도 안 깎아 줬을 겁니다. 쿠반 강 너머에서 원주민 도적 떼와 돌아다니는 걸 좋아한다는 소문이 있었죠. 그리고 사실대로 말하자면, 생긴 게 꼭 강도 같았어요. 키도 작고 튼튼한 골격에 어깨가 넓은 데다가…… 정말 재빨랐죠. 굉장했다니까요! 베슈메트*는 항상 여기저기를 기워 놓은 누더기였지만, 무기는 은을 새겨 넣은 것이었죠. 그리고 말은 완벽한 카바르다산(産)이었어요. 정말, 그보다 더 멋진 말은 상상도 할 수 없을걸요. 당연히 말 타는 놈들은 모두들 부러워했다고요. 그 말을 훔치려고 했던 놈도 몇 있었지만, 아무도 성공 못했어요. 지금도 눈앞에 그 모습이 선해요. 새까만 데다가 다리는 팽팽하게 당겨진 줄 같았고, 눈은 벨라의 눈만큼이나 아름다웠죠. 그리고 힘은 또 얼마나 셌는지! 그놈을 타면 50킬로미터도 달릴 수 있었어요. 정말로 잘 길들여져서, 제 주인을 강아지처럼 졸졸 쫓아다녔죠. 주인 목소리까지 알아들었다니까요! 사실 카즈비치는 자기 말을 묶어 놓은 적이 한 번도 없었어요. 도둑놈답게 키웠죠!

　그날 밤에 카즈비치는 어느 때보다도 우울해 보였어요. 전 카즈비치가 베슈메트 속에 갑옷을 입었다는 걸 알아차렸죠.

---

* 카프카스 지역의 사람들이 셔츠 위에 띠를 둘러서 입는 짧고 두꺼운 상의.

'저 갑옷을 입었을 때는 다 그럴 만한 이유가 있었지. 무슨 일을 꾸미고 있는 게 틀림없어.'라고 생각했어요.

실내는 사람들로 북적댔고, 전 상쾌한 공기를 마시려고 밖으로 나갔어요. 산 위로 벌써 어둠이 깔리고 있었어요. 골짜기 곳곳에 안개가 떠다니기 시작했죠.

저는 우리 말들이 뭐라도 먹었는지를 보러 가야겠다는 생각이 들었어요. 조심해서 나쁠 것도 없었고요. 제 말이 좋은 놈일수록 '좋은 말이네. 정말 좋아!'라고 중얼거리면서 은근히 탐을 낼 카바르다인이 여럿일 테니까요.

울타리를 따라 걷는데 갑자기 목소리들이 들려왔죠. 그중 한 목소리는 금세 알아챌 수 있었어요. 그 개구쟁이 아들 아자마트였거든요. 다른 한 명은 가끔씩만, 훨씬 나지막한 목소리로 말하고 있었죠. 전 '무슨 일을 모의 중이지? 혹시 내 작은 말 얘긴가?'라고 생각했죠. 그래서 울타리 옆에 웅크리고 앉아서 한마디도 놓치지 않으려고 애를 쓰면서 엿들었어요. 가끔씩 집으로부터 들려오는 노랫소리와 웅성대는 소리가 그 흥미로운 이야기를 듣는 걸 방해했죠.

아자마트가 말했어요. '정말 좋은 말을 가졌어! 내가 만약에 집주인이고 300마리 말을 가졌더라면, 그중 반을 당신에게 주고 당신의 훌륭한 말을 가져올 텐데, 카즈비치!'

'아, 카즈비치!' 저는 카즈비치가 입고 있던 갑옷을 떠올렸죠.

잠시 가만히 있던 카즈비치가 대답했어요. '그래. 카바르다 전역을 몽땅 뒤져도 이런 놈은 못 찾을 거야. 한번은 체레크 강 건너에서 일어난 일인데, 도적 떼와 함께 러시아 말 무리를 잡으러 다니던 때야. 일이 잘 풀리질 않아서 우린 흩어져서 제

각각 다니게 됐지. 카자크* 넷이 나를 쫓아 달려왔어. 이미 뒤에선 이단자들의 함성이 들려왔고, 앞에는 깊은 숲이 보였지. 나는 안장에 바싹 기대어서 모든 것을 알라에게 맡긴 다음, 태어나 처음으로 내 말에게 채찍질을 하는 무례한 짓을 저질렀어. 그놈은 새처럼 날아서 나뭇가지들 사이로 뛰어들었지. 날카로운 가시가 내 옷을 찢고, 마른 느릅나무의 잔가지들이 얼굴을 때렸어. 내 말은 그루터기 위로 뛰어오르더니, 그 잡목을 제 가슴으로 잡아 찢어 놨어. 숲의 입구에 놈을 버리고 걸어서 도망치는 게 더 나을 상황이었지만, 난 도저히 놈을 떠날 수가 없었지. 그런 내게 예언자가 보답했어. 총알 몇 발이 내 머리 위를 스쳐 날아간 거야. 벌써 말에서 내려 쫓아오는 카자크들의 소리가 들렸어……. 갑자기 눈앞에 깊은 계곡 하나가 나타났어. 내 멋진 말은 잠시 망설이더니 날아올랐지. 그리고 맞은편 절벽에서 뒷발굽부터 떨어지더니 앞다리로 매달렸어. 나는 고삐를 놓고 골짜기 밑으로 굴러 떨어졌어. 이것이 내 말을 살렸고, 놈은 기어 올라갔지. 카자크들은 이 광경을 전부 봤고 나를 찾으러 내려오지도 않았어. 분명히 내가 죽었을 거라고

---

* 모험가 혹은 자유인을 뜻하는 투르크어 '카자크'에 기원을 둔 말이다. 이들은 동유럽 일대와 러시아 남부의 초원 지대로 도망친 러시아 농노들의 자치적 군사 공동체로서, 특히 기마술에 뛰어났다. 16~17세기 타타르인들의 침입에 위협을 느낀 러시아 및 폴란드와 리투아니아는 카자크들에게 무기와 식량을 지급하면서 국경을 지키게 했는데, 결과적으로는 이들이 이후 19세기까지 카프카스와 중앙아시아, 시베리아에 이르는 러시아 제국의 확장에서 핵심적인 역할을 하게 된다. 또한 나폴레옹 전쟁 당시 카자크들의 부대는 프랑스 군사들이 가장 두려워하던 상대였다고 알려져 있다. 일부의 이슬람교도들도 존재했지만, 대다수의 카자크들은 러시아 정교의 신앙을 따랐다.

생각한 거야. 나는 놈들이 내 말을 잡으러 뛰어가는 소리를 들었지. 내 가슴은 타들어 갔어. 골짜기를 따라 자란 무성한 수풀 사이를 기어갔지. 그리고 숲이 끝나는 곳에서 말을 탄 카자크들이 빈터로 달려 나오는 것을 봤어. 바로 거기에, 그들 위로 높이 뛰어오르는 나의 카라교스가 있었어. 놈들은 고함을 질러 대면서 내 말을 쫓아다녔어. 오랫동안. 계속해서. 그중 한 놈은 두 번 정도 말머리에 올가미를 씌우기도 했지. 나는 부들부들 떨면서 눈을 내리깔고 기도하기 시작했어. 그리고 몇 초 후에 고개를 들고 다시 봤을 때, 나의 카라교스가 꼬리를 펼치면서 바람처럼 자유롭게 날아오르고 있었어. 기진맥진한 말들을 탄 이단자들은 멀리 뒤처져서 거대한 초원 위에 길게 늘어서 있었지. 알라 덕분에! 이 이야기는 진짜야. 진짜 중에 진짜지! 나는 한밤중이 될 때까지 골짜기에 숨어 있었어. 그리고 어떻게 됐을 거 같아, 아자마트? 갑자기 깜깜한 어둠 속에서 말 한 마리가 골짜기의 가장자리를 따라 뛰어다니면서 콧김을 내뿜고, 울고, 발굽으로 땅을 두드리는 소릴 들었지. 나는 그 소리가 나의 카라교스라는 걸 알아차렸어. 내 동지 카라교스였지! 그날 이후로 우린 한 번도 떨어져 본 적이 없어.'

그리고 자기 말의 부드러운 목을 두드리면서 여러 애칭으로 부르는 소리가 들렸어요.

아자마트가 말했어요. '만약에 나한테 천 마리의 말이 있다면, 그걸 몽땅 카라교스와 바꾸겠어.'

'싫어.' 카즈비치가 관심 없다는 듯 대답했어요.

그러자 아자마트가 살살 꾀듯이 말했어요. '이봐, 카즈비치. 당신은 좋은 사람이고 용감한 용사야. 그리고 우리 아버지는 러시아인들을 무서워해서 내가 산에 가도록 가만 내버려 두질 않아. 나한테 당신 말을 주면 당신이 원하는 건 뭐든지 해 줄게. 갖고 싶은 건 뭐든지 말해. 우리 아버지 권총이나 칼 중에 최고로 좋은 걸로 훔쳐다 줄게. 아버지의 칼은 진짜 최상품 군도야. 칼날에 손을 갖다 대기만 해도, 살이 그대로 벌어진다고. 당신 갑옷이라도 소용없을 거야.'

카즈비치는 아무 말이 없었어요.

아자마트는 계속 말했죠. '내가 처음 당신 말을 봤을 때, 그놈이 당신을 태우고 껑충껑충 뛰어다니고, 또 뛰어오르고, 콧구멍을 크게 벌리는데, 발굽 밑에서는 돌멩이들이 물보라처럼 튀어 올랐거든. 그때 내 영혼 속에서 뭔가 알 수 없는 일이 벌어졌어. 그날 이후로는 모든 게 싫증났어. 나는 우리 아버지가 가진 최고의 말들도 경멸하게 됐고, 그것들 위에 올라타는 것도 창피해졌어. 우울했어. 하루 종일 절벽 위에 앉아 우울해하면서, 매 순간 당신의 검은 말에 대해 생각했어. 그 우아한 걸음걸이며, 부드럽고 화살처럼 곧은 등뼈를 그려 봤어. 그 생기 있는 두 눈이 내 눈을 들여다보면서 이렇게 말하는 것 같았어. 카즈비치, 만약에 나를 아자마트에게 팔아넘기지 않으면 죽어 버리겠어요!' 아자마트는 떨리는 목소리로 말했어요.

저는 그 애가 울고 있다고 생각했어요. 아자마트는 정말 고집이 센 녀석이어서, 어릴 적부터 그 울음을 그치게 할 방법이 전혀 없었다는 걸 말해 둬야겠네요.

그런데 눈물에 대한 대답으로는 웃음소리 같은 게 들렸죠.

아자마트는 단호한 목소리로 말했어요. '이봐. 당신은 내가 뭐든지 할 준비가 돼 있다는 걸 알아. 내 누나를 훔쳐다 줄까?

누난 정말 춤을 잘 추지! 노래도 잘하잖아! 그리고 금실로 된 자수품은 대단해! 투르크의 제왕도 그런 아내는 못 가졌을 거야…… 어때? 내일 밤까지 기다렸다가, 골짜기에 급류가 시작되는 지점에서 만나자고. 내가 누나를 데리고 이웃 마을을 지나서 거기까지 걸어갈게. 그럼 누난 당신 거야. 벨라가 당신의 말보다 못하다고 생각하는 건 아니겠지?'

카즈비치는 아주 오랫동안 조용히 있더니, 대답 대신에 낮은 소리로 고대의 시 한 수를 읊조렸어요.*

우리 마을에는 미녀가 많지.
검은 눈동자에선 별빛이 타올라.
그들과의 사랑은 달콤해, 부러운 운명이지.
그러나 더욱 즐거운 건 용감한 운명.
금으론 네 명의 아내를 살 수 있지만,
기운찬 말 한 마리는 값을 매길 수도 없네.
그는 초원의 바람에도 뒤지지 않아.
배신하지 않고 속이지 않아.

아자마트는 간청해 보고 울어도 보고 아첨도 해 보고 맹세도 해 보았지만 소용이 없었죠. 마침내 카즈비치는 못 참겠다는 듯이 그 애의 말을 막았어요.

'그만 가라, 이 미친 꼬마야! 내 말을 타겠다고? 아마 내 말

* 당연히 산문으로 전해 들었던 카즈비치의 노래를 시로 옮겨 적은 점에 대해서 독자들의 양해를 구한다. 그러나 습관이란 제2의 천성과도 같은 것이다.(저자의 주)

은 세 걸음도 못 가서 널 내던질 거고, 네 뒤통수를 돌에 찧어 부술 거다.'

'나를?' 아자마트가 화가 나서 소리 질렀죠. 그 애의 쇠로 된 단도가 사슬 갑옷에 부딪치는 소리가 들렸어요. 힘센 팔이 그 앨 밀어내자, 그 애가 울타리에 아주 세게 부딪혀서 울타리가 흔들렸어요. '이제 한판 벌어지겠군!' 저는 이렇게 생각하고 마구간으로 뛰어 들어가서 우리 말들의 고삐를 잡고 뒷마당으로 끌어냈어요. 이 분쯤 지나 집 안에선 끔찍한 비명이 들렸죠. 이렇게 된 거였어요. 아자마트는 찢어진 베슈메트를 입은 채 안으로 뛰어 들어가서, 카즈비치가 자기 목을 따려고 했다고 말했어요. 모두들 뛰어나와서 총을 쥐었죠. 싸움이 시작됐어요! 고함 소리에, 비명에, 총소리가 들렸죠. 카즈비치는 이미 자기 말에 올라타 있었고, 길을 따라 늘어선 군중들을 칼로 막아 내면서 그 속에서 뱅뱅 돌고 있었죠. 악마 같은 모습이었어요.

'남의 잔치에서 취하는 건 좋지 않아.' 저는 그리고리 알렉산드로비치의 팔을 잡고 말했어요. '우린 빨리 가는 게 낫지 않겠어?'

'잠깐만요, 끝을 보고 가죠.'

'보나마나 분명 끝이 안 좋을 거라고. 아시아 놈들은 항상 그래. 부자를 진탕 마시면 칼부림을 시작한다고!' 우리는 말에 올라타 집을 향해 달렸어요."

"그럼 카즈비치는 어떻게 됐습니까?" 나는 초조해서 이등대위에게 물었다.

"그런 놈들이 어떻게 되긴요!" 그는 찻잔을 비우면서 답했다. "당연히 도망쳐 나왔죠!"

"안 다쳤습니까?" 내가 물었다.

"그거야 모르는 일이죠! 목숨도 질긴 강도 놈들! 제가 그놈들 싸우는 걸 본 적이 있는데요, 총검에 찔려 온몸이 벌집이 돼서도 칼을 휘두르는 놈들이에요." 이등대위는 잠시 말을 멈추더니 발로 땅을 구르고는 계속해서 말했다. "결코 저 자신을 용서하지 못할 일이 하나 있었죠. 요새로 돌아왔을 때, 악마가 제게 울타리 뒤에서 엿들었던 대화를 그리고리 알렉산드로비치에게 죄다 말하도록 부추겼어요. 그놈은 웃었어요. 교활한 놈 같으니라고! 뭔가 생각해 냈던 거죠."

"그게 뭡니까? 말씀해 주실 수 있습니까?"

"그래야죠 뭐! 이야기를 시작한 이상 계속해야죠, 뭐.

한 나흘쯤 지나서 아자마트가 우리 요새로 건너왔어요. 늘 하던 대로 그리고리 알렉산드로비치를 찾아왔고, 단 과자들을 받아먹었죠. 저도 함께 있었어요. 이야기의 주제가 말로 옮겨 가자, 페초린이 카즈비치의 말을 칭찬하기 시작했어요. 정말 힘차고 아름다워서 꼭 영양 같다고요. 뭐, 그의 말을 듣기로는 전 세계를 뒤져도 그런 말은 또 없다는 거였죠.

작은 타타르인의 눈동자에는 불꽃이 일었지만, 페초린은 전혀 눈치 채지 못하는 것 같아 보였죠. 저는 이야기의 주제를 돌려 보곤 했지만, 어느 순간 페초린이 또 카즈비치의 말 이야기를 꺼냈어요. 이런 식의 일이 아자마트가 방문할 때마다 반복됐어요. 삼 주쯤 지나서는 아자마트가 창백해지고 초췌해진 것을 알 수 있었죠. 꼭 소설에서 상사병에 걸린 사람처럼요. 정말 놀랍지 않습니까?

보시다시피 저는 그 모든 간계를 뒤늦게야 눈치 챘어요. 그리고리 알렉산드로비치는 그 앨 약 올리며 물에 뛰어들기 직전의 상태로까지 몰고 갔죠. 한번은 이렇게 말한 적도 있었어요.

'이봐, 아자마트. 네가 그 말을 엄청 좋아하는 건 알겠어. 하지만 그놈을 볼 기회란 건 자기 뒤통수를 볼 일만큼이나 드문 거야! 그래, 말해 봐라. 그걸 선물해 주는 사람한테 뭘 주겠니?'

'원하는 건 뭐든지요.' 아자마트가 대답했어요.

'그렇다면 내가 그걸 구해다 주지. 하지만 조건이 하나 있는데…… 네가 들어주겠다고 맹세하면…….'

'맹세해요……. 하지만 형도 맹세해야죠!'

'좋아! 난 네가 그 말을 가지게 될 것을 맹세한다. 하지만 그 대가로 나에게 네 누이 벨라를 줘야 해. 카라교스는 칼림*인 셈이지. 이게 남는 장사란 걸 네가 알길 바란다.'

아자마트는 말이 없었어요.

'별로야? 뭐, 그럼 마음대로 해! 난 네가 남자라고 생각했는데 아직도 애구나. 말 타기엔 너무 이른가 보다…….'

아자마트의 얼굴이 붉어졌어요.

'아버지는 어떡하고요?' 그 애가 말했어요.

'멀리 나가시곤 하잖아?'

'맞아요…….'

'동의한 거야?'

'동의해요.' 아자마트가 속삭였어요. 죽은 사람처럼 하얗게 질려서요. '그럼 언제요?'

'바로 다음번에 카즈비치가 여기 올 때. 그때 양 열 마리를

---

* 타타르인이 결혼할 때 신랑 측에서 신부의 부모에게 보내는 돈.

가져오기로 했거든. 나머진 내가 알아서 할 거야. 조심하라고, 아자마트!'

이렇게 해서 그들의 거래가 이루어졌어요……. 솔직히 말해서 잘못된 거래였죠! 나중에 제가 페초린에게 이렇게 말했지만, 야생의 체르케스인 소녀가 자기처럼 멋진 남편을 맞이하다니 운이 좋은 거라고 대답할 뿐이었어요. 그러니까 그 양반의 생각을 따르자면, 자긴 결국 남편인 거고, 카즈비치는 벌을 받아도 마땅한 강도 놈이라는 거였죠. 알아서 판단하세요. 제가 무슨 말을 할 수 있었겠습니까? 그땐 그 약속이 뭔지조차 몰랐다고요. 드디어 하루는 카즈비치가 와서, 양이나 꿀이 필요하지 않은지 물어봤죠. 저는 다음 날에 가져오라고 말했어요.

그리고 그리고리 알렉산드로비치는 아자마트에게 말했죠. '아자마트! 내일이면 카라교스가 내 수중에 있을 거라고. 하지만 오늘 밤 벨라를 데려오지 않으면, 다신 그 말을 못 볼 줄 알아…….'

'알았어요!' 아자마트가 말하고 마을로 달려갔어요.

저녁이 되자 그리고리 알렉산드로비치는 무장을 하더니 요새 밖으로 말을 타고 나갔어요. 그들이 일을 어떻게 성사시켰는지는 모르겠어요. 다만 둘 다 밤이 되어서야 돌아왔는데, 보초병 말로는 아자마트가 손발이 묶이고 머리에 차도르를 뒤집어쓴 여자를 안장에 눕혀 데려오는 걸 봤다고 하더라고요."

"그럼 말은요?" 나는 이등대위에게 물었다.

"자, 이제 그 얘기가 나옵니다. 자, 다음 날 아침 일찍 카즈비치가 양 열 마리를 팔러 왔어요. 말을 울타리에 묶어 두고 저에게 왔죠. 저는 차를 대접했어요. 강도 놈이긴 하지만, 그래도 제 쿠나크였으니까요.

우리는 이런저런 이야기를 나누기 시작했어요. 그런데 갑자기 카즈비치가 깜짝 놀라 얼굴빛이 변하는 게 보였어요…… 창문으로 달려갔지만, 불행히도 창문은 뒷마당을 향해 나 있었어요.

'무슨 일이야?' 제가 물었죠.

'내 말! 내 말!' 카즈비치가 마구 떨면서 대답했어요.

저도 분명 발굽 소릴 들었죠. '카자크들이 지나간 걸 거야……'

'아니야! 나쁜 놈들! 빌어먹을 러시아 놈들!' 카즈비치가 고함을 지르더니 쏜살같이 달려 나갔어요. 야생의 표범 같았죠. 두 걸음에 벌써 문 앞까지 가 있었어요. 요새 입구에선 총을 든 보초병이 카즈비치의 앞길을 막아섰어요. 카즈비치는 총을 뛰어넘어서 길을 따라 달려 내려갔어요…… 멀리 먼지바람이 소용돌이치고 있었어요. 늠름한 카라교스를 타고 달리는 아자마트였죠. 카즈비치는 달리던 도중에 덮개를 열고 총을 꺼내 발사했어요. 빗나갔다는 걸 깨닫기까지, 잠시 움직임 없이 멈춰 있었어요. 그리고 날카로운 비명을 지르더니, 총을 바위 위에 내던져 산산조각을 냈고, 땅바닥에 주저앉아 애처럼 울어대기 시작했죠…… 잠시 후 요새에서 사람들이 나와 모여들었어요. 하지만 카즈비치는 아무도 보지 못하는 것 같았어요. 사람들은 한동안 주위에서 이야기를 나누더니 돌아가 버렸어요. 저는 그 옆에 양 값을 놓아 뒀어요. 카즈비치는 그걸 건드리지도 않았죠. 그저 엎드린 채로 죽은 듯이 누워 있었어요. 정말로 밤늦게까지, 그러고도 또 밤을 꼬박 새우도록 그렇게 누워 있었다고요…… 바로 다음 날 아침에 카즈비치는 요새로 오더니 그 도둑놈이 누군지 말해 달라고 했어요. 아자마트가 말의 고삐를 풀어 올라타는 것을 봤던 보초병은 자신이 본 그대로를 말했어요. 그 이름을 듣자 카즈비치의 눈에는 불꽃이 일었어요. 카즈비치는 아자마트의 아버지가 사는 마을로 떠났죠."

"그래서 그 아버지는 어떻게 됐습니까?"

"그냥 그 일은 그렇게 끝이 났어요. 카즈비치는 그 애의 아버지를 찾지 못했죠. 육 일 정도 다른 먼 곳에 가 있었으니까요. 아니었으면 아자마트가 어떻게 누이를 데려왔겠어요?

아버지가 돌아왔을 때는 아들과 딸이 한꺼번에 사라지고 없었죠. 교활한 놈. 잡히는 그날이 바로 목이 날아가는 날이란 걸 알았던 거죠. 그날 이후 그곳에서 영영 사라졌거든요. 분명 어느 도적들 무리에 끼어 다니다, 그 정신 나간 머리를 체레크 강가나 쿠반 강가에 묻었을 거예요. 그래도 싸죠!

사실대로 말하자면, 저에겐 해야 할 일이 생겼던 거였어요. 그 체르케스 여자가 그리고리 알렉산드로비치의 숙소에 있다는 걸 알자마자, 견장을 달고 장검을 차고서 그리로 갔죠.

페초린은 앞방의 침대 위에 한 팔을 베고 누워 있었어요. 다른 손에는 불이 다 꺼진 파이프를 들고 있었죠. 뒷방으로 가는 문은 잠겨 있었고, 자물쇠의 열쇠도 보이지 않았어요. 전이 모든 걸 즉시 알아차렸죠. 목청을 가다듬고 뒤꿈치로 문지방을 두드렸지만, 페초린은 못 들은 척했어요.

'준위! 내가 온 거 안 보이나?' 저는 되도록 근엄한 목소리로 말했어요.

'아, 어서 오세요, 막심 막시므이치! 담배 드릴까요?' 페초린이 누운 채로 대답했어요.

'미안하지만, 나는 막심 막시므이치가 아니라 이등대위라네.'

'뭐, 어떻든 좋습니다. 차 좀 드시겠습니까? 제가 어떤 걱정들로 괴로워하고 있는지를 아신다면!'

'다 알고 있네.' 저는 침대까지 걸어가면서 말했어요.

'그것 참 잘됐군요. 지금은 얘기할 기분이 아니거든요.'

'준위, 자넨 내게 책임이 올 지도 모르는 잘못을 저질렀어⋯⋯.'

'에이, 그만하세요! 유난 떨 일이 뭐 있습니까? 우린 뭐든지 절반씩 공평하게 나눠 가졌잖아요.'

'농담할 시간 없어. 부탁인데, 칼을 내놓게!'

'미치카, 내 칼!'

미치카가 칼을 가져왔어요. 전 제 의무를 다했으므로, 침대 위 페초린의 옆에 앉아 말했죠.

'이봐. 그리고리 알렉산드로비치. 자네가 나쁜 짓을 했다는 걸 인정하라고.'

'무슨 나쁜 짓 말입니까?'

'왜, 자네가 벨라를 데려왔잖아⋯⋯. 아, 아자마트 그 간사한 놈! 아무튼 인정하라고.' 저는 말했어요.

'제가 그 여잘 좋아한다고 생각하십니까?'

음. 그런 말에 뭐라 대답하겠어요? 전 어찌할 바를 몰랐죠. 그렇지만 잠시 침묵한 뒤에는, 만약 여자의 아버지가 딸을 돌려줄 것을 요구하면 그래야 할 거라고 말했어요.

'그럴 필요 없습니다!'

'하지만 여기에 저 여자가 와 있는 걸 알면?'

'그걸 어떻게 알겠어요?'

저는 다시 난감해졌어요.

페초린이 자리에서 일어나며 말했죠. '보세요, 막심 막시므이치. 당신은 정말 선한 분이십니다…… 하지만 지금 우리가 딸을 저 야만인에게 돌려준다면, 놈은 여자의 목을 따든지, 아니면 팔아치울 겁니다. 벌어진 일은 벌어진 일입니다. 다른 길로 가다가 일을 더 그르칠 필요는 없어요. 전 여잘 맡았고, 당신은 제 칼을 맡은 겁니다……'

'그럼 나한테 여잘 보여 주게.' 저는 말했어요.

'여잔 저 문 뒤에 있어요. 저도 오늘 애를 써 봤지만 보지 못했어요. 구석에 앉아 베일로 꽁꽁 싸매고서, 아무 말도 안 하고 아무것도 안 봐요. 꼭 야생의 영양처럼 수줍어하고 있습니다. 저는 우리 선술집의 주인 여자를 고용했습니다. 타타르어도 할 줄 아니까 여자를 돌볼 겁니다. 전 여자를 길들여서, 자신이 다른 누구도 아닌 저의 것이라는 생각에 익숙해지도록 만들 거예요.' 페초린은 이런 말을 하면서 탁자를 주먹으로 꽝 내리쳤어요. 저는 그 생각에 동의했습니다…… 안 그러면 어떡하겠어요? 세상에는 동의해 줄 수밖에 없는 그런 종류의 사람들이 있으니까요."

"그래서 어떻게 됐습니까?" 나는 막심 막시므이치에게 물었다. "정말 그 여잘 길들였습니까? 아니면 여자는 향수병에 걸린 포로가 되어서 시들어 갔나요?"

"에이, 왜 향수병에 걸리겠어요? 요새에서 보이는 산이 마을에서 보던 그 산이었는데요, 뭐. 야만인들은 그거면 됩니다. 게다가 그리고리 알렉산드로비치는 매일같이 선물을 가져다줬어요. 여잔 처음 얼마간은 조용히 거만하게 거절했고, 그것들이 결국 여인숙 주인 여자에게로 가서, 그 여편네가 흥분해서 잔뜩 떠들어 댔죠. 아, 선물들! 여자들은 그저 색깔 있는 천 쪼가리라면 사족을 못 쓰니…… . 참, 옆길로 새지 말아야지. 암튼, 오랫동안 그리고리 알렉산드로비치는 여잘 위해 애를 썼어요. 그러는 동안 타타르어도 배웠고요. 여자도 우리 말을 알아듣기 시작했죠. 조금씩 페초린을 쳐다보는 것에도 익숙해져 갔어요. 먼저 눈썹 아래로 곁눈질을 하다가 슬퍼지면 조용히 노래를 불렀죠. 때론 저도 옆방에서 그 노랠 듣다가 슬퍼지곤 했어요. 한 장면은 절대로 잊히지가 않네요. 여자의 방 창문을 지나던 길에 흘끔 들여다본 건데요. 벨라는 고개를 깊숙이 숙인 채 침대 위에 앉아 있었죠. 그리고 그 앞에 그리고리 알렉산드로비치가 서 있었어요.

  '내 말 들어 봐, 나의 타락 천사. 당신은 조만간 내 것이 되리라는 걸 알지. 그런데 왜 나를 이렇게 괴롭히는 거야? 사랑하고 있는 체첸인이 있는 것도 아니잖아, 안 그래? 만약에 그렇다면 지금 당장 집으로 보내 줄게.' 여자는 알아차리기 힘들 정도로 살짝 놀라는 기색을 보이며 고개를 저었어요. 페초린은 계속해서 말했죠. '아니면 나는 당신에게 혐오스러운 사람일 수밖에 없는 건가?' 벨라는 한숨을 쉬었어요. '아니면 당신의 신앙 때문에 나를 사랑할 수 없는 건가?' 벨라는 창백해져서 침묵을 지켰어요. '날 믿어. 알라는 어느 인종에게나 같은 분이야. 그러니 그가 내게 당신을 사랑하는 걸 허락했다면, 왜 당신에겐 그렇게 하지 못하도록 하겠어?' 벨라는 페초린의 얼굴을 뚫어져라 바라봤어요. 이 새로운 생각들에 놀란 것 같았죠. 벨라의 두 눈이 불신과 동시에 확신하고픈 열망을 드러냈어요. 그 눈들! 마치 두 개의 석탄처럼 까맣게 빛났죠. '잘 들어. 나의 사랑하는 착한 벨라!' 페초린이 계속해서 말했어요. '내가 얼마나 당신을 사랑하는지 알지? 나는 당신을 기쁘게 하는 일이라면 뭐든 할 준비가 돼 있어. 당신을 행복하게 해 주고 싶다고. 그런데 당신이 다시 슬퍼진다면, 그럼 난 죽어 버릴 거야. 말해 줘. 이젠 기운 낼 거지?'

벨라는 까만 눈들을 페초린에게서 떼지 않은 채로 생각에 잠겼어요. 그리고 부드럽게 미소 짓더니, 동의의 표시로 고갤 끄덕였죠. 페초린은 벨라의 손을 잡고 입맞춤해 달라고 설득하기 시작했어요. 벨라는 힘없이 저항하면서, 이런 말을 반복할 뿐이었죠. '제발, 제발, 안 돼요, 안 돼요.' 페초린은 점점 더 고집을 부렸고, 벨라는 몸을 부르르 떨더니 울음을 터뜨렸어요.

'나는 당신의 포로야.' 벨라가 말했어요. '당신의 노예야. 물론 당신은 나를 마음대로 할 수 있겠지.' 그러고는 눈물을 멈췄어요.

그리고리 알렉산드로비치는 자신의 이마를 주먹으로 치더니 옆방으로 달려가 버렸어요. 저는 페초린에게로 갔죠. 팔짱을 낀 채로 침울하게 서성대고 있더군요.

'어이, 무슨 일이쇼?' 제가 말했어요.

'악마예요. 여자가 아닙니다!' 페초린이 대답했죠. '하지만 저 여자가 제 것이 될 거라는 것만은 제 명예를 걸고 약속합니다……'

저는 고개를 저었습니다.

'내기하실래요?' 페초린이 말했어요. '일주일만 주세요!'

'좋아!'

우리는 계약을 맺고 헤어졌어요.

다음 날 페초린이 가장 먼저 한 일은 급히 키즈랴르에 심부름꾼을 보내 이것저것을 사들이는 거였어요. 다양한 무늬의 페르시아 직물들이나, 아무튼 일일이 말하기엔 너무 많은 것들을 잔뜩 가지고 왔죠.

'어떻게 생각하세요, 막심 막시므이치!' 저에게 그 선물들을 보여 주면서 말했어요. '아시아 미녀가 이런 것들 한 부대를 거절할 수 있을까요?'

저는 대답했습니다. '자넨 여기 체르케스 여자들을 모르는구먼. 그루지야 여자들이나 카프카스 전역의 타타르 여자들이 서로 다른 것처럼, 여자라고 다 같은 건 아니야. 그들 나름대로의 규칙이 있는 거고 모두 다르게 자라 왔다고.' 그리고리 알렉산드로비치는 미소를 지으며 휘파람으로 행진곡을 불기 시작했어요.

제 생각이 옳았다는 게 드러났어요. 선물의 효과는 기대치의 절반 정도밖에 안 됐죠. 벨라는 갈수록 상냥해지고 점점 더 페초린을 믿게 되었지만, 거기까지였죠. 그래서 페초린은 마지막 수단을 쓰기로 결심했어요. 어느 날 아침, 말에는 안장을 채우고 체르케스인의 옷을 입고 무장을 한 채로 벨라에게 갔어요. '벨라!' 페초린이 말했죠. '내가 당신을 얼마나 사랑하는지 알지. 내가 감히 이리로 당신을 데려온 건, 당신이 나를 알게 되면 사랑하게 될 거라고 생각했기 때문이야. 내가 실수했어. 잘 있어! 내가 가진 물건들은 다 남겨 놓을게. 만약에 원한다면, 당신 아버지에게 돌아가도 좋아. 당신은 자유야. 당신 앞에서 나는 죄인이고. 벌을 받아도 마땅해. 안녕, 나는 떠나. 어디로? 나도 모르겠어. 아마 총알이나 칼침을 쫓아다니는 것도 얼마 안 가 끝이 나겠지. 그때쯤엔 나를 기억해 줘. 그리고 용서해.' 페초린은 돌아서서 작별의 손을 내밀었어요. 벨라는 그 손을 잡지 않았고 조용히 있었죠. 하지만 저는 문 뒤에 서 있었기 때문에 틈 사이로 얼굴을 볼 수 있었어요. 가여운 것……. 죽은 사람처럼 창백한 기운이 그 작고 사랑스러운 얼굴 위에 퍼져 있었어요! 대답이 없자 페초린은 문을 향해 몇 발 걸어갔어요. 떨고 있었어요. 그리고 이런 말을 해도 될지 모르겠지만, 그 사람이 농담한 대로 정말 그렇게 할 수도 있을 거라는 생각이 들더라고요. 정말이지 아무도 속을 알 수 없는 그런 종류의 인간이었던 겁니다! 하지만 페초린이 문 근처까지 가기도 전에, 벨라가 울음을 터뜨리며 뛰어올라 페초린의 목에 매달렸어요. 믿기세요? 전 문 뒤에 서서 같이 울음을 터뜨렸어요. 제 말은, 아시겠지만 진짜 울음을 터뜨렸다는 건 아니고요, 그건 단지…… 으, 바보 같은 일이었죠!"

이등대위는 말을 멈췄다.

"그래요, 인정하죠." 그는 잠시 후 콧수염을 잡아당기며 말했다. "어떤 여자도 절 그만큼 사랑해 준 적이 없다는 생각에 끓어올랐던 거예요."

"그래서 그들의 행복이 계속됐습니까?" 나는 물었다.

"네. 벨라는 페초린을 처음 본 그날부터 종종 꿈에서도 봤다는 걸 고백했어요. 그리고 그 이전에는 그처럼 강한 인상을 남긴 남자를 만나 본 적이 없었다는 것도요. 그래요, 그 사람들은 행복했어요!"

"참 재미없네요!" 나도 모르게 소리쳤다. "사실 비극적인 결말을 기대하고 있었거든요. 정말 이렇게 실망하게 될 줄은 몰랐는데!" 나는 계속해서 말했다. "그 아버지가 당신들의 요새에 여자가 있을 거라고 의심하지는 않았습니까?"

"사실은 의심했을 것 같아요. 며칠 뒤 우린 그 노인이 살해당했다는 걸 알게 됐죠. 그게 어떻게 된 일이었냐 하면……"

나는 다시 주의를 기울였다.

"먼저 카즈비치는 아자마트가 아버지의 동의하에 말을 훔쳤을 거라고 생각했다는 걸 말씀드려야겠네요. 이건 적어도 제 추측이지만요. 그래서 하루는 마을에서 3킬로미터 정도 떨어진 길가에서 기다리고 있었던 거예요. 노인은 딸을 찾아 헛되이 헤매다가 집으로 돌아오는 길이었어요. 귀족들 무리는 뒤처져 있었죠. 황혼 무렵이었어요. 노인은 수심에 잠겨 말을 걷도록 내버려 두고 있었는데, 갑자기 수풀 속에서 고양이처럼 튀어나온 카즈비치가 말 뒤쪽으로 뛰어 올라와서 노인에게 칼을 꽂고는 땅바닥으로 내동댕이쳤어요. 그리고 말고삐를 잡고 가 버렸죠. 귀족들이 언덕 위에서 이 광경을 다 봤어요. 쫓아갔지만 결국 잡지 못했죠."

"잃어버린 말을 보상받고 복수한 거군요." 나는 대화 상대의 의견을 끌어내기 위해 이렇게 말했다.

"물론이죠. 그 사람들의 기준에 따르면 그놈이 옳았던 거죠." 이등대위가 말했다.

나는 이 러시아인이 어쩌다 함께 살게 된 종족의 관습에 적응해 나가는 능력을 보고 놀라지 않을 수 없었다. 이런 정신적 특성이 비난받을 만한 것인지 칭찬받을 만한 것인지는 알 수 없었지만, 바로 이 점이 그가 믿을 수 없을 정도로 유연하다는 것, 그리고 명확한 상식을 지녔다는 것을 증명해 주고 있었다.

여기에서 상식이란 악이 필요하다고 느껴지거나 그것을 없애는 것이 불가능하다고 느껴질 때마다, 용서해 버리는 것을 말한다.

그러는 동안에 차를 다 마셨다. 오래전에 마구를 씌워 놓은 말들이 눈 속에서 떨고 있었다. 달은 서쪽에서 어슴푸레 빛났으며, 먼 산봉우리에 찢어진 커튼 자락처럼 걸려 있는 검은 구름 속으로 빠져들 준비를 하고 있었다. 우리는 오두막을 나섰다. 길동무의 예상과 달리 날이 개어서, 고요한 아침이 올 것을 약속하고 있었다. 먼 지평선에서는 절묘한 무늬로 뒤엉켜 있던 별들의 춤이 차례로 하나씩 끝나 가면서 새벽의 파리한 잔영이 진보랏빛 하늘 위에 넘쳐 났고, 순결한 눈으로 덮인 산의 가파른 경사면이 점점 밝아졌다. 좌우에서는 음울하고도 신비로운 낭떠러지의 밑 부분이 검게 물들어 갔고, 그곳으로 뱀처럼 빙글빙글 말아 올라 휘감는 모양의 안개가 미끄러져 내려오더니 가까운 절벽의 주름을 따라 기어 내려갔다. 마치 아침이 가까워진 것을 느끼고 두려워하는 것 같았다.

하늘과 땅의 모든 것이 고요하여 아침 기도의 순간에 있는 인간의 마음과도 같았다. 때때로 차가운 바람만이 동쪽으로부터 불어와, 말갈기 위의 흰 서리를 살짝 털어 냈다. 우리는 여행을 시작했다. 다섯 마리의 여윈 말이 우리의 짐을 힘겹게 끌면서, 구드 산으로 이어지는 길을 따라 올라갔다. 우리는 말들이 지칠 때마다 바퀴에 돌을 괴어 가며 뒤에서 걸어갔다. 길은 하늘로 이어지는 것 같아 보였다. 왜냐하면 눈으로 볼 수 있는 한 그것은 계속되는 오르막이었는 데다가, 마침내는 구름 속으로 자취를 감추었기 때문이다. 그 구름은 전날 저녁부터 구드 산의 정상에서 쉬고 있었다. 먹이를 기다리는 독수리처럼.

발밑에서 눈이 사각거렸다. 공기가 점점 희박해져서 숨 쉬기가 고통스러웠다. 또 매 순간 머리로 피가 쏠렸지만, 이 모든 것에도 불구하고 어떤 즐거운 종류의 느낌이 내 혈관을 따라 퍼져 갔으며, 나는 왜 그런지 세상으로부터 아주 높이 올라와 있다는 사실에 기쁨을 느꼈다. 물론 유치한 감정이었지만, 우리는 사회적 인습으로부터 벗어나 자연으로 더 가까이 다가설 때에 그처럼 어린아이가 될 수밖에 없는 것이다. 습득해 온 모든 것들이 영혼으로부터 떨어져 나간다. 그러므로 영혼이란 과거의 한 때와도 같은 것이 되며, 미래의 어느 날에도 또다시 이러한 모습이 될 것이다. 나처럼 거친 산을 헤매며 오랫동안 그 환상적인 모습을 관찰하고 골짜기들에 퍼져 있는 활기찬 공기를 게걸스럽게 삼켜 볼 기회가 있었던 사람이라면, 분명 이처럼 마법 같은 그림들을 전하고 이야기하고 그리고자 하는 욕구를 이해할 것이다. 마침내 우리는 구드 산 정상에 다다라 멈추어 서서 주위를 둘러보았다. 산 위에 걸린 회색 구름이 차가운 숨결로 가까운 곳에 폭풍을 불러와 우리를 위협했지만, 동쪽에선 모든 것들이 너무나 선명했고 황금빛으로 빛나고 있었기에, 우리는, 말하자면 이등대위와 나는 그 구름에 대해서는 완전히 잊어버렸다……. 그렇다. 이등대위 역시 마찬가지였다. 단순한 마음속에서는 자연의 아름다움과 장엄함에 대한 느낌이란 것이, 우리들처럼 입으로 말하거나 글로 쓰는 열광적인 이야기꾼들의 것보다 백배는 더 강렬해지고 생생해지는 것이다.

"이런 아름다운 광경에 익숙하시겠죠?" 나는 그에게 말했다.

"그럼요. 심지어 총소리에도 익숙해지는데요, 뭐. 자기도 모르게 심장이 뛰는 것까지 숨길 수 있게 되는 거죠."

"반대로 어떤 노병들은 그 소리가 노랫소리처럼 유쾌하게 들린다고까지 하던데요?"

"물론이죠. 만약 그 소릴 좋아한다면 유쾌하고말고요. 하지만 그것 역시 심장이 더 세게 뛰기 때문이라고요. 보세요." 그는 손가락으로 동쪽을 가리키며 덧붙였다. "놀라운 곳이죠!"

정말로 그런 장관을 앞으로 어디서 또 볼 수나 있을지 모르겠다. 우리 아래쪽에 누워 있는 코이샤우르 계곡에는, 마치 두 가닥의 은빛 실처럼 보이는 아라그바 강과 또 하나의 강이 교차하고 있었다. 계곡을 따라 미끄러지는 푸르스름한 안개는 따스한 아침 광선을 피해 가까운 협곡으로 달아나고 있었다. 양쪽의 산 정상들은 갈수록 높아졌고, 서로 교차하여 뻗어 나갔으며, 눈이나 관목들로 덮여 있었다. 멀리 더 많은 산들이 보였지만, 그중 어느 절벽들도 서로 모양이 비슷한 것 없이 제각각이었다. 불그레하게 타오르는 사방의 눈들은 너무나 밝고 선명하게 빛나고 있어서, 영원히 그렇게 머물러 있을 것 같아 보였다. 진청색 산 뒤로는 태양이 살짝 보였다. 그 산과 먹구름을 분간해 내는 것은 숙련된 눈으로나 가능한 일이었다. 그러나 태양 위로 핏빛처럼 빨간 띠가 드러났고, 내 동무는 이를 유심히 바라보더니 외쳤다. "그것 보세요. 오늘 밤 날씨가 지독할 거라니까요. 서두르지 않으면 크레스토바야 산에서 저 구름에게 붙잡히겠어요. 갑시다!" 그는 마부에게 소리쳤다.

우리는 제동 장치 대신 바퀴에 사슬을 감아 그것들이 제멋대로 굴러가지 못하도록 만들었다. 말들에 재갈을 물리고 내려가기 시작했다. 오른편은 절벽이었고, 왼편의 낭떠러지 밑에 있는 오세트인들의 촌락은 마치 제비 둥지 같아 보였다. 문득

칠흑 같은 밤마다 마차 두 대도 지나가지 못할 이런 길 위를, 덜컹거리는 마차에서 내리지도 못하고 일 년에 열 번은 오고 갈 급사를 생각하니 소름이 끼쳤다. 우리의 마부들 중 하나는 야로슬라블에서 온 러시아 농부였고, 다른 하나는 오세트인이었다. 오세트인은 가운데 말의 고삐를 최대한 조심스럽게 잡으면서 바깥쪽 말들을 미리 마차로부터 풀어 놓았지만, 우리의 태평한 러시아인은 앉은 자리에 붙어서 일어날 줄을 몰랐다! 내가 가방을 저 밑바닥에 내려가 줍지 않길 바란다며 주의를 주자, 그는 대답했다. "왜 그러세요, 나리! 신이 도우실 겁니다. 우리도 저들처럼 잘 해낼 거예요. 어쨌든 저도 여기가 처음은 아니라고요." 그리고 그가 옳았다. 제대로 갈 수 없었던 게 당연했는데도 어쨌든 해냈던 것이다. 만약 모든 사람들이 조금만 더 생각해 본다면, 삶이란 그다지 많은 걱정을 할 가치가 없음을 알게 될 것을…….

그렇지만 당신은 아마도 벨라에 관한 이야기가 어떻게 끝났는지 궁금하겠지? 무엇보다도 내가 쓰고 있는 것은 소설이 아니라 여행기이며, 그렇기 때문에 이등대위가 먼저 입을 열기 전에 말하게 만들 수는 없는 것이므로, 잠시 기다려 주길 바란다. 혹시 원한다면 몇 장을 미리 넘겨 봐도 좋다. 하지만 그렇게 하라고 하고 싶지는 않다. 왜냐하면 크레스토바야 산(혹은 박식한 감바가 붙인 이름을 따르자면 성 크리스토프 산*)을 넘어가는 일은 당신의 호기심을 자극할 만하기 때문이다. 그리하여

---

* 치플리스에 프랑스 영사로 있었던 자크 프랑스와 감바는 1826년 저술한 러시아 여행기에서, 크레스토바야 산을 성 크리스토프 산으로 오역한 바 있다.

우리는 구드 산을 내려가 체르토바 계곡으로 들어서고 있었다……. 이 얼마나 낭만적인 이름인가! 당신은 벌써 험악한 절벽들 사이에 자리한 악령의 둥지를 그려 보고 있을 것이다. 그러나 사실은 전혀 이와 같지 않다. 이 계곡의 이름은 단어 '쵸르트(악마)'가 아니라 '체르타(경계)'로부터 유래했다. 한때 그루지야의 국경선이었던 이 계곡은 사라토프나 탐보프, 그리고 우리 고향에 있는 그 밖에 사랑스러운 곳들을 무척이나 생생하게 떠올리게 하는 눈 더미들로 온통 뒤덮여 있었다.

"이제 크레스토바야 산이네요!" 체르토바 계곡으로 내려가고 있을 때, 이등대위가 눈의 장막을 씌워 놓은 듯한 언덕을 가리키며 말했다. 정상에는 돌로 된 십자가가 검게 보였고, 그것을 지나는 길은 거의 식별하기 어려웠다. 그 길은 측면의 길이 눈으로 봉쇄됐을 때에만 지나다니는 길이었다. 말의 힘을 아끼기 위해 우리의 마부들은 아직 눈사태가 없었다며 우리를 낮은 길로 데려갔다. 모퉁이를 돌 때 다섯 명가량의 오세트인을 만났다. 그들은 도와주겠다고 나서더니 고래고래 소리를 지르며 바퀴를 잡고 우리의 마차를 끌며 지탱하기 시작했다. 그 길은 정말로 위험했다. 우리 머리 오른편 위로 거대한 눈 덩이가 매달려 있었는데, 한 번만 획하고 바람이 불어도 골짜기 아래로 굴러 떨어질 준비가 되어 있는 것처럼 보였다. 좁은 길은 군데군데 눈으로 덮여 있었고, 어떤 곳은 발밑이 꺼져 있기도 했지만, 또 다른 곳은 태양 광선과 밤 서리의 작용으로 인해 빙판이 되어 있어서 걸어가는 데 애를 먹었다. 말들은 계속해서 넘어졌다. 왼편에는 깊은 협곡이 입을 벌리고 있었는데, 그곳에서 흐르는 급류는 빙판 밑으로 숨었다가 검은 돌들 사이로 거품을 일으키며 솟아오르곤 했다. 두 시간이 지나도록 크레스토바야 산의 근처에도 갈 수 없었다. 겨우 2킬로미터 정도를 갔을 뿐이다! 그러는 동안 구름이 깔리면서 우박이 떨어지기 시작하더니 눈이 퍼부었다. 골짜기로 휘몰아치는 바람이 울부짖었고, 정겨운 꾀꼬리 강도*처럼 휘파람을 불었으며, 돌십자가는 곧 동쪽에서 흘러 들어와 점점 더 무성해지고 빽빽해져서 파도치는 안개 속으로 사라져 갔다……. 덧붙여 말하면, 여기에 믿기지는 않지만 공공연하게 알려진 전설이 하나 있는데, 그것은 즉 표트르 대제가 카프카스 산맥을 넘어갈 때 이 십자가를 세웠다는 이야기다. 그러나 무엇보다도 표트르 대제는 다게스탄까지밖에 간 적이 없는 데다가, 십자가에 대문자로 새겨진 글귀에도 이것이 1824년에 예르몰로프 장군의 지시로 세워진 것이라 적혀 있다. 그럼에도 불구하고 위의 전설은 너무나 깊이 뿌리박힌 것이어서, 더구나 기록을 있는 그대로 믿지 않게 된 이러한 시대에 와서는 무엇을 믿어야 할지를 도무지 알 수 없게 된 것이다.

코비 역에 다다르기 위해서 얼음이 덮인 바위와 무너질 위험이 있는 눈길 위를 5킬로미터 정도 더 내려가야 했다. 말들은 완전히 지쳤는데다, 우리는 추위에 질려 있었다. 눈보라는 점점 더 큰 소리로 윙윙댔다. 그 야만적인 가락이 좀 더 슬프고 가련하기만 했더라면, 마치 북쪽 우리 고향에서 불어오던 바람 소리와도 같았을 것이다. '너 또한 추방당했구나.' 나는

---

* 러시아 민담에 등장하는 휘파람 부는 장수. 동물의 울음소리를 흉내 내어 적을 겁주는 기괴한 노상 강도였다고 한다.

생각했다. '넓고 광활한 초원을 그리며 울고 있구나! 그곳이라면 네 차가운 날개를 펼칠 곳이 있을 텐데. 이곳의 너는 쇠로 된 우리의 창살을 두드리며 우는 한 마리 독수리처럼, 갇힌 채로 숨 쉬지도 못하고 갑갑해하는구나.'

"큰일인데요!" 이등대위가 말했다. "보세요. 주위에 안개와 눈밖에 보이지 않잖아요. 언제라도 벼랑으로 떨어지거나 덤불에 걸려 갇힐 수 있다고요. 게다가 아마 저 밑에 바이다라 강물은 너무 불어나서 건널 수가 없을 겁니다. 이런 게 바로 아시아라는 겁니다! 사람이건 강이건 절대로 믿을 수가 없거든요!"

마부들은 말을 때리며 소리 지르고 욕을 해 댔다. 말들은 그 능변의 채찍질에도 불구하고 씩씩거리며 멈추어 서서, 세상 무엇을 준다 해도 움직이지 않겠다는 듯이 버텼다.

마침내 마부 중 한 명이 말했다. "나리, 오늘 밤엔 코비까지 가지 못하겠는데요. 갈 수 있을 때 왼쪽 길로 방향을 돌리면 어떨까요? 저기 비탈 위에 보이는 거뭇거뭇한 것이 오두막 같은데 말입니다. 여행객들이 날씨가 안 좋을 때마다 들르는 곳이죠. 저 사람들에게 술값 좀 쥐어 주시면 길을 안내할 겁니다." 그는 한 오세트인을 손가락질하며 이렇게 덧붙였다.

"알아, 이 친구야. 말 안 해도 안다니깐!" 이등대위가 말했다. "아, 저 악당 놈들! 어떻게든 돈을 뜯어 낼 기회만 왔다 하면 덤벼든다니까요."

"하지만 사실 저들이 아니었으면 더 막막했을 텐데요." 나는 말했다.

"그건 그렇죠. 그래요." 그는 중얼거렸다. "이런 식의 안내에는 아주 질렸어요! 어디서 어떻게 이용해 먹을 수 있을지를 본

능적으로 안다니까요. 지들이 없으면 길을 찾지 못할 것처럼 구는 거라고요."

그래서 우리는 왼쪽으로 길을 꺾었고, 그렇게 분주히 얼마간 후에 간신히 볼품없는 피난처에 다다랐다. 그곳에는 널빤지와 자갈돌을 겹쳐 지붕과 벽을 만든 오두막 두 개가 있었다. 다 해진 옷을 걸친 주인들이 나와서 반갑게 우리를 맞이했다. 그들이 폭풍우에 갇힌 여행객들을 받아 준다는 조건으로 정부로부터 돈과 식량을 지급받는다는 사실은 나중에 알게 되었다.

"차라리 더 잘됐습니다!" 나는 불가에 자리를 잡고 앉으며 말했다. "이제 벨라에 관한 이야기를 마저 할 수 있겠네요. 제 생각엔, 분명 그게 끝이 아닐 것 같은데요."

"왜 그렇게 생각하세요?" 이등대위가 눈을 찡긋하더니 장난기 어린 미소를 지으며 답했다.

"왜냐하면 일이란 건 그렇게 될 수가 없는 거니까요. 평범치 않게 시작된 일은 반드시 평범치 않게 끝이 나죠."

"아, 제대로 맞추셨습니다……."

"신나는데요."

"그쪽이야 그러시겠지만, 전 그 일을 떠올리는 게 정말로 슬프답니다. 벨라는 아주 훌륭한 소녀였어요! 결국엔 그 애와 아주 친해져서, 제 딸처럼 여겼죠. 그 애도 절 좋아했고요. 제게 가족이 없다는 걸 말씀드려야겠네요. 부모님 소식을 들은 지는 벌써 십여 년이 됐고, 아내를 가질 생각은 옛날부터 해 본 적도 없거든요. 그리고 보시다시피 그런 일은 앞으로도 없을 것 같아요. 그래서 누군가 제게 응석을 부리는 사람을 찾은 것이 기뻤어요. 그 애는 종종 우리 앞에서 노래하고 레즈긴카*를 췄고…… 춤은 또 얼마나 잘 췄는지! 전 지방 도시의 젊은 아가씨들을 봐 왔고, 또 한번은 모스크바의 귀족 클럽을 방문한 적도 있었는데, 그게 아마 한 이십 년은 된 일이지…… 거기에도 그 애처럼 춤을 잘 추던 사람은 없었다니까요! 전혀! 그리고리 알렉산드로비치는 그 앨 작은 인형처럼 입혀 놓고, 애지중지 돌보며 귀여워했죠. 그 미모는 우리와 함께 있으면서 눈부시게 발전했어요. 볕에 그을었던 얼굴과 손의 색이 엷어지고요, 뺨에는 홍조를 띠기 시작했고…… 그리고 또 얼마나 즐거워했다고요. 언제나 저를 놀려 대던 장난꾸러기였죠……. 하느님, 그 애를 용서하시길!"

"그럼 아버지의 죽음을 알렸을 땐 어땠습니까?"

"우린 그 애가 새로운 환경에 익숙해질 때까지 오랫동안 그 사실을 비밀로 했어요. 그러고 나서 말했는데, 한 이틀 정도를 울더니 잊어버렸어요.

한 넉 달 동안 모든 일은 더할 나위 없이 좋았어요. 이미 말씀드린 것 같은데, 그리고리 알렉산드로비치는 사냥을 열렬하게 좋아해서 때로 멧돼지나 야생 염소를 잡으러 숲으로 가고 싶은 충동이 일곤 했지만, 그즈음엔 요새의 흙벽 너머로 한 발짝도 나가지 않으려 했죠. 하지만 곧 다시 상념에 잠겨서 등 뒤에 깍지를 낀 채로 방 안을 서성대곤 한다는 걸 알게 됐어요. 그러던 어느 날 아무에게도 말하지 않고 오전 내내 사냥을 나갔고, 이런 일이 한 번 더 되풀이되더니, 점점 더 잦아졌죠. '저런, 아마

---

* 카프카스의 민속춤.

사소한 말다툼이 있었을 거야!' 저는 이렇게 생각했어요.

어느 날 아침에 둘을 보러 갔어요. 아직도 눈앞에 그 모습이 선해요. 벨라는 검은색 비단으로 된 베슈메트를 입고 침대에 앉아 있었어요. 그 모습이 너무나 창백하고 슬퍼 보여서 깜짝 놀랐죠.

'페초린은 어디 있니?' 저는 물었어요.

'사냥 갔어요.'

'오늘 갔니?'

그 애는 마치 셈하기가 어렵다는 듯이 말이 없었어요.

'아니요. 어제요.' 그리고 마침내 깊은 한숨을 내쉬며 말했죠.

'무슨 일이라도 있는 건 아니겠지?'

그 애가 눈물을 흘리며 대답했어요. '어제 하루 종일 생각해 봤는데요, 가지가지 불상사를 떠올려 봤어요. 사나운 멧돼지에게 당해 상처를 입었거나, 체첸인들이 산으로 끌고 들어가 버렸을지도 모른다고……. 그런데 오늘은 그 사람이 날 사랑하지 않는다는 생각을 하게 됐어요.'

'얘야, 그건 정말 최악의 상상이구나!'

그 애는 울기 시작하더니, 고개를 빳빳이 치켜들고 눈물을 닦으면서 말했어요.

'만약에 그 사람이 날 사랑하지 않는다면, 그 사람이 날 집에 보내는 걸 막을 사람도 없겠죠? 내가 그 사람에게 강요할 순 없는 거죠. 하지만 계속 이런 식일 거라면 떠나겠어요. 난 그 사람의 노예가 아니라 공작의 딸이라고요!'

저는 그 애를 설득하기 시작했어요.

'자, 벨라. 하지만 결국 그 사람은 네 치맛자락에 수놓인 그림처럼, 그렇게 여기에 머물러 있을 수만은 없는 거란다. 젊은 남자고, 작은 들짐승을 쫓아다니는 걸 좋아하잖니. 당분간 돌아다니다가 다시 돌아올 거야. 하지만 그때도 네가 울적해 보인다면, 금방 다시 싫증을 내겠지.'

'맞아요! 맞아요!' 그 애가 대답했어요. '즐겁게 지낼게요.' 그러더니 웃음을 터뜨리면서 탬버린을 쥐고 노래하고 춤추며 제 주위를 뛰어 다니기 시작했어요. 하지만 이것도 오래가지 않았어요. 다시 침대 위로 쓰러져서 두 손으로 얼굴을 감쌌죠.

제가 뭘 어떻게 할 수 있었겠어요? 아시다시피 전 여자를 다루어 본 적이 없었거든요. 그 애를 어떻게 위로해야 할지를 생각하고 또 생각해 봤지만, 아무런 생각도 해낼 수 없었죠. 한동안 우리는 말없이 있었어요……. 그렇게 불쾌한 일도 또 없더라고요!

마침내 저는 이렇게 말했어요. '성벽 위를 좀 산책해 볼까? 날씨가 좋은데!' 그때가 9월이라, 날은 정말 아름답고 화창한 데다 덥지도 않았죠. 산의 풍경 전체가 마치 접시 위에 오른 요리처럼 한눈에 들어왔어요. 우리는 말없이 성벽 위를 오며 가며 걷고 또 걸었죠. 결국 그 애는 잔디 위에 앉았고, 저는 그 애 옆에 앉았어요. 정말, 이제 와 생각해 보니 우습네요. 제가 그 애의 보모라도 되는 양 졸졸 쫓아다니던 꼴이요.

우리 요새는 고지대에 있어서 성벽으로부터 내다보이는 경치가 아름다웠죠. 한쪽으로는 광활한 초원이 펼쳐져 있었는데, 여러 개의 길쭉한 발카*들로 움푹 팬 그곳은 산마루까지 길게

---

* 골짜기.(저자의 주)

뻗은 숲에 이르러 끝이 나 있었어요. 여기저기 원주민들의 촌락에서 연기가 피어올랐고, 말들이 떼지어 다니고 있었어요. 다른 쪽에선 얕은 강이 빽빽한 관목 숲 옆으로 흐르고 있었죠. 그 숲은 카프카스의 주요 일대에 속한 돌이 잔뜩 널린 고지를 덮고 있었어요. 우리는 보루의 구석에 앉아 있어서 양쪽을 다 볼 수 없었어요. 제가 본 것은 이거예요. 누군가 회색 말을 타고 숲에서 달려 나오더니 점점 가까워졌어요. 그리고 마침내 200미터쯤 떨어진 강 건너편에 서서, 미친 듯이 말을 빙빙 돌리기 시작했어요. 도대체 무슨 일인지!

'벨라. 잘 봐. 네 눈은 젊으니까, 저 멋진 기수(騎手)가 누군지를 봐. 누굴 즐겁게 해 주러 온 걸까?'

그 애가 보더니 소리쳤어요.

'카즈비치예요!'

'아, 그 강도 놈! 그놈이 우리를 놀리러 왔나?' 저는 좀 더 자세히 살펴봤어요. 정말 카즈비치였죠. 거무스레한 얼굴에, 누더기 같은 옷에, 변함없이 더러운 모습이었어요.

'저건 우리 아버지의 말이에요!' 벨라가 제 팔을 잡으며 말했어요. 그 애의 몸은 나뭇잎처럼 부들부들 떨렸고, 두 눈에선 불꽃이 일었어요. '아하!' 저는 생각했죠. '내 사랑, 네 속에도 강도의 피가 흐르는구나!'

'이리 와 봐.' 저는 보초병에게 말했어요. '총을 잘 조준해서 저놈을 말에서 떨어트리라고. 은화를 줄 테니까.'

'예, 알겠습니다. 그런데 저놈이 가만히 서 있지를 않아서……'

'명령 해 봐!' 저는 웃으며 말했어요.

'야, 친구!' 보초병이 놈에게 팔을 흔들며 외쳤어요. '가만히

좀 있어 봐. 왜 팽이처럼 돌고 있냐?'

카즈비치가 정말로 멈추어 서더니 우리의 말을 들으려 했어요. 분명 우리가 협상하려 한다고 생각했던 거예요. 왜 아니었겠습니까!

우리의 사수는 조준을 했고…… 발사했지만! 빗맞았어요. 화약이 약실에서 터져 나오자마자, 카즈비치는 말을 몰아 다른 편으로 건너뛰었어요. 그리고 등자를 딛고 일어나 뭐라 자기 나라 말로 소리를 지르더니, 채찍으로 위협하는 듯한 시늉을 해 보이고 사라졌어요.

'부끄러운 줄 알게!' 저는 보초병에게 말했어요.

'죽으러 간 겁니다. 저런 저주받을 놈들은 한 번에 죽여 놓을 수가 없다니까요.' 보초병이 대답했어요.

십오 분쯤 후에 페초린이 사냥에서 돌아왔어요. 벨라는 페초린의 목에 매달리더니, 오랫동안 떠나 있었던 것에 대해서는 불평도 비난 한마디도 하지 않았죠……. 이번에는 심지어 저까지 화를 냈는데도요. '세상에 맙소사! 방금 전에 카즈비치가 바로 강 건너편에 나타나서 우리가 총을 쐈네. 자네도 곧 마주치게 될지 모른다고. 여기 산악민들은 복수심이 대단하거든. 자네가 어느 정도 아자마트를 도운 걸 그놈이 모를 거라고 생각하나? 게다가 오늘은 놈이 분명히 벨라를 알아봤어. 내가 알기론 일 년 전쯤에 놈이 벨라에게 단단히 반했었다고. 직접 나한테 말했었어. 만약 그 엄청난 칼림을 모을 수만 있었다면 청혼했을 거라고……'

페초린은 생각에 잠긴 듯 보였어요. '네. 더 조심해야겠습니다……. 벨라, 앞으로는 성벽 위를 걸어 다니지 말도록 해.'

그날 저녁 저는 페초린과 오랜 대화를 나눴습니다. 저는 그 불쌍한 소녀에 대한 페초린의 마음이 변했다는 사실에 화가 났어요. 반나절을 사냥에 보낸 데다, 그 애를 대하는 태도까지 냉랭했거든요. 좀처럼 그 애를 만지는 법이 없었고, 그 애는 눈에 띄게 시들어 갔어요. 그 작은 얼굴이 더 마르고 큰 눈에서는 윤기가 사라져 갔죠. '벨라. 왜 한숨은 쉬니? 슬프니?'라고 물으면 '아니요!'라고 대답했죠. '뭐 하고 싶은 거 있니?' '아니요!' '가족이 그립니?' '전 가족이 없어요.' 어떤 날은 하루 종일 '네', '아니요'란 소리밖에 들을 수가 없었다니까요.

그래요. 제가 페초린에게 말하기 시작했던 건 이런 문제들이었어요. 페초린은 대답했죠. '이보세요, 막심 막시므이치. 저는 불행한 기질을 지니고 있습니다. 그렇게 길러진 건지, 처음부터 신이 그렇게 만들어 놓으신 건지는 잘 모르겠습니다. 단지 제가 다른 사람들에게는 불행의 원인이며, 저 자신도 행복하지 못하다는 것만을 압니다. 물론 그 사람들에겐 전혀 위로가 되지 않겠지만, 그럼에도 불구하고 사실인걸요. 어렸을 적에 가족의 감시에서 벗어나게 된 순간부터, 전 돈으로 살 수 있는 모든 쾌락을 미친 듯이 쫓아다니기 시작했습니다. 물론 그런 쾌락들은 혐오스러운 것들이 되어 갔죠. 그런 뒤엔 상류 사회로 뛰어들었지만, 마찬가지로 곧 그 세계에 질려 버렸습니다. 세련된 미녀들을 사랑했고 그들에게서 사랑받았지만, 그 사랑은 제 상상력과 자존심을 격분시킬 뿐이었죠. 제 마음은 텅 비었어요……. 저는 책을 읽고 공부하기 시작했습니다만, 학문에도 넌더리가 났죠. 명예나 행복은 학문에서 비롯되는 것이 전혀 아니라는 것을 알게 됐습니다. 왜냐하면 가장 행복한 사람들이란 멍청이들인 것이고, 명예란 행운이 따라야 하는 문제여서, 그것을 얻기 위해서는 민첩해야 하는 것뿐이었죠. 그러자 지루해졌습니다……. 저는 곧 카프카스로 발령을 받았죠. 이때가 제 인생에서 가장 행복한 시기였어요. 체첸의 총알 세례 속에서 지루함이 끝나기를 바랐습니다. 헛된 바람이었죠! 한 달이 지나자 총소리에도, 코앞에 닥친 죽음에도 익숙해졌습니다. 정말로 모기 소리에 더 신경이 쓰였다니까요. 거의 마지막이라 할 희망이 사라진 뒤였기 때문에, 전보다 더 지루해졌습니다. 제 집에서 벨라를 봤을 때, 그리고 처음 제 무릎에 앉혀 그 검은 곱슬머리에 입맞춤했을 때, 바보 같지만, 동정심 많은 운명이 보내 준 천사라고 생각했죠……. 다시 한 번 헛짚었던 겁니다. 야생의 처녀를 사랑하는 일은 귀부인을 사랑하는 일보다 나을 게 없었죠. 그 무지함과 순진무구함도 귀부인의 교태와 다를 게 없는 겁니다. 어쨌든 저는 아직도 벨라를 사랑한답니다. 달콤했던 지난 시간들에 대해 감사해요. 그녀를 위해 죽을 수도 있습니다. 단지 함께 있는 게 지루할 뿐입니다……. 제가 바보인지 악당인지는 모르겠습니다. 하지만 한 가지 확실한 건, 저도 불쌍한 사람이라는 겁니다. 어쩌면 벨라보다도 더요. 제 영혼을 세상이 버려 놓아서, 불안한 공상과 탐욕스러운 마음만이 남았습니다. 제겐 무엇이든지 모자라요. 저는 즐거움만큼이나 슬픔에도 쉽사리 길들여지고, 제 삶은 날마다 더더욱 공허해지는 겁니다. 이런 저에게 남은 유일한 처방이라면, 여행을 떠나는 것뿐입니다. 될 수 있는 한 빨리 떠날 겁니다. 하지만 유럽으로 가진 않을 겁니다. 거긴 질색입니다! 미국, 아라비아, 인도로 갈 겁니다. 아마 그중 어딘가를 헤매다 죽겠지요! 적어도 이 마지막 위안거리만은 폭풍우와 험한 길 덕분에 쉽게 사라지지 않을 거라고 확신하고 있습니다만…….' 페초린은 이렇게 한참을 떠들어 댔고, 그 말들은 제 기억 속에 새겨졌습니다. 왜냐하면 스물다섯 살 청년에게서 그런 말은 들어 본 적이 없었거든요. 그리고 그런 일은 다시 없길 빕니다……. 참 이상한 일이죠! 말씀해 주시겠습니까? 아마 얼마 전까지 수도에 계셨던 것 같으니까요. 그곳의 젊은이들도 다 그렇던가요?" 이등대위는 내게 물었다.

나는 그런 식으로 말하는 사람들이 많기는 하며 그중 몇몇은 진실을 말하기도 하지만, 다른 모든 유행들처럼 환멸 역시 사회 고위층에서부터 시작되어 점점 밑으로 내려온 것이고 다시 진부한 것이 되어 버려서, 요즘엔 정말로 지루한 사람들은 차라리 이를 단점이자 불행으로 여기며 숨기려 애쓴다고 말해 주었다. 이등대위는 이 미묘한 차이를 이해하지 못했다. 그는 고개를 젓더니 능청스러운 미소를 지었다.

"그 지루해하는 유행을 만든 건 프랑스인들이겠죠. 맞죠?"

"아니요, 영국인입니다."

"아하, 그랬구나!" 그가 답했다. "맞아요. 항상 못 말릴 술고래들이죠!"

나도 모르게 바이런이 주정뱅이에 지나지 않는다고 주장하던 모스크바의 한 귀부인이 떠올랐지만, 그보다는 이등대위의 말이 용서받을 만했다. 그는 술을 끊기 위해 세상의 모든 불행이 술에서부터 시작된다고 믿으려 노력하는 것이 분명했다.

그러는 동안 그는 다음과 같이 이야기를 계속했다.

"카즈비치는 다시는 나타나지 않았어요. 하지만 왠지 놈이 왔던 이유가 있을 것이며, 뭔가 나쁜 일을 꾸미고 있을 거라는 생각을 떨쳐 버릴 수가 없었죠.

어느 날 페초린이 함께 멧돼지 사냥을 나가자고 조르기 시작했어요. 저는 한참을 거절했죠. 사실 제게 야생 멧돼지가 새로울 게 뭐 있겠어요! 그럼에도 불구하고 페초린은 저를 끌고 나가는 데 성공했어요. 우리는 군인 다섯쯤을 데리고 아침 일찍 떠났죠. 10시가 될 때까지 갈대밭과 숲 속을 찾아 헤맸지만, 짐승 코빼기도 볼 수 없었어요. '이봐. 돌아가지 않을래? 고집 부릴 필요가 뭐 있어? 분명 운이 나쁜 날이라고!' 저는 말했죠. 하지만 그리고리 알렉산드로비치는 무더위에 지쳤으면서도, 한 마리라도 죽이기 전에는 돌아가고 싶지 않다고 했어요. 그는 그런 사람이었어요. 마음먹은 무엇이든 가져야만 했죠. 어렸을 때 어머니가 망쳐 놓은 게 분명해요……. 마침내 정오가 돼서야 그 빌어먹을 멧돼지를 쫓게 되었죠. 빵! 빵! 총알이 발사됐지만 빗나갔어요. 멧돼지는 갈대밭 속으로 도망쳤어요……. 운이 없는 날 같았죠! 그래서 우린 잠깐 쉬다가 집으로 출발했어요.

우리는 말없이 나란히 가고 있었어요. 고삐를 느슨하게 쥐고요. 그리고 요새에 거의 다 왔을 때였죠. 덤불 뒤로 바로 요새가 보이려고 했거든요. 갑자기 총소리가 들렸어요……. 우리가 서로를 마주 봤을 때, 비슷한 생각이 둘의 머릿속을 동시에 스쳐 갔어요……. 우리는 황급히 총소리가 난 곳을 향해 말을 달렸어요. 성벽 위를 꽉 채운 군인들이 들판을 향해 서 있었고, 그곳에는 하얀 무엇인가를 안장 위에 올려놓고 줄행랑을 치는 기수(騎手)가 보였어요. 그리고리 알렉산드로비치는 여느 체첸인 못지않게 큰 소리로 고함을 질렀어요. 그리고 총을 꺼내 쏘면서 달렸어요. 전 그 뒤를 따라갔죠.

다행히도 그날 사냥 운이 없었던 터라 우리의 말들에게는 힘이 남아 있었죠. 그것들은 안장 밑을 벗어나려고 기를 쓰고 달렸어요. 매 순간 우리는 조금씩 가까워졌고…… 그리고 마침내 전 카즈비치를 알아볼 수 있었어요. 놈이 앞에 무엇을 신고 있는지만 보이지 않았죠. 전 페초린의 옆으로 가서 외쳤어요. '카즈비치야!' 페초린은 저를 보며 고개를 끄덕이더니, 말을 채찍질해 몰아 갔어요.

그리고 마침내 놈이 조준거리 안에 들어왔어요. 카즈비치의 말이 지쳐서였는지 아니면 우리의 말들보다 못해서였는지는 모르겠지만, 아무리 죽을힘을 다해 달려도 얼마 앞서 가지 못했죠. 그 순간 카즈비치는 카라교스를 떠올렸을 거라고 생각해요.

저는 페초린이 껑충 뛰어오르며 조준하는 것을 봤고…… 이렇게 외쳤어요. '쏘지 마! 총알을 아껴. 어떻게든 잡을 수 있을 테니까!' 그러나 당최 젊은이들이란! 늘 때 아닌 때에 흥분하기 마련인 건지……. 총소리가 들렸고, 총알은 카즈비치의 말 뒷다리를 관통했어요. 말은 관성 때문에 열 걸음쯤 더 앞으로 나가더니 무릎을 꿇으며 넘어졌어요. 카즈비치가 뛰어내렸고, 놈의 팔에 차도르를 뒤집어씌운 여자를 들고 있는 게 보였죠……. 벨라였어요……. 가여운 벨라! 놈은 자기 나라 말로 우리에게 뭐라고 소리쳤고 칼을 들어 벨라에게 갖다 댔어요……. 지체할 시간이 없었죠. 이번에는 제가 어림잡아 총을 쐈어요. 놈이 갑자기 팔을 떨어뜨리는 거로 봐선 어깨를 맞은 것 같았어요……. 연기가 가셨을 땐 상처 입은 말이 땅 위에 누워 있었고, 옆에는 벨라가 있었어요. 총을 버린 카즈비치는 절벽의 덤불 위를 고양이처럼 기어오르고 있었어요. 저는 놈을 떨어트리고 싶었지만, 장전된 총알이 없었던 겁니다! 우리는 말에서 내려 벨라에게 달려갔어요. 가여운 것. 그 애는 움직임 없이 누워 있었고, 상처에서 흘러내리는 핏물이 내를 이뤘어요……. 지독한 악당 같으니라고. 적어도 심장을 찌를 수는 있었다고요. 그랬으면 단칼에 끝났을 거예요. 하지만 등 뒤에서 꽂는 칼이란 건…… 강도다운 짓인 거죠! 그 애는 의식이 없었어요. 우리는 차도르를 찢어서 상처를 가능한 한 꽉 붙들어 맸어요. 페초린이 그 애의 차가운 입술에 입을 맞춰 봤지만 헛수고였어요. 그 무엇으로도 의식을 돌아오게 할 수 없었어요.

페초린이 말에 올랐어요. 저는 그 애를 땅에서 들어 올려 페초린의 안장 위에 최대한 안전하게 올려놨어요. 페초린의 팔이 그 애를 감싸 안았고, 우리는 돌아가기 시작했어요. 몇 분쯤 말없이 가던 그리고리 알렉산드로비치가 말했죠. '저기, 막심 막시므이치. 이렇게 가다간 살릴 수 없겠습니다.' '맞아.' 저는 말했어요. 그리고 우리는 숨이 차도록 말을 달리기 시작했어요. 요새의 입구에서 한 무리의 사람들이 우리를 기다리고 있었어요. 우리는 조심스럽게 부상당한 소녀를 페초린의 숙소로 옮기고 의사를 불렀어요. 술에 취하긴 했어도 의사가 오긴 왔죠. 상처를 살피더니, 하루 정도밖에 살지 못할 거라는 진단을 내렸어요. 의사의 말이 틀렸던 건…….”

“살아났나요?” 나는 이등대위의 팔을 잡고 나도 모르게 기뻐하며 물었다.

"아니요." 그가 답했다. "의사의 말과는 다르게 이틀이나 버텨 냈어요."

"그런데 도대체 어떻게 카즈비치가 벨라를 데려갈 수 있었던 거죠?"

"그거야 이렇게 된 거였죠. 벨라는 페초린의 금지령을 무시하고 요새에서 나와 강가로 갔어요. 아시겠지만, 정말 더운 날씨였거든요. 그 애는 바위에 앉아 물속에 발을 넣었어요. 그때 카즈비치가 몰래 다가와서 그 애를 낚아챘고, 입을 막아서 덤불 속으로 끌고 들어갔죠. 그곳에서 말 위에 싣고 내뺐던 거예요! 그러는 동안 그 애는 소리를 지를 수 있었고, 보초병들이 이를 알아챘죠. 총을 쐈지만 빗맞았어요. 그 와중에 우리가 왔던 거죠."

"하지만 왜 카즈비치가 벨라를 데려가려고 했을까요?"

"글쎄요! 체르케스인들이 죄다 도둑놈들이라는 건 잘 알려진 사실이거든요. 그놈들은 손 안에 닿는 거라면 뭐든지 훔치지 않고는 못 배기죠. 필요 없는 것이더라도 일단은 훔치고 본다니까요……. 지들도 그런 저를 어쩔 수가 없는 겁니다! 게다가 카즈비치는 오랫동안 그 애를 좋아했고요."

"그래서 벨라는 죽었습니까?"

"죽었어요. 단지 오랫동안 괴로워했고, 곁에서 우리도 엄청 시달렸죠. 밤 10시쯤에 의식이 돌아왔어요. 우리는 침대 옆에 앉아 있었어요. 그 애는 눈을 뜨자마자 페초린을 찾았어요. '나의 자네츠카.(우리 말로 '내 사랑'이라는 뜻이죠.) 난 바로 여기 당신 곁에 있어.' 페초린이 그 애의 손을 잡으며 말하자, 그 애가 말했어요. '난 죽을 거야!' 우리는 그 애를 안심시키려 했죠. 의사가 반드시 고쳐 놓을 거라고 했다고요. 그 애는 고개를 젓더니 벽을 향해 돌아누웠어요. 죽고 싶지 않았던 거예요!

밤이 되자 그 애가 헛소리를 하기 시작했어요. 이마가 불탔죠. 열 때문에 생기는 오한에 온몸을 떨었어요. 그 애는 횡설수설 아버지와 남동생에 대해 이야기했어요. 자기 집이 있는 산으로 가고 싶어 했죠……. 그러더니 페초린에 대해서도 이야기했어요. 가지가지 애칭으로 부르면서, 그의 자네츠카를 계속해서 사랑하지 않은 것을 비난했죠…….

페초린은 말없이 그 애의 말을 듣고 있었어요. 고개를 두 손에 묻은 채로요. 하지만 단 한순간이라도 그 눈썹에 눈물 한 방울 고이는 것을 볼 수가 없었어요. 원래 울지를 못하는 건지 자제력이 있는 건지는 모르겠지만, 그보다 딱한 일도 없더라고요.

아침이 되면서 그 애의 헛소리가 멈췄어요. 한 시간가량 그 애는 창백해진 채로 꼼짝 않고 누워 있었는데, 숨을 쉬는지 안 쉬는지를 분간할 수 없을 정도로 약해져 있었어요. 그러더니 좀 나아진 듯 말을 하기 시작했어요. 뭐라고 했을 것 같아요? 그런 생각은 죽어 가는 사람이나 할 수 있는 거였죠! 그 애는 자신이 그리스도교도가 아닌 것을 슬퍼하면서, 다음 세상에서는 그 애의 영혼이 그리고리 알렉산드로비치의 영혼과 만날 수 없을 거라 했어요. 그리고 다른 여자가 천국에서 그의 짝이 될 거라고요. 그 애가 죽기 전에 세례를 주어야겠다는 생각이 떠올랐어요. 제가 그렇게 말하자, 그 애는 망설이듯 저를 보더니 오랫동안 아무 말도 하지 않았죠. 그리고 마침내 모태신앙을 가진 그대로 죽겠다고 대답했어요. 그렇게 하루가 흘렀어요. 그 하루 동안 그 애의 모습이 얼마나 달라졌던지! 창백한 뺨이 꺼지고, 두 눈은 엄청 커진 데다가, 입술은 타들어 갔죠. 마치 빨갛게 달아오른 쇳덩이가 가슴속에 들어 있는 것처럼, 속이 타들어 가는 것 같다고 했어요.

다시 밤이 왔어요. 우린 눈도 붙이지 않고 그 애의 침대 옆을 떠나지 않았죠. 그 애는 끔찍하게 괴로워하면서 신음했고, 그 고통이 가라앉을 때마다 그리고리 알렉산드로비치에게 나아졌다고 안심시키면서 재우려고 했어요. 그리고 페초린의 손에 입을 맞추더니, 그 손을 놓지 않았어요. 아침이 되어서 죽음이 가까워진 것을 느끼자 안절부절못하더니 붕대를 풀어 버렸고 피가 흘러내렸죠. 붕대를 다시 감아 놓자 잠시 조용히 있더니 페초린에게 입을 맞춰 달라고 했어요. 페초린은 침대 옆에 무릎을 꿇고 앉아서, 그 애의 고개를 베개에서 조금 들어올리더니, 식어 가는 그 입술에 자기 입술을 갖다 댔죠. 그 애는 마치 이 입맞춤을 통해 자기 영혼을 그에게로 보내고 싶었던 듯, 떨리는 손으로 단단히 그 목을 감쌌고……. 아, 그렇게 아름답게 죽어 갔어요. 정말로 그리고리 알렉산드로비치가 그 애를 버렸다면 어떻게 됐을까요? 그러니 그건 언젠가는 벌어질 일이었다고요…….

그로부터 반나절이 지나도록 우리의 군의관이 찜질과 물약으로 괴롭혀 댔지만, 그 애는 조용했고 말없이 순종적이었어요. '맙소사! 분명히 죽을 거라고 하지 않았습니까? 그런데 이 약들은 다 뭡니까?' 군의관이 대답했어요. '그래도 이게 낫습니다, 막심 막시므이치. 그래야 양심에 찔리지 않죠.' 정말이지 깨끗한 양심이었죠!

오후가 돼서 그 애는 갈증으로 고통스러워하기 시작했어요. 우리는 창문을 열었지만, 밖은 안보다 더 더웠죠. 침대 옆에 얼음을 두었지만 아무 소용이 없었어요. 저는 이 참을 수 없는 갈증이 끝이 가까워진 신호라는 걸 알았고, 페초린에게 그렇게 말했어요. '물! 물!' 그 애가 침대에서 몸을 일으키며 쉰 목소리로 말했죠.

페초린은 침대보처럼 하얗게 질려서, 잔을 들고 물을 채워서 그 애에게 가져갔어요. 저는 두 손으로 눈을 가리고 기도문을 외기 시작했죠. 무슨 기도였는지는 기억도 안 나네요……. 저는 말입니다, 병원이나 전쟁터에서 사람이 죽어 가는 걸 무수히 봐 왔지만, 이건 전혀 다른 경우였죠. 전혀 달랐어요! 그리고 사실 제가 슬펐던 이유는 또 있었어요. 그 애는 죽기 전까지 단 한 번도 저를 기억해 내지 못했어요. 하지만 저는 그 애를 제 딸처럼 사랑했던 것 같아요……. 하느님, 그 애를 용서하세요! 그리고 솔직히 말해서, 제가 죽기 전에 기억이나 날 만한 그런 사람인가요, 뭐?

그 엄청난 갈증이 지나고 나자 좀 나아졌죠. 그리고 삼 분쯤 지나 숨을 거뒀어요. 우리가 그 애의 입술에 거울을 대 보았을 때, 김이 서리지 않았습니다! 저는 페초린을 방 밖으로 데리고 나갔어요. 우린 성벽까지 걸어갔고, 오랫동안 아무 말 없이 뒷짐을 진 채로 이곳저곳을 걸어 다녔어요. 페초린의 얼굴에는 어떤 특별한 표정도 없었고, 그래서 전 화가 났죠. 만약 저였더라면 슬퍼서 죽어 버릴 것 같았거든요. 마침내 페초린이 그늘진 바닥에 앉더니, 모래 위에 작은 막대기로 뭔가를 그리기 시작했어요. 이해하시겠지만 저는 예의상으로라도 위로

하고 싶었기 때문에 말을 붙였죠. 페초린은 고개를 들더니 웃었어요……. 그 웃음에 전 소름이 끼쳤습니다……. 저는 관을 주문하러 갔어요.

사실은 그 일을 잊고 싶어서 일부러 바쁘게 움직였던 겁니다. 저에겐 두꺼운 비단 옷감이 좀 있었는데 그걸 관에 씌웠고, 어쨌든 그리고리 알렉산드로비치가 그 애에게 사 주었던 체르케스산(産) 은색 레이스로 장식을 했어요.

다음 날 아침 일찍 우린 그 애를 요새 뒤 강가에 묻었어요. 그 애가 마지막 날에 앉아 있던 장소와 가까운 곳이었죠. 그때 이후로 그 애의 작은 무덤가에는 하얀 아카시아 덤불과 접골목이 피어났답니다. 저는 십자가를 세우고 싶었지만, 네, 어쨌든 그 애가 그리스도교도가 아니었기 때문에 그렇게 하면 안 될 것 같았죠……."

"페초린은 어땠습니까?" 나는 물었다.

"페초린은 오랫동안 몸이 아팠고 몸무게도 줄었죠. 불쌍한 녀석. 하지만 우린 다시는 벨라에 관한 이야기를 하지 않았어요. 불편해할 거라는 걸 알았고, 그러니 말해 봤자 무슨 소용이 있었겠어요? 석 달쯤 지나서 페초린은 E 연대로 배정을 받았고, 그루지야로 떠났죠. 그때 이후론 만나지 못했어요. 그래요. 지금 생각해 보니, 얼마 전에 누군가 러시아로 돌아갔다는 말을 하긴 했는데, 부대의 명령을 받은 건 아니라고 했죠. 어쨌든 우리 같은 사람들에겐 소식이 느린 법이니까요."

여기에서 그는 일 년이 지난 소식을 전해 듣는다는 것이 얼마나 불편한 일인지에 대해 한참을 떠들어 대기 시작했다. 아마도 슬픈 기억을 달래려 애쓰는 중이었을 것이다.

나는 그를 내버려 두었고, 그의 말은 듣지도 않았다.

한 시간쯤 지나서 다시 길을 갈 수 있었다. 눈보라가 잠잠해지고 하늘이 맑게 개었을 때, 우리는 출발했다. 가는 도중에 나는 벨라와 페초린에 대한 이야기를 다시 하지 않을 수 없었다.

"그래서 카즈비치에 대한 소식은 들은 게 있습니까?" 나는 물었다.

"카즈비치요? 글쎄요, 잘 모릅니다…… 샤프수크 우익 부대에 있다는 소문을 듣긴 했어요. 빨간 베슈메트를 입고 포탄 사이를 걸어 다니면서, 총알이 바로 옆을 스쳐갈 때면 공손히 절을 하는 대장부가 있다고요. 하지만 설마 그게 그놈이겠습니까!"

코비 역에 다다라서 막심 막시므이치와 헤어졌다. 나는 역마차를 타고 계속 갔지만, 그는 짐이 무거워 따라올 수 없었다. 그때는 다시 만나리란 생각을 하지 못했지만, 우리는 다시 만나게 되었다. 원한다면, 그 이야기를 들려주겠다. 여기에도 꽤 사연이 있다……. 하지만 그보다 먼저 막심 막시므이치 역시 존경받을 만한 사람이라는 점을 인정해 주었으면 한다. 그렇지 않은가? 만약 그렇게 생각해 준다면, 앞으로 상당히 길어질 것 같은 내 이야기에 대한 충분한 보상이 될 것이다.

막심 막시므이치

막심 막시므이치와 헤어지고 나서, 체레크 계곡과 다리얄 계곡을 서둘러 지나 카즈베크에서 점심을 먹고 라르스에서 차를 마신 뒤, 저녁 무렵 블라지카프카스에 도착했다. 앞으로 산에 관한 묘사는 생략하려 한다. 그곳에 직접 가 보지 않은 사람이라면 도무지 이해할 수 없을 탄성이라든지 상상할 수도 없을 그림과 같은 것들 말이다. 누구도 알고 싶어 하지 않아 할 통계학적 수치 역시 마찬가지다.

여행객들이 죄다 머물러 가는 여관에 들렀지만, 그곳에서 꿩을 굽거나 양배추 수프를 만드는 사람들을 구경할 수는 없었다. 왜냐하면 여관을 담당하는 세 명의 노병이 너무나 바보같은 주정꾼들이어서, 뭐라도 얻어 낼 것을 기대하는 것이 부질없는 짓이었기 때문이다.

사흘은 더 머물러 있어야 한다는 통보를 받았다. 예카테리노그라드에서 오는 중인 '오카지야'가 도착 전이었기 때문에 움직일 수 없었다. 말 그대로 '오카지야*'였다! 어설픈 말장난이 러시아인들의 취향은 아니지만. 이때 막심 막시므이치가 해 준 벨라의 이야기를 적는 것이 기분 전환이 될 거라는 생각이 들었다. 그것이 이 긴 이야기의 발단이 될 거라는 생각은 못했지만, 때로 하찮은 사건이 이처럼 극단적인 결과를 불러 오곤 하는 것이다! 아무튼, 당신은 '오카지야'가 뭔지 모를 것이다. '오카지야'란 보병대 반, 포병대 반으로 구성된 호송대(護送隊)를 뜻한다. 치중대(輜重隊)는 이들과 함께 블라지카프카스에서 예카테리노그라드에 이르는 카바르다 전역을 여행한다.

첫날은 정말로 지루하게 흘러갔다. 다음 날 아침 일찍 마당 안으로 마차 한 대가 들어왔다……. 막심 막시므이치였다! 우린 오랜 친구들처럼 만났다. 나는 그에게 내 방을 쓰라고 했다. 그는 격식을 차리지 않았다. 내 어깨를 두드리더니 입을 비죽거리며 미소를 보내는 것이었다. 참으로 괴짜였다!

막심 막시므이치는 요리법에 정통했다. 그는 꿩을 멋지게 구워서 오이 절임으로 알맞게 양념했다. 그가 없었더라면 건조식품만 먹고 살았을 것이다. 카헤치야산(産) 포도주 한 병이 한 접시밖에 안 되는 식사의 변변찮음을 달래 주었다. 우린 파이프에 불을 붙이고 자리에 앉았다. 나는 창가에 있었고, 그는 타는 난롯가에 있었다. 날은 축축하고 추웠다. 우린 말이 없었다. 할 말이 뭐 있었겠는가. 그는 이미 자신에 대해 할 만한 이야기는 죄다 한 뒤였고, 나는 딱히 할 말도 없었다. 창밖을 보았다. 나무 사이로 땅딸막한 집 여러 채가 체레크 강둑을 따

---

* 러시아어로 '오카지야'란 예상 밖의 사건이나 진기한 일을 뜻한다.

라 여기저기 흩어져 있는 모습이 아른거렸다. 강은 점점 더 넓게 퍼져 흐르고 있었다. 멀리 톱니 바퀴 모양의 벽처럼 솟은 푸르스름한 산이 보였고, 그 뒤로 얼핏 추기경의 하얀색 관 같은 것을 쓴 카즈베크 산이 보였다. 마음속으로 그들에게 아쉬운 안녕을 고했다…….

그렇게 우리는 오랜 시간 동안 앉아 있었다. 거리 위로 짤랑거리는 마구 소리와 마부의 고함 소리가 들려오기 시작했을 때, 태양은 차가운 산봉우리 뒤로 숨었고 희끄무레한 안개가 계곡을 향해 번져 가기 시작했다. 더러운 아르메니아인들의 짐마차 몇 대가 여관 마당으로 들어왔다. 그 뒤를 따라 텅 빈 여행용 포장마차도 들어왔다. 부드러운 움직임과 편안한 설비, 그리고 멋진 외양으로 보아 하니 외국산인 것 같았다. 마차의 뒤를 따라 커다란 콧수염을 기르고 헝가리 재킷으로 잘 차려입은 시종 하나가 걸어 들어왔다. 파이프에서 재를 털어 내며 마부에게 소릴 질러 대는 혈기를 볼 때, 뭐 하는 사람인지가 뻔했다. 그는 부유한 주인 밑에서 일하는 버릇없는 하인으로, 러시아의 피가로* 같은 인물임이 분명했다.

"이보게." 나는 창문가에 서서 외쳤다. "'오카지야'가 아직 도착하지 않았나?" 그는 나를 다소 거만하게 쳐다보더니, 넥타이를 매만지며 가 버렸다. 옆에서 걸어 들어오던 아르메니아인이 미소를 지으며 '오카지야'가 도착했고 내일 아침이면 돌아갈 거라고 대신 대답해 주었다.

"천만다행이군!" 이때 창가로 다가온 막심 막시므이치가 말

---

* 보마셰의 희극 「피가로의 결혼」에 등장하는 약삭빠르고 불평 많은 시종.

했다. "정말 멋진 마차네!" 그가 덧붙였다. "분명히 치플리스에 심리를 하러 가는 관리일 거야. 아직 이곳 좁은 산길을 모르는 사람인 거지! 이봐, 농담이 아니라, 이곳 산들은 우리의 형제가 아니거든. 영국식 마차라도 흔들어서 못쓰게 만들어 놓을걸!"

"어쨌든 어떤 사람인지, 가서 알아봅시다……."

우리는 복도로 걸어 나왔다. 복도 끝 옆방으로 이어지는 문이 열려 있었다. 시종과 마부가 가방을 질질 끌면서 그 안으로 들어갔다.

"이보게, 친구, 이 멋진 마차의 주인이 누군가? 응? 멋진 가방이구먼!" 이등대위가 물었다. 시종은 돌아보지도 않고 가방을 풀며 뭐라 혼잣말로 중얼거렸다. 막심 막시므이치는 화가 났다. 그는 그 예의 없는 친구의 어깨를 잡고 말했다. "이봐. 내가 지금 자네한테 말하고 있잖아……."

"누구의 마차긴요? 제 주인님의……."

"자네 주인의 이름이 뭔가?"

"페초린……."

"뭐? 뭐라고? 페초린? 맙소사! 카프카스에서 복무했던 페초린이 아닌가?" 막심 막시므이치가 내 소매를 당기며 외쳤다. 그의 눈동자가 기쁨으로 반짝였다.

"아마 그랬을 겁니다. 오래 모시진 않았지만요."

"그럼 맞구먼! 맞아! 그리고리 알렉산드로비치가 아닌가? 그게 이름이고 부칭이지? 자네 주인과 나는 친구였네." 그가 이렇게 말하며 시종의 어깨를 친근히 밀치자, 그가 비틀거렸다…….

"죄송한데요, 나리. 좀 비켜 주세요." 그는 얼굴을 찌푸리며 말했다.

"거참, 이상한 사람이네! 자네 주인은 내 친한 친구였고 함께 지냈다니까. 그래, 지금 어디에 있나?"

시종은 페초린이 N 대령의 집에서 저녁을 먹고 밤을 보낼 거라고 답했다.

"그럼 오늘 밤은 여기에 안 온다는 건가? 아니지, 이보게, 자넨 오늘 주인을 볼 일이 없나? 만약에 가서 막심 막시므이치가 여기 있다고 말해 주면, 그냥 그렇게 말하면…… 알 걸세……. 80코페이카를 주지……."

시종은 소소한 액수를 듣고 깔보는 듯 얼굴을 찡그렸지만, 심부름을 해 주겠다고 약속했다.

"그럼 단번에 달려올 거라고!" 막심 막시므이치는 의기양양한 표정을 지으며 내게 말했다. "나가서 문 앞에서 기다려야겠어……. 아! N 대령과 아는 사이가 아닌 것이 안타깝군……."

막심 막시므이치는 문 밖의 벤치에 앉았고, 나는 방으로 들어갔다. 고백하자면, 나 역시 이 페초린이라는 사람의 등장을 몹시 고대하고 있었다. 비록 이등대위의 이야기를 통해 그다지 호감을 가지지는 않았지만, 그럼에도 불구하고 그의 성격 중 몇몇 특질은 훌륭한 것으로 여겨졌다. 한 시간 뒤 노병 하나가 끓고 있는 사모바르와 찻주전자를 가져왔다.

나는 창문에서 소리쳤다. "막심 막심므이치, 차 한잔하시겠습니까?"

"고맙지만 별로요."

"그러지 말고 좀 드시죠! 보십시오, 시간도 늦은 데다 추워지고 있잖아요."

"괜찮습니다……."

"그럼 편한 대로 하세요!" 나는 혼자 차를 마시기 시작했고, 십 분쯤 지나자 나이 든 친구가 들어왔다.

"맞아요. 차를 좀 마시는 게 낫겠네요. 이렇게 계속 기다리고 있네……. 간 지 한참이 지났는데, 그래, 뭔가 붙들려 있을 사정이 있는 게 분명해요."

그는 서둘러 한 잔을 비운 뒤 두 번째 잔을 사양하고, 조금은 걱정스러운 얼굴로 방에서 나갔다. 노인이 페초린에게 무시당해 상처 입은 것이 분명했다. 무엇보다도 그는 바로 얼마 전에 그들의 우정에 대해 이야기했었고, 불과 한 시간 전에는 페초린이 자신의 이름을 듣자마자 한달음에 달려올 거라고 확신했던 것이다.

내가 다시 창문을 열어 막심 막시므이치를 부르며 잘 시간이라고 했을 때, 날은 이미 늦어 어두워져 있었다. 그는 뭐라고 혼자 웅얼거렸다. 다시 그를 불렀지만 그는 대답하지 않았다.

나는 난로 선반 위에 타는 양초를 올려놓고, 소파에 누워 군외투를 덮자마자 졸기 시작했다. 만약 그 늦은 시각에 막심 막시므이치가 방으로 들어오느라 날 깨우지만 않았더라면 편안히 잘 수 있었을 것이다. 그는 파이프를 탁자 위에 던져 놓고 방 안을 서성대기 시작했다. 그리고 난로의 남은 불을 뒤적거리더니 마침내 자리에는 누웠지만, 다시 이리저리 뒤척이면서 기침을 하고 침을 뱉어 냈다…….

"빈대가 있나 보죠?" 나는 물었다.

"네. 빈대가 있네요……." 그가 큰 한숨을 쉬며 답했다.

다음 날 아침엔 일찍 일어났다. 그러나 막심 막시므이치가 나보다 먼저였다. 그는 문 밖의 벤치에 앉아 있었다. "사령관님을 뵈러 가야 하는데, 만약 페초린이 오면 꼭 저를 불러 주세요……."

나는 약속했다. 그는 팔다리에 젊은 힘과 유연함을 되찾기라도 한 듯이 서둘러 떠났다.

아침은 상쾌한 데다 화창했다. 황금색 구름들이 또 다른 공기 산맥처럼 층층이 산 위에 쌓여 있었다. 문 앞으로는 널찍한 광장이 보였다. 그곳은 일요일에 선 장으로 붐볐다. 어깨에 벌집이 든 가방을 짊어진 맨발의 오세트인 청년들이 내 주위에 몰려들었다. 나는 그들을 쫓아 보냈다. 방해받고 싶지 않았던 것이다. 나는 선량한 이등대위의 불안감을 나누고 있었다.

광장 저편에서 우리가 기다리던 사람이 나타난 것은 십 분도 채 지나지 않아서였다. 그는 N 대령과 함께였다. 대령은 그를 여관까지 전송한 뒤, 다시 요새를 향해 떠났다. 나는 즉시 막심 막심므이치에게 노병 한 명을 보냈다.

주인을 마중하러 나온 페초린의 시종이 갈 채비를 하겠다고 말하며 그에게 시가 한 상자를 건넸다. 시종은 몇 가지 지시 사항을 받고 일을 하러 갔다. 시가에 불을 붙인 주인은 두 번 정도 하품을 하더니 문 너머의 벤치에 앉았다. 이쯤에서 그의 생김새를 설명해야겠다.

그는 중키에 마른 몸이었다. 넓은 어깨는 방랑자의 삶이 겪는 역경과 기후의 변화 모두를 견디어 내기에 적합하고, 분열된 도시의 삶과 영혼의 폭풍우에도 굴하지 않을 만큼 다부진 골격이었다. 먼지 묻은 벨벳 프록코트는 아래 단추 두 개만 채워진 상태여서, 속으로는 신사들의 습관을 증명하는 눈부시게 흰 셔츠가 보였다. 얼룩진 장갑은 그의 작고 귀족적인 손에 꼭 들어맞는 것이었는데, 나는 그중 한 짝을 벗었을 때 드러났던 작고 투명한 손가락을 보고 놀랐다. 그의 걸음걸이는 흐트러져 게을러 보였지만, 팔을 흔드는 방식에서 분명 비밀스러운 성격이 있음을 알 수 있었다. 그러나 이 모든 것은 내 관찰에 의한 사적인 기록이므로, 있는 그대로 받아들이지 말기를 바란다. 그가 벤치에 앉을 때 꼿꼿하던 몸이 구부러지던 모습은 마치 척추가 한 마디도 없는 몸처럼 보였다. 그의 몸 전체에서 우러나는 태도는 일종의 신경쇠약을 드러내는 것 같았다. 그는 피곤한 무도회 뒤에 푹 꺼진 안락의자에 주저앉은 발자크의 서른 살 요부 같았다. 처음 그의 얼굴을 봤을 땐 스물셋 정도로밖에 보이지 않았지만, 나중에는 서른 즈음으로 보였다. 그의 미소에는 아이 같은 구석이 있었다. 피부는 여자의 것처럼 부드러웠다. 옅은 금색의 곱슬머리는 흰 빛깔의 고상한 이마를 아름답게 돋보이도록 했다. 이마 위의 주름은 한참을 들여다보고 있어야 보이는 것이었는데, 아마도 영혼이 격노하거나 불안한 순간이면 더욱 또렷하게 보일 것 같았다. 콧수염과 눈썹은 옅은 색의 머리카락과는 대조적으로 검은색이었다. 이는 마치 백마가 검은 갈기와 꼬리를 가진 것처럼, 사람의 품종을 말해 주는 것 같았다. 그의 생김새를 정리하면서, 그가 약간 높은 콧대와 눈부시게 반짝이는 이와 갈색 눈을 가졌다는 것을 덧붙이겠다. 이 눈에 관해서는 말할 것이 조금 더 있다.

먼저 이 눈들은 그가 웃을 때는 절대로 따라 웃지 않는다! 이런 별난 특징을 가진 사람을 본 적이 있는가? 그것은 사악한 천성 내지는 깊고 지속적인 우울함의 징표다. 이 눈들은 반쯤 내려온 속눈썹 뒤에서, 이렇게 말할 수 있다면 일종의 인광

(燐光)과 같이 반짝거린다. 그것들은 영혼의 빛이나 열띤 상상력을 반영하지 않는다. 반짝이지만 차갑고 부드러운 금속의 미광 같은 빛이다. 그의 시선은 우물쭈물하지 않는 대신 날카롭게 관찰하는 기분 나쁜 종류의 것이었으며, 파렴치한 질문이 주는 것과 같은 불쾌한 인상을 남기고 있었다. 만약 그의 눈이 무심할 정도로 평온해 보이지 않았더라면 뻔뻔해 보일 수도 있었을 것이다. 아마도 나는 그의 삶의 세세한 부분에 대해서 이미 들은 바가 있었기에 이와 같은 인상을 받았을지도 모른다. 그러니까 다른 사람의 눈에는 완전히 다른 사람이었을지도 모르는 일이다. 하지만 여기에서 당신에게 그에 관한 이야기를 해 줄 사람은 나밖에 없으므로, 이 정도의 설명에 만족해야 할 것이다. 결론적으로 말하자면, 그는 전체적으로 잘생긴 편이었고, 특히 사교계의 여성들에게 호감을 살 법한 독자적인 얼굴을 지니고 있었다.

말이 벌써 준비되어 멍에에 달린 작은 방울이 짤랑거렸다. 시종이 준비가 끝났음을 알리러 두 번이나 페초린에게 왔지만, 막심 막시므이치는 아직 나타나지 않고 있었다. 다행히 페초린은 카프카스의 푸른 톱니 모양 산맥을 보며 생각에 잠겨 있었기에, 출발을 전혀 서두르지 않는 것처럼 보였다. 나는 그에게 가서 말했다.

"조금만 더 기다리시면, 오랜 친구를 만나는 기쁨을 맛보실 텐데요……."

"아, 맞아요!" 그가 재빨리 대답했다. "어젯밤에 얘길 들었습니다. 어디 계십니까?" 내가 광장으로 시선을 돌리자, 그곳에서 있는 힘껏 달려오고 있는 막심 막시므이치가 보였다…….

몇 분 뒤, 그는 벌써 우리 곁에 있었다. 그는 거의 숨도 못 쉴 지경이었다. 얼굴에서 땀방울이 뚝뚝 떨어져 내렸고, 모자에서 삐져나온 회색 머리털이 젖은 채로 이마에 착 달라붙어 있었다. 그는 무릎을 덜덜 떨면서⋯⋯ 페초린의 목에 매달리려고 했지만, 페초린은 친근한 미소를 짓더니 다소 차가운 태도로 손을 내밀었다. 이등대위는 잠시 멈춰 서 있다가, 이내 그 양손을 덥석 잡았다. 그는 여전히 말을 할 수 없었다.

"정말 반갑습니다. 막심 막시므이치! 잘 지내셨어요?" 페초린이 말했다.

"그리고 자넨⋯⋯ 아니, 당신은?" 노인은 눈물을 글썽이며 더듬거렸다⋯⋯. "몇 년 만이야⋯⋯. 이게 얼마 만입니까. 어디로 가나요?"

"저는 페르시아로 갔다가, 또 다른 곳으로 갑니다⋯⋯."

"지금 간다고? 아, 좀 기다려요, 이 친구야! 지금 헤어지자는 건 아니겠죠? 우리가 얼마나 오랜만에 만난 건데⋯⋯."

"지금 가야 합니다. 막심 막시므이치." 이것이 대답이었다.

"세상에 말도 안 돼! 왜 그렇게 서둘러요? 할 말도 너무 많고, 궁금한 것도 많은데⋯⋯ 그래, 어떻게 지냈어요? 퇴역했나요? 어때요? 뭐 하고 지냈나요?"

"지루했죠!" 페초린이 웃으며 대답했다⋯⋯.

"요새에서 지내던 때가 기억나요? 사냥하기 참 좋은 곳이었는데! 당신 참 사냥을 좋아했잖아요⋯⋯. 그리고 벨라는 기억나요?"

페초린은 약간 창백해져서 고개를 돌렸다⋯⋯.

"네, 기억납니다!" 그가 하품하는 척하면서 말했다⋯⋯.

막심 막시므이치는 그에게 두어 시간 더 있다 가라고 애걸하기 시작했다.

"우리 멋진 식사를 하자고요. 나에겐 꿩 두 마리가 있고, 또 여기 카헤치야산(産) 포도주는 굉장하거든요⋯⋯. 물론 그루지야산(産)하고는 비교할 수 없겠지만, 그래도 일등급이라고요⋯⋯. 우리 얘기를 좀 나눠야죠⋯⋯. 페테르부르크에서 어떻게 지냈는지도 말해 줘요, 네?"

"하지만 막심 막시므이치, 정말로 할 말이 없습니다⋯⋯. 이제 그만 작별 인사를 하고 가야겠네요. 시간이 없거든요⋯⋯. 저를 잊지 않아 주셔서 감사합니다." 그가 손을 잡으며 덧붙였다.

노인은 얼굴을 찌푸렸다. 그는 슬픔과 분노를 감추려 했지만 그럴 수 없었다.

"잊는다니!" 그가 으르렁댔다. "나로 말하자면 아무것도 잊은 게 없는 쪽이지요⋯⋯. 그래, 뭐, 맘대로 해요! 당신과의 만남이 이런 식일 거라곤 생각지도 못했는데⋯⋯."

"에이, 그만하세요!" 페초린이 다정하게 껴안으며 말했다. "저야 예전과 똑같지 않습니까? 할 일이 뭐 있겠어요? 각자의 길을 가면 되는 겁니다⋯⋯. 신만이 우리가 다시 만나게 될지 아닐지를 아시겠죠⋯⋯." 이렇게 말하면서 그는 마차에 올라앉았고, 마부는 고삐를 쥐어 잡았다.

"잠깐만, 잠깐만!" 막심 막시므이치가 마차의 문을 붙들며 외쳤다. "깜박 잊고 있었는데⋯⋯ 그리고리 알렉산드로비치. 당신이 쓴 글들이 내게 좀 있어요⋯⋯. 혹시 그루지야에 가서 당신을 만나게 되면 주려고 가져왔죠. 그런데 신이 이렇게 우리를 한자리로 인도하셨군요……. 이것들을 어떻게 할까요?"

"마음대로 하세요! 그럼 안녕히 계십시오……." 페초린이 대답했다.

"페르시아로 간다고요? 그럼 언제 돌아오나요?" 막심 막시므이치가 그의 뒤에 대고 외쳤다.

마차는 이미 멀어졌지만, 페초린은 다음과 같이 말하는 듯한 손짓을 해 보였다! 절대로 안 올 겁니다! 뭣 때문에 오겠어요?

마구의 방울 소리와 자갈길을 구르는 바퀴 소리가 그칠 때까지 오래도록, 그 불쌍한 노인은 깊은 생각에 잠겨 그 자리에 그대로 서 있었다.

"그래." 마침내 그가 말했다. 아무렇지 않은 척하려고 애쓰고 있었지만, 억울함의 눈물이 간간이 눈썹 위에서 반짝였다. "물론 우린 한때 친구였지만, 이 시대에 와서 우정이 무슨 소용이겠어? 내가 저 친구에게 무슨 의미가 있겠어? 나는 돈도 없고, 높은 관등에 있는 것도 아니고, 저 나이 또래도 아니잖아……. 또 페테르부르크를 다녀온 뒤에는 얼마나 멋쟁이가 됐는지를 좀 보라고……. 마차하고는! 짐은 또 얼마나 많은지! 그리고 그 건방진 시종하고는!" 그는 비꼬는 듯한 미소를 띤 채 이런 말들을 중얼거렸다. 그리고 나를 보더니 계속해서 말했다. "말해 봐요. 어떻게 생각하세요? 이번에는 또 어떤 악마에 홀려서 페르시아로 간다는 걸까요? 말도 안 돼. 빌어먹을. 말도 안 돼! 경솔하고 믿을 만한 사람이 아니란 건 진즉에 알고 있었거든요……. 사실, 앞으로도 그 끝이 어떨지를 생각하니 안 된 일이고요……. 어쩔 수 없는 일이죠, 뭐! 제가 늘 하는 말이 있죠. 오랜 친구를 잊는 놈치고 잘되는 놈 없다!" 그러고서 그는 화가 난 걸 숨기기 위해 돌아섰고, 마당에 있는 마차 주변을 서성대면서 바퀴를 살피는 척했다. 그러나 그러는 매 순간 그의 눈에는 눈물이 고였다.

나는 그에게 가서 말했다. "막심 막시므이치. 페초린이 남긴 글들은 어떤 겁니까?"

"그걸 어떻게 알겠습니까! 일기 같은 겁니다……."

"그걸 어떻게 하실 건가요?"

"어떻게 할 거냐고요? 탄약통으로나 써야죠."

"그럼 저한테 주시는 게 좋을 것 같습니다."

그는 깜짝 놀라 나를 보더니, 이를 다문 채 뭐라 웅얼대면서 가방 안을 뒤지기 시작했다. 그리고 공책 하나를 꺼내서 경멸하듯이 땅바닥에 던졌다. 두 번째 공책도, 세 번째 것도, 그리고 이어 열 번째 것까지 같은 대접을 받았다. 그의 분노에는 어린아이 같은 구석이 있었다. 나는 재미있기도 하고 가엾기도 했다…….

"여기 이것들이 답니다. 축하드립니다. 이런 걸 다 발견하시고……."

"그럼 이것들을 제가 하고 싶은 대로 해도 될까요?"

"신문에 내셔도 됩니다. 제가 무슨 상관입니까. 누가 보면 제가 그의 친구나…… 아니면 친척쯤이라도 되는 줄 알겠네요. 하긴 제게 무슨 그런 친구가 또 없는 줄 아십니까?"

나는 공책을 집어 서둘러 날랐다. 이등대위의 마음이 바뀔까 봐 겁이 났던 것이다. 잠시 후 '오카지야'가 한 시간 내에 떠날 거라는 전갈이 왔다. 마구를 준비하라고 일렀다. 모자까지

썼을 때, 이등대위가 방으로 들어왔다. 그는 갈 채비를 하지 않는 것 같았다. 그 모습에는 어딘지 모르게 부자연스럽고 냉정한 구석이 있었다.

"왜요, 막심 막시므이치. 안 가십니까?"

"안 가요."

"왜요?"

"왜냐하면 아직 사령관님을 못 뵀어요. 제가 전달해야 할 관청 물건들이 좀 있어서……."

"하지만 뵈러 갔었잖아요?"

"갔었죠, 물론. 하지만 안 계셔서…… 기다리지 않고 왔어요." 그가 더듬더듬 말했다.

나는 그를 이해했다. 불쌍한 노인은 아마도 생애 처음으로, 서류상의 표현을 빌리자면 사적인 필요에 의해 공식적인 업무를 포기했을 것이다. 그런데 그런 그가 어떤 보답을 받았던가!

"정말 아쉽네요." 나는 말했다. "정말 아쉽습니다, 막심 막시므이치. 예상보다 빨리 헤어져야 해서요."

"우리같이 못 배운 늙은 것들이 어떻게 당신 같은 분들과 어울리겠습니까? 당신은 사교계의 젊은이이고 자신만만하잖아요. 여기 카프카스의 총알 아래선 함께 지내도 괜찮을지 모르겠지만…… 나중에라도 만나게 된다면, 아마 우리 같은 사람들이랑은 창피해서 악수도 하고 싶지 않을 겁니다."

"전 그런 비난을 받을 만한 짓을 한 적이 없습니다, 막심 막시므이치."

"뭐, 어쩌다 보니 말이 그렇게 나왔네요. 어쨌든, 아주 행복하고 즐거운 여행이 되길 빕니다."

우리는 꽤 건조하게 헤어졌다. 선량한 막심 막시므이치는 고집 세고 까다로운 이등대위로 변해 있었다. 도대체 왜? 페초린이 부주의했는지 아니면 다른 이유가 있었는지는 모르겠지만, 어쨌든 막시므이치가 달려들어 그를 껴안고 싶어 했을 때 한쪽 손만 내밀어 주었기 때문이다! 한 젊은이가 그의 가장 소중한 희망과 꿈을 잃어버리는 것을 지켜보는 일은 슬프다. 사람들의 행동과 감정을 걸러서 보여 주던 장밋빛 천이, 이제 그의 눈앞에서 열어 젖혀지는 것이다. 비록 그 낡은 망상을 새것으로 바꿔 낼 희망이 있다고는 해도, 새것이란 것 역시 덧없고도 달콤한 것일 뿐…… 그러나 막심 막시므이치의 나이엔 바꿀 무엇이라도 있겠는가! 가슴이 냉정해지고 영혼의 문이 닫히는 것도 놀랄 일은 아니다…….

　　나는 혼자서 떠났다.

페초린 일기의 서문

얼마 전 페초린이 페르시아에서 돌아오던 길에 죽었다는 것을 알았다. 그 소식을 듣고 매우 기뻤다. 이제 다음의 글들을 출판할 권리와, 다른 이의 작품에 내 이름을 서명할 기회를 가지게 된 것이다. 이처럼 순진무구한 위조 행위에 대해 독자는 날 벌하지 마시길! 신도 이해하실 것이다!

다음으로 잘 알지도 못하는 사람의 가슴속 깊은 비밀을 대중 앞에 공개하도록 나를 부추긴 이유들에 대해 어떻게든 설명해야겠다. 만약 내가 그의 친구였더라면 일은 순조로웠을 것이다. 진정한 친구라도 경솔한 배신을 할 수 있다는 사실은 모든 이가 알고 있는 바이다. 그렇지만 난 그를 일생에 단 한 번 보았을 뿐이다. 그것도 긴 여행 중에. 그러므로 사랑하는 대상의 머리 위로 비난과 충고와 조롱과 애도를 우박처럼 퍼붓기 위해, 우정이라는 가면 뒤에 숨어 그의 죽음이나 불행을 기다리는 것과 같이 설명하기 어려운 증오심을 품은 적 또한 없다.

다음의 일기를 읽으면서 자신의 연약함과 결점들을 혹독하리만치 파헤쳐 보여 주는 이 사람의 진정성에 대해 확신하게 되었다. 아무리 악한 영혼이라 할지라도 한 사람의 영혼이 지나온 역사란, 온 나라의 역사만큼이나 흥미롭고도 유익한 것이다. 그것이 성숙한 마음의 견지에서 스스로를 관찰한 결과물이며, 동정심이나 놀라움을 불러일으키려는 야망 없이 쓰인 것이라면 더욱 그러하다. 루소의 『고백록』은 그가 직접 이를 친구들에게 읽어 주었다는 점에서부터 진정한 고백일 수 없는 것이다.

그러므로 우연한 기회에 손에 넣게 된 일기들을 부분 발췌하여 출간하면서, 유용하게 읽혔으면 하는 바람을 가져 볼 뿐이다. 비록 모든 이름을 바꾸긴 했지만, 이 속에서 이야기되고 있는 사람들은 자신을 알아볼 수 있을 것이며, 이제 이곳 세상과는 아무런 연관이 없겠지만 그들에게 아직까지도 비난받고 있을 그 사람의 행동이 무죄임을 인정할 수 있을 것이다. 우리는 언제나 이해할 수 있을 때 용서하는 것이다.

이 책에는 페초린이 카프카스 체류 중에 썼던 글들만을 포함시켰다. 나에겐 아직 그가 자신의 전 생애를 이야기한 두꺼운 공책 한 권이 남아 있다. 언젠가는 이 글 역시 세상의 심판을 받게 되겠지만, 현재로선 여러 중요한 문제들 때문에 그와 같은 책임을 질 수가 없다.

아마도 몇몇 독자는 페초린의 성격에 관한 나의 의견을 묻고 싶어 할 것이다. 나의 대답은 이 책의 제목으로 대신하려 한다. "이건 악의를 품은 풍자야!" 그들은 말할 것이다. 나는 모르겠다.

타만

타만은 러시아의 해안 도시들 중에서도 가장 추악한 마을
이다. 그곳에선 거의 굶어 죽을 뻔한 데다가 물에 빠져 죽을
뻔도 했다. 어느 늦은 밤 역마들이 끄는 작은 마차를 타고 그
곳에 도착했다. 마부는 마을 입구에 달랑 한 채 있는 석조 집
문가에 지친 말 세 마리를 세웠다. 흑해의 카자크 보초가 마구
의 방울이 짤랑거리는 소리에 잠이 깨어 거친 목소리로 외쳤
다. "거기 누구야?" 카자크 하사와 십장(什長)이 나타났다. 그
들에게 공무로 전선 부대에 가는 중인 장교라 밝히고 정부 숙
소를 달라고 했다. 십장이 우리를 데리고 마을로 갔다. 들르는
오두막마다 방이 차 있었다. 날이 추웠다. 나는 삼 일 밤을 자
지 못한 상태라 몹시 지쳐 있어서 화가 나기 시작했다. "이 자
식아, 어디라도 좀 들어가자! 악마의 소굴이라도 좋으니 어디
든 좀 데려가 달라고!" 나는 소리쳤다. "숙소가 하나 남았습니
다만……." 십장이 머리를 긁적이면서 했다. "마음에 들지 않으

실 텐데요. 불결한 곳입니다!" 나는 마지막 말의 뜻을 정확히 이해하지 못하고 어서 가자고 했다. 양옆으로 낡은 담장만 보이는 진흙투성이 골목을 한참 누빈 후에야, 해안가에 맞닿아 있는 작은 오두막에 다다랐다.

보름달이 새 숙소의 갈대로 엮은 지붕과 흰 벽을 비추었다. 자갈로 만들어진 담장 안 마당에는 또 한 채의 집이 구부정하게 서 있었는데, 앞의 집보다 작고 오래된 것이었다. 벽에 맞닿은 땅은 바다를 향해 가파르게 뻗어 있었고, 밑으로는 진청색 파도가 물살을 뿌리며 끊임없이 밀려왔다. 달은 불안스러우면서도 순종적인 이 풍경들을 고요히 비추었고, 그 빛으로 인해 해안으로부터 먼 곳 창백한 수평선에 기대어 검은 밧줄을 거미줄처럼 펼쳐 놓고 서 있는 배 두 척을 볼 수 있었다. 나는 생각했다. '항구에 배들이 있으니까, 내일은 겔렌지크로 떠나야겠다.'

상비대에서 카자크 졸병 한 명이 당번병으로 왔다. 그에게 내 가방을 챙기고 마부를 보내라고 이른 뒤에, 집주인을 부르기 시작했지만 대답이 없었다. 문을 두드렸다. 여전히 아무 대답이 없었다……. 어떻게 된 거지? 마침내 열네 살가량 되어 보이는 소년이 복도를 걸어 나왔다.

"집주인은 어디 있냐?" "없어요." "뭐? 아무도 없다는 거냐?" "없어요." "그럼 안주인은?" "마을에 갔어요." "그럼 누가 나를 집으로 들여보내 준다는 거냐?" 나는 이렇게 말하면서 발로 문을 걷어찼다. 문이 그대로 열리면서, 안으로부터 축축한 기운이 뿜어져 나왔다. 유황성냥을 꺼내서 불을 붙인 뒤, 소년의 코끝에 가져다 댔다. 불꽃은 두 눈의 흰자위를 비추었다. 그는 장님이었다. 전혀 앞을 못 보는 선천적인 장님이었던 것이다. 그가 가만히 내 앞에 서 있는 동안 생김새를 관찰했다.

우선 내가 눈이 멀거나 외눈박이이거나 귀가 멀거나 벙어리이거나 다리나 팔이 없거나 꼽추이거나 한 사람들에게 심한 편견을 가지고 있다는 점에 대해 고백해 두어야겠다. 언제나 사람의 생김새와 영혼 사이엔 기묘한 상관관계가 있음을 보아 왔던 것이다. 마치 사지 중에 하나가 없으면, 영혼도 감각 하나를 잃어버리기라도 하는 것처럼.

그래서 나는 장님의 얼굴을 살피기 시작했다. 하지만 눈이 없는 얼굴로부터 무엇을 읽어 낼 수 있었겠는가……. 오랫동안 본의 아니게 동정 어린 시선으로 그를 바라보았다. 그때 갑자기 그의 얇은 입술 위로 보일락 말락 한 미소가 스쳐 갔고, 왜 그런지 나는 아주 불쾌한 인상을 받았다. 혹시 이 장님이 보이는 것과는 달리 전혀 눈이 멀지 않은 것은 아닐까 하는 의심이 들었던 것이다. 흰자위만 보이는 눈이 꾸며 낸 것일 리 없으며, 또 그럴 만한 이유도 없을 거라고 나 자신을 설득하려 했지만 소용없었다. 어쩌겠는가? 내겐 종종 편견에 치우치는 경향이 있는 것을……

"넌 집주인 아들이냐?" 마침내 내가 물었다. "아니요." "그럼 넌 누구냐?" "고아요. 병신이죠." "그럼 집주인한테는 자식이 있냐?" "아니요. 딸이 하나 있었는데, 타타르인이랑 바다 건너로 도망갔어요." "타타르인이라니?" "알 게 뭐예요! 크림의 타타르인인데, 케르츠에서 온 뱃사람이었어요."

나는 오두막 안으로 들어갔다. 의자 두 개, 탁자 한 개, 난

롯가에 있는 커다란 여행 가방이 가구의 전부였다. 벽에는 성상 한 점 없었다. 나쁜 징조였다! 깨진 창의 틈새로 바닷바람이 세차게 불어 들어왔다. 가방에서 밀랍 초 한 자루를 꺼내 불을 붙인 다음 짐을 풀어 놓기 시작했다. 방 한구석에는 칼과 총을, 탁자 위에는 권총을 두었고, 의자 위에는 외투를 펼쳐 놓았다. 카자크는 다른 의자에 자기 외투를 두었다. 십 분쯤 지나자 그가 코를 골기 시작했지만, 난 잠을 청할 수 없었다. 어둠 속에서 계속 흰자위의 소년이 아른거렸던 것이다.

그렇게 한 시간 정도가 지났다. 창문을 통해 달이 빛났고, 한 줄기 광선이 오두막의 흙바닥을 비추었다. 바닥을 가로지르는 그 선명한 줄 위로 갑자기 그림자 하나가 스쳐 지나갔다. 몸을 일으켜 창밖을 보았다. 다시 한 번 누군가 창문을 지나 달려가더니 감쪽같이 사라졌다. 그 생물체가 해안의 가파른 경사를 달려 내려갔을 거라고는 상상할 수 없었다. 그렇지만 달리 사라질 곳도 없었다. 자리에서 일어나 베슈메트를 걸치고 단도를 찬 뒤에, 가능한 한 조용히 오두막 밖으로 나갔다. 앞에 눈 먼 소년이 나타났다. 나는 울타리 옆에 숨었고, 그는 신중하고도 조심스러운 발걸음으로 내 옆을 지나갔다. 그는 겨드랑이에 어떤 꾸러미를 끼고, 항구를 향해 좁고 가파른 길을 내려가기 시작했다. '그날이면 벙어리는 소리 내고 장님은 보게 되리라.'* 그를 시야에서 놓치지 않을 정도의 거리를 유지한 채 따라가면서 떠오른 생각이었다.

그러는 동안 달은 구름 뒤로 숨기 시작했고, 바다 위로는 안

---

* 「이사야서」 35장 5~6행.

개가 올라왔다. 안개 사이로 보이는 등불 하나가 가까이 있는 배의 꼬리를 비추었다. 해변에서는 당장이라도 삼켜 버릴 듯이 위협적인 큰 파도가 반짝였다. 나는 기다시피 힘겹게 절벽을 따라 내려가서, 다음과 같은 광경을 보았다. 장님은 잠시 멈춰 서 있더니, 오른편의 낮은 곳으로 몸을 돌려 내려갔다. 그가 물가로 너무나도 바싹 다가서서, 마치 당장이라도 파도가 그를 잡아 실어 갈 듯했다. 그렇지만 자신 있게 이쪽 돌에서 저쪽 돌로 발을 디디며 구멍을 피해 가는 모습으로 보아하니, 이 산책이 처음이 아닌 것은 분명했다. 마침내 그는 무슨 소리를 듣기라도 한 듯 멈추어 있다가, 땅바닥에 앉아 꾸러미를 옆에 내려놓았다. 나는 해변의 바위 뒤에 숨어서 그의 행동을 관찰했다. 몇 분쯤 뒤에 반대편에서 하얀 형체가 나타났다. 그것은 장님에게 다가가서 곁에 앉았다. 이따금씩 불어오는 바람이 그들의 대화를 실어 왔다.

"어때, 장님? 폭풍우가 심해서 얀코는 못 올 거야." 여자의 목소리가 말했다. "얀코는 폭풍우를 무서워하지 않아." 장님이 대답했다.

"안개가 갈수록 짙어지잖아." 여자의 목소리가 슬픈 듯이 대꾸했다.

"경비선들을 따돌리기엔 안개가 최고야." 이것이 대답이었다.

"그러다 물에 빠져 죽기라도 하면?"

"그럼 뭐? 너야 이번 주일에 교회에 갈 땐 새 리본을 못 달겠지."

그리고 침묵이 이어졌다. 불현듯 한 가지를 깨달았다. 소러시아인들의 방언으로 말하던 장님이 이제는 완벽한 러시아어를 구사하고 있었던 것이다.

"봐, 내가 맞았지." 장님이 다시 손뼉을 치며 말했다. "얀코는 바다든 바람이든 안개든 해안 경비든 무서워하지 않아. 들어 봐! 저건 물이 튀는 소리가 아니야. 날 속일 순 없지. 얀코가 길쭉한 노를 젓는 소리야!"

여자는 벌떡 일어나 불안한 듯이 먼 곳을 바라봤다.

"네가 착각한 거야, 장님. 아무것도 안 보이는데 뭘." 여자가 말했다.

사실은 나 역시 먼 곳에서부터 배 비슷한 것을 찾아보려고 애를 써 봤지만 헛수고였다. 그렇게 십 분가량이 지났다. 그리고 정말 파도의 산 가운데 검은 점이 나타났다. 그것은 커졌다 작아졌다 했고, 천천히 파도의 꼭대기에 올랐다가 재빨리 내려왔다. 이윽고 배 한 척이 해변으로 다가왔다. 그런 날 밤에 20킬로미터도 더 되는 해협을 건너올 생각을 하다니, 그는 분명 용감한 항해자였다. 그리고 그렇게 해야만 할 중대한 이유가 있음도 분명했다! 나는 이런 생각을 하느라 주체할 수 없이 뛰는 심장을 느끼면서 그 불쌍한 배를 바라보았다. 그렇지만 배는 마치 물오리처럼 가라앉았다가는, 다시 날갯짓하듯 빠르게 노를 흔들어 한바탕 거품을 일으키면서 심연으로부터 솟아오르기를 반복했다. 그때쯤에 나는 배가 해변으로 내던져져 산산조각이 날 것이라고 생각하고 있었다. 하지만 그것은 재빨리 몸체를 비스듬하게 기울이더니 작은 만으로 멀쩡히 튀어 올라왔다. 타타르인의 양피 모자를 쓴 중키 정도의 사내가 내렸다. 그는 손을 흔들었고, 세 사람은 함께 배로부터 뭔가를 끌어내리기 시작했다. 그 짐이 너무나 컸기 때문에, 지금까지도 어떻게 배가 가라앉지 않았는지를 이해할 수가 없다. 각 각 꾸러미들을 어깨에 짊어진 그들은 해변을 따라 걷기 시작했고, 이내 시야에서 사라졌다. 집으로 돌아가야 했다. 고백하지만 이 모든 기묘한 일들 때문에 불안해진 나는 아침이 오는 것을 기다리기가 힘이 들었다.

카자크가 일어나 옷을 죄다 차려입은 나를 보고 깜짝 놀랐다. 하지만 그에게 이유를 말해 주지는 않았다. 잠시 창문 너머로 조각구름들에 뒤덮인 푸른 하늘과, 꼭대기가 등대의 빛으로 하얗게 물든 절벽까지 연보라색 줄기로 뻗어 나가는 크림의 먼 해안을 감상한 뒤에, 사령관에게 겔렌지크로 출발할 시간을 물어보려고 파나고리야 요새로 갔다.

그렇지만 맙소사! 사령관은 어떤 확답도 주지 못했다. 항구에 있는 배들은 경비선이건 상선이건 간에 짐을 실을 기미조차 없었던 것이다. "아마 삼사 일 내로 우편선이 올 겁니다. 그럼 그때 가서 보자고요." 사령관이 말했다. 나는 침울해지고 화가 나서 집으로 돌아왔다. 문간에서 겁에 질린 얼굴의 카자크가 나를 맞이했다.

"일이 잘 안됐군요!" 그가 말했다.

"그래, 이봐, 도무지 언제 여기에서 벗어날 수 있을지를 알 수 없다고!" 이 말에 그는 더욱 불안해져서 내게로 몸을 기울이더니 이렇게 속삭였다.

"여긴 불결한* 곳입니다! 오늘 흑해의 카자크 하사를 만났습니다. 작년에 우리 부대에 있던 사람이거든요. 제가 이 집에

---

* 러시아어로 '불결한(nechisto)'이란 악마적인 속성을 뜻하는 단어이기도 하다.

서 묵는다고 말하니까 이렇게 말하더라고요. '이 친구야, 거긴 불결한 곳이야. 나쁜 사람들이라고!' 그 말이 맞는 게, 정말이지 무슨 그런 장님이 다 있습니까? 어디든 혼자 다닌다고 합니다. 시장에 가서 빵도 사고 물도 사고……. 이 근처 어디든 아주 익숙한 것처럼……."

"그래서 뭐? 안주인이라도 봤나?"

"오늘 나가신 뒤에 늙은 여자랑 딸이 왔습니다."

"딸이라니? 딸은 없다고 하던데."

"딸이 아니면 누구겠습니까. 어쨌든 그 여자, 지금 자기 오두막에 있습니다."

나는 작은 오두막 안으로 들어갔다. 뜨겁게 불을 때워 놓은 화덕에서 식사가 준비되고 있었다. 빈민치고는 꽤 훌륭한 음식이었다. 내가 무어라 물어도 노파는 귀가 멀어 들을 수 없다고 말했다. 그러니 뭘 할 수 있었겠는가? 난로 앞에 앉아 나뭇가지를 넣고 있는 장님에게로 돌아서서, 그의 귀를 잡고 말했다. "그래, 이 눈먼 꼬마 악마야. 말해 봐……. 어젯밤에 그 꾸러미를 들고 어딜 돌아다닌 거냐?" 갑자기 나의 장님은 울음을 터뜨리더니 소리를 지르며 신음했다. "어딜 가다니요? 아무 데도 안 갔어요……. 꾸러미라니? 무슨 꾸러미?" 이번에는 귀가 들리는지 노파가 중얼거렸다. "무슨 일들을 꾸며 내는 거야! 불쌍한 병신한테! 왜 그 애를 쫓아다녀요? 그 애가 뭘 어쨌다고요?" 나는 이 모든 상황에 넌더리가 나서 밖으로 나왔지만, 수수께끼를 반드시 풀어내겠다고 결심했다.

외투로 몸을 감싸고 울타리 옆 돌 위에 앉아 먼 곳을 바라봤다. 앞으로는 지난밤에 폭풍우가 휘저어 놓은 바다가 펼쳐져 있었다. 잠으로 빠져드는 도시의 중얼거림처럼 단조로운 소리는 지난날들을 떠올리게 했다. 북쪽에 있는 우리의 차가운 수도를 생각하면서, 그 괴로운 기억 속으로 빠져들었다……. 그렇게 거의 한 시간이 지났다. 아마 더 오랜 시간이 지났을지도……. 갑자기 노랫소리 같은 것이 들려왔다. 그것은 정말 노랫소리였으며 맑은 여자의 목소리였다. 하지만 어디서 나는 소리란 말인가……. 나는 귀를 기울였다. 기괴한 곡조는 느리고 슬프다가도 빠르고 명랑해졌다. 주위를 둘러봤지만 아무도 보이지 않았다. 다시 귀를 기울였다. 소리는 마치 하늘로부터 울려 퍼지는 것 같았다. 나는 눈을 들어 보았다. 내가 머무는 오두막의 지붕 위에 줄무늬 옷을 입은 소녀가 서 있었다. 머리카락을 길게 늘어뜨린 그녀의 모습이 마치 정말로 루살카*가 나타난 것 같았다. 그녀는 손을 들어 햇빛으로부터 눈을 가리고 먼 곳을 뚫어져라 보더니, 또 웃고 혼자서 생각하다가 다시 노래를 했다.

그 노랫말을 낱낱이 기억하고 있다.

초록 바다의
자유로운 그곳으로,
흰 돛을 단
작은 배들이 오간다.

그 작은 배들 중에

---

* 슬라브 신화에 등장하는 여자 귀신으로 물의 정령이다. '불결한 힘(nechistaya sila)'을 지닌 악령으로, 물가를 떠돌다 남자들을 유혹하여 죽인다.

나의 배도 있어.
두 개의 노뿐인
돛 없는 배가.

폭풍이여 불어라.
낡은 배들이
날개를 펼치고
바다 위로 흩어져 간다.

나는 바다를 향해
깊숙이 절을 하지.
"너, 사악한 바다야.
내 작은 배는 건드리지 마.

내 작은 배는
값비싼 걸 나른단다.
어둔 밤이 와도
죽음을 두려워하지 않지."

문득 전날 밤에 같은 목소리를 들었다는 생각을 하며 잠시
넋이 나가 있었다. 그리고 다시 지붕 위를 올려다봤을 때 소녀
는 없었다. 그러다 갑자기 그녀가 내 앞을 달려 지나갔고, 다
른 노래 몇 구절을 불러 대더니, 손가락으로 소리를 내면서 노
파의 오두막으로 들어갔다. 그곳에서 둘 사이에 말다툼이 벌어
졌다. 노파는 화를 냈고 소녀는 커다랗게 웃어 댔다. 이내 나

의 운디나*가 껑충껑충 뛰어 나왔다. 그녀는 잠시 내 곁에 나란히 서 있다가 조용히 항구를 향해 걸어갔다. 이것이 끝이 아니었다. 하루 종일 그녀는 내 숙소 근처를 떠돌았다. 그녀의 노랫소리와 뛰어다니는 소리가 잠시도 멈추지 않았다. 얼마나 희한한 생물이던지! 그녀의 얼굴에는 미친 기색이 전혀 없었다. 반대로 내게 머무르는 두 눈에는 활기찬 총명함이 있었다. 그것에는 마치 자석 같은 힘이 있는 듯했고, 매번 어떤 질문을 기다리는 듯했다. 하지만 내가 말을 할라치면 교활한 미소를 지으며 멀리 도망가 버리는 것이었다.

정말이지 그런 여자는 어디에서도 본 적이 없었다! 결코 미인은 아니었지만, 사실 나 역시 아름다움에 대해서라면 선입견을 지녔던 것이다. 그녀에겐 여러 종자가 섞인 듯했다……. 그리고 말과 마찬가지로 여자에게 종자란 아주 중요한 문제다. 프랑스의 젊은이들이 이와 같은 발견을 해냈다. 그것은, 그러니까 프랑스 젊은이들이 아니라 종자라는 것은, 손과 발 등의 생김새에서 두드러진다. 특히 중요한 것은 코다. 러시아에서 반듯한 코는 작은 발만큼이나 드물다. 나의 여가수는 열여덟도 채 안 돼 보였다. 무엇보다 그 유연한 몸매는 흔치 않은 것이었다. 그녀만의 방식으로 기울여 보이는 머리와 긴 적갈색의 머리카락, 살짝 볕에 탄 목과 어깨의 금빛 광택, 특히 반듯한 코가 매

---

* 독일 작가 푸케의 소설 「운디네」(1811)는 이를 번안한 쥬코프스키의 시 「운디나」(1833~1836)를 통해, 당시 러시아 독자들에게 잘 알려진 이야기였다. 아름다운 물의 요정 운디네가 젊은 기사 홀트브란트를 만나 사랑에 빠지고, 그와 결혼하여 불멸의 존재에서 고통받는 인간의 모습으로 변신하지만, 그의 사랑에 배신당한 뒤 다시 물로 돌아가 마침내 홀트브란트를 죽인다는 이야기이다.

력적이었다. 비록 비스듬히 나를 보던 시선에는 어딘지 거칠고 꺼림칙한 구석이 있었지만, 그리고 그 미소에도 막연한 낌새가 있었지만, 그런 것은 모두 선입견 때문인 것 같았다. 그녀의 반듯한 코는 나를 미치게 했다. 나는 독일적인 상상력의 과장된 결과물이라 볼 수 있는 괴테의 미뇽*을 찾았다고 생각했다. 그리고 정말 그 둘 사이에는 여러 공통점이 있었다. 몹시 불안해하다가도 재빨리 완전한 부동의 상태로 돌아서곤 하는 것, 수수께끼 같은 악센트, 깡총거림과 기묘한 노래와 같은 모든 것들…….

저녁 무렵 문가에 있는 그녀에게로 다가가 다음과 같은 말들을 나누었다.

"예쁜 소녀야, 오늘 지붕 위에서 뭘 하고 있었니?"

"아, 그냥 바람이 어디로 부는지 보려고 했던 거예요."

"그게 너랑 무슨 상관인데?"

"바람이 부는 곳에서 행복도 오거든요."

"정말? 그럼 노래로 행복을 불러오려고 했던 거니?"

"노래가 있는 곳에 행복도 있죠."

"그럼 슬픔이 담긴 노래를 하게 되면 어떻게 되니?"

"어떻게 되긴요? 좋아지지 않는다면 나빠질 거고, 그럼 다시 나빠졌다 좋아지겠죠."

"도대체 그 노래를 누구한테 배웠는데?"

"아무도 안 가르쳐 줬어요. 그냥 생각나는 대로 노래하는 거예요. 듣고 싶은 사람이라면 들을 거고, 아니면 못 알아듣겠죠."

---

* 괴테의 교양소설 『빌헬름 마이스터의 수업시대』에 나오는 곡마단 소녀.

"그럼 나의 여가수님 이름은?"

"나한테 세례를 준 사람이 알겠죠."

"누가 세례를 줬는데?"

"그걸 어떻게 알겠어요?"

"다 비밀이라는 거군! 하지만 나도 너에 대해 알아낸 게 있다.(상관할 바 없다는 듯이 그녀의 표정에는 변함이 없었고 입술에도 움직임이 없었다.) 난 네가 어젯밤 바닷가에 갔던 걸 알아." 그런 뒤엔 그녀를 당황하게 만들려고 내가 봤던 모든 것들에 대해 아주 진지하게 이야기했지만, 전혀 소용없었다! 그녀는 웃음을 터뜨렸다. "많은 걸 보긴 하셨는데 아무것도 모르시네요. 그리고 뭘 알든지 간에 조용히 있는 게 좋을 거예요." 그녀가 말했다. "그럼 만약에 내가 이 일을 사령관에게 알린다면?" 나는 이렇게 말하면서 매우 심각하고 엄숙하기까지 한 표정을 지었다. 갑자기 그녀는 펄쩍 뛰어오르더니 노래를 부르기 시작했고, 덤불에서 튀어나온 작은 새처럼 사라져 버렸다. 나의 마지막 말들은 완전히 무시당했다. 그 당시에는 이 모든 일들의 중대함을 깨닫지 못했지만, 나중에는 결국 후회하게 되었다.

막 어두워졌을 때였다. 카자크에게 행군 때처럼 찻주전자를 덥히라고 시킨 뒤에, 촛불을 켜고 탁자 앞에 앉아 여행용 파이프를 피웠다. 두 번째 찻잔을 비웠을 때 갑자기 문이 삐걱거렸고, 등 뒤에서 옷자락을 가볍게 스치며 걷는 발소리가 들렸다. 나는 놀라 뒤를 돌아봤다. 그곳에 나의 운디나, 그녀가 있었다! 그녀는 조용히 아무런 말 없이 탁자 건너편에 앉았고, 눈동자를 내게 고정시켰다. 왜 그랬는지는 모르겠지만 그녀의 눈빛이 대단히 부드럽게 느껴졌다. 그것은 지난날 내 삶을 마음대로 가지고 놀았던 눈동자들을 떠올리게 했다. 그녀는 질문을 기다리는 것 같았지만, 나는 이루 말할 수 없는 혼돈에 휩싸여 말없이 있었다. 흥분한 마음 상태를 드러내는 창백한 어둠이 그녀의 얼굴을 뒤덮었다. 그녀의 손은 탁자 위에서 정처 없이 헤매고 있었다. 나는 그것이 살짝 떨리고 있는 것을 알아차렸다. 그리고 그녀의 가슴은 높이 솟아오르더니, 마치 숨을 참고 있는 것처럼 보였다. 나는 슬슬 이런 코미디가 지겨워졌고, 가장 산문적인 방식으로 그 침묵을 깰 준비가 되어 있었다. 그녀에게 차를 한잔 권하거나 하는 일로 말이다. 그때 갑자기 그녀가 뛰어올라 두 팔로 내 목을 감싸 안더니 축축하고 타는 듯한 입맞춤을 하며 내 입술 위에서 소리를 내기 시작했다. 눈앞의 모든 것들이 캄캄해졌고, 머리가 빙빙 돌았다. 나는 젊은 열정을 다해 그녀를 꽉 끌어안았지만, 그녀는 뱀처럼 내 팔 사이를 빠져나가더니 귀에 대고 이렇게 속삭였다. "오늘 밤 다들 잠들면 바닷가로 와요." 그리고 화살처럼 재빠르게 방 밖으로 나가면서 현관 옆 바닥에 세워 둔 주전자와 초를 뒤엎었다. "악마 같은 년!" 짚단 위에 누워 남은 차로 몸을 덥히려고 기다리던 카자크가 소리 질렀다. 그제야 나는 정신이 들었다.

두 시간쯤 지나 항구 전체가 잠잠해졌을 때, 카자크를 깨웠다. "만약 내가 총을 쏘거든 빨리 바닷가로 와." 그의 눈동자가 부풀어 오르더니 자동적인 대답이 나왔다. "예, 알겠습니다." 나는 허리에 권총을 차고 밖으로 나갔다. 그녀는 내리막 가장자리에서 나를 기다리고 있었다. 그녀의 옷은 아주 가벼운 것으로, 작은 천 쪼가리가 그 유연한 몸통을 감싸고 있었다.

"따라와요!" 그녀가 내 손을 잡으며 말했고, 우리는 내려가기 시작했다. 그때 어떻게 목이 부러지지 않았나 싶다. 아래로 내려간 뒤에는 오른쪽으로 돌아서, 바로 전날 밤에 장님을 뒤쫓아 가던 길을 따라갔다. 아직 달이 뜨지 않은 진청색 하늘에는 구조용 등대처럼 두 개의 작은 별만이 반짝이고 있었다. 사나운 파도가 계속해서 규칙적으로 밀려왔지만, 해안에 정박한 외로운 배를 들어 올리지는 못했다. "배 안으로 들어가요." 나의 동행인이 말했다. 나는 망설였다. 바다 위의 감상적인 산책이 내 취미는 아니었던 것이다. 하지만 물러설 때가 아니었다. 그녀가 배 안으로 뛰어 들어갔고, 나도 그녀를 따랐다. 그리고 정신을 차렸을 때 우리는 표류 중이었다. "이게 무슨 일이지?" 나는 화가 나서 말했다. 그녀가 나를 의자에 앉히고 내 허리에 팔을 감으며 말했다. "내가 당신을 사랑한다는 거지……." 그녀가 뺨을 내 얼굴에 갖다 댔을 때, 타는 듯한 숨결을 느낄 수 있었다. 갑자기 요란한 소리와 함께 물속으로 무엇인가가 떨어졌다. 허리춤을 더듬어 보았는데, 총이 없었다. 아! 얼마나 끔찍한 의심이 드는 동시에 머리끝까지 피가 솟구치던지! 주위를 둘러보았지만, 육지로부터 100미터는 떨어져 있었고, 나는 수영을 할 줄도 몰랐다! 밀어내려고 했지만 그녀는 고양이처럼 내 옷을 붙잡고 늘어졌다. 갑자기 그녀가 나를 세게 밀쳐 내서 배 밖으로 거의 떨어져 나갈 뻔했다. 배가 흔들렸지만 나는 균형을 되찾았다. 그러고서 우리 둘 사이에 결사적인 싸움이 시작됐다. 광포함이 내게 힘을 줬지만 민첩함을 따져 보면 내가 열세라는 걸 곧 깨달았다……. "뭘 원해?" 나는 그녀의 작은 손을 움켜잡으며 외쳤다. 그녀의 손가락에서 우두둑 소리가 났지만, 그녀는 소리를 지르지 않았다. 그녀의 뱀 같은 천성이 그 고문을 견뎌 내고 있었다.

"봤으니까 말할 거 아니야!" 그녀가 대답했다. 그러더니 초인적인 힘으로 나를 뱃전으로 밀쳐 냈다. 우리 둘은 허리까지 거꾸로 매달렸다. 그녀의 머리카락이 물에 닿았다. 결정적인 순간이었다. 나는 무릎으로 바닥을 디디며 한 손으론 그녀의 머리를, 다른 손으론 그녀의 목을 잡았다. 그리고 그녀가 내 옷을 놓자마자 즉시 파도 속으로 처박았다.

이미 어두워져 있어서, 한두 번 거품 사이로 그녀의 얼굴을 본 뒤엔 더 이상 아무것도 볼 수 없었다…….

배의 바닥에서 낡은 노의 반쪽을 찾아냈다. 그리고 끈질긴 노력 끝에 어찌어찌 육지에 다다를 수 있었다. 해변을 따라 오두막으로 가는 중에 전날 밤 장님이 밤의 항해자를 기다리던 곳을 절로 보게 되었다. 벌써 하늘에는 달이 떠 있었고, 흰 옷을 입은 누군가가 바닷가에 앉아 있는 것처럼 보였다. 호기심이 발동한 나는 몰래 다가가 해안 절벽의 풀밭에 누웠다. 고개를 살짝 들었을 때, 절벽 아래에서 벌어지는 일들을 똑똑히 볼 수 있었다. 그리고 나의 루살카를 알아봤을 때엔, 많이 놀라기보다는 반갑기까지 했다. 그녀는 긴 머리카락에서 바다 거품을 짜내고 있었다. 젖은 셔츠가 유연한 몸매와 봉긋 솟은 가슴을 돋보이게 했다. 먼 곳으로부터 이내 배 한 척이 나타나더니 빠르게 다가왔다. 그리고 어젯밤처럼 타타르인 모자를 쓴 남자가 나왔는데, 머리카락은 카자크처럼 자르고 가죽 허리띠엔 큰 칼을 차고 있었다. 그녀가 말했다. "얀코, 다 끝났어!" 그런 뒤 둘의 대화가 계속됐지만, 너무 낮은 소리여서 한마디도 알아들을 수 없었다. "그럼, 장님은 어디 있어?" 얀코가 마침내 목소리를 높였다. "심부름 보냈어." 이것이 대답이었다. 몇 분 뒤에 장님이 등 뒤로 짐을 질질 끌며 나타났다. 그들은 그 짐을 배 안으로 집어넣었다.

"잘 들어라. 장님!" 얀코가 말했다. "거길 잘 보면…… 알겠지? 거기엔 비싼 물건들이 좀 있어. ……한테 더 이상 이 일을 맡을 수 없다고 말해.(이름은 알아들을 수 없었다.) 상황이 나빠졌어. 다신 날 못 볼 거라고 해. 지금은 위험하다고. 나야 다른 데로 가서 일을 찾겠지만, 다신 나같이 뱃심 좋은 일꾼은 못 찾을 거라고. 만약 값을 제대로 쳐 줬더라면 얀코는 떠나지 않았을 거라고 말해라. 난 어디든 바람이 불고 바닷소리가 나는 길을 따라갈 거야!" 잠시 침묵이 있은 뒤, 얀코가 계속해서 말했다. "얘는 나랑 같이 갈 거야. 여기 있을 수 없거든. 그러니 그 할망구한텐 죽을 때가 다 됐다고, 너무 오래 살았다고, 사람은 끝이 언젠지를 알아야 하는 거라고 전해. 그리고 다신 우릴 못 볼 거라고."

"그럼 나는?" 장님이 애처로운 목소리로 말했다.

"너를 어디에 써먹겠냐?" 이것이 대답이었다.

그러는 동안 나의 운디나는 배 안으로 뛰어올라 동행인에게 손짓을 보냈다. 그는 장님의 손에 무엇인가를 집어 주며 말했다. "여기, 과자나 사 먹어라." "이게 다야?" 장님이 말했다. "그래. 여기 좀 더 있다." 그리고 돌 위에 동전 떨어지는 소리가 들렸다. 장님은 줍지 않았다. 얀코는 배에 올라탔다. 바람은 바다를 향하고 있었다. 그들은 작은 돛을 내걸고 서둘러 떠났다. 달빛이 오랫동안 검은 파도 사이의 작고 흰 돛을 비추었다. 장님은 바닷가에 그대로 앉아 있었고, 이내 흐느낌 비슷한 소리가 들려왔다. 장님 소년은 울고 있었다. 오랫동안, 아주 오랫동안…… 나는 슬퍼졌다. 이 순결한 밀수꾼들의 평화롭던 세계 한가운데로 나를 던져 놓은 운명은 무엇이란 말인가? 잔잔한 샘물에 던져진 돌멩이처럼, 나는 그들의 평화를 어지럽혔고 스스로도 바닥까지 가라앉았다!

집으로 돌아왔다. 현관 옆에는 다 타 버린 초가 나무 쟁반 위에서 불꽃을 튀기고 있었다. 명령을 받은 나의 카자크는 양손에 총을 쥔 채로 곤히 잠들어 있었다. 초를 들고 오두막 안으로 들어가면서 그를 편안히 자도록 내버려 두었다. 그러나 맙소사! 내 귀중품함, 은장검, 친구에게 선물 받은 카프카스산(産) 단검이 모두 사라졌던 것이다. 그제야 그 빌어먹을 장님이 끌고 가던 짐의 정체를 알 수 있었다. 나는 카자크를 상당히 무례하게 흔들어 깨워 꾸짖으며 화를 냈다. 하지만 어쩔 도리가 없었다! 눈먼 소년에게 도둑맞고, 열여덟 살 소녀 때문에 물에 빠져 죽을 뻔했다고 당국에 이른다 한들 무슨 소용이 있었겠는가!

천만다행으로 다음 날 아침에 출발할 수 있었기에, 나는 타만을 떠났다. 그 노파와 불쌍한 장님이 어떻게 되었는지는 모르겠다. 나는 공적인 업무를 보기 위해, 더구나 관용 역마권을 지니고 여행 중인 장교였다. 그런 내가 대체 인간의 기쁨과 슬픔에 관여할 일이 뭐 있었겠는가!

2부

공녀 메리

5월 11일

어제 퍄치고르스크에 도착해서, 마슈크 산기슭에서 가장 높은 지대인 도시 외곽에 숙소를 정했다. 폭풍우가 일면 지붕 있는 곳까지 구름이 깔리겠지. 오늘 아침 5시에 창문을 열었을 때, 집 앞 소박한 뜰에서 자라나는 꽃들의 향기로 방 안이 가득 찼다. 활짝 핀 벚꽃나무 가지들이 창문을 기웃거리고, 이따금씩 바람이 흰 꽃잎을 실어와 책상 위로 흩뜨린다. 삼면의 경치가 장관이다. 서쪽으로는 베슈투의 다섯 봉우리가 "흩어진 폭풍의 마지막 먹구름"*처럼 푸르스름히 번져 보인다. 북쪽의 마슈크 산은 텁수룩한 페르시아의 털모자처럼 솟아올라 지평선의 한 면을 가득 채워 넣고 있다. 동쪽의 경치는 이보다 밝

---

* 푸슈킨의 짧은 시 「구름」의 첫 줄을 인용한 것이다.

다. 바로 밑으로 작고 깨끗한 신도시가 펼쳐져 있고, 약용 온천이 졸졸 소리 내며, 군중들은 제각각 다양한 언어로 웅성거린다. 그리고 멀리 갈수록 더욱 푸르고 희미해지며 원형극장 같은 모습의 산들이 첩첩이 솟아 있고, 지평선 끝에서 은빛 줄기를 이루는 눈 봉우리들이 카즈베크 산으로부터 그와 쌍두를 이루는 엘보루스까지 뻗어 있다……. 이런 땅에서 산다는 것이 기쁘다! 위로받는 듯한 느낌이 내 혈관을 파고든다. 공기는 어린아이의 입맞춤처럼 깨끗하고 상쾌하며, 태양은 밝고, 하늘은 푸르니…… 더 이상 바랄 것이 뭐 있겠는가? 열정과 욕망과 후회가 대체 무슨 소용이 있겠는가……. 어쨌든, 이제 갈 시간이다. 엘리자베스 온천장으로 가야 한다. 전 온천 인구가 아침이면 그곳에 모인다고들 한다.

....

　도시 중심으로 내려가는 큰길에서 천천히 오르막을 오르는 우울한 무리와 마주쳤다. 대부분 초원 지대로부터 온 지주의 가족들이었다. 남편들의 낡아 빠진 구식 프록코트와 부인들과 딸들의 세련된 의복들을 보고 금세 알 수 있었다. 호기심 어린 부드러운 눈길로 나를 살피는 것을 보니, 분명 온천의 젊은 남자들을 죄다 감정하고 오는 길인 듯했다. 페테르부르크식으로 재단된 내 외투를 보고 헷갈려 하기는 했지만, 이내 장교의 견장을 알아보고는 화가 난 듯이 고개를 돌렸다.
　지방 관리의 부인들, 말하자면 온천의 안주인들은 훨씬 더 호의적이다. 이들은 오페라글라스를 들고 다니며, 제복을 별로 개의치도 않는다. 카프카스에서 이들은 군번 달린 제복 단추 아래 열렬한 마음을, 흰 군모 아래 교양 있는 정신을 찾아내는 일에 익숙하다. 이 부인들은 대단히 사랑스럽다. 오래도록 변치 말기를! 매년 이들의 추종자들이 새로운 사람들로 물갈이 되는데, 아마도 여기에 그 지칠 줄 모르는 친절함의 비밀이 있을 것이다. 엘리자베스 온천장으로 이어지는 좁은 길을 오르던 중에는 민간인과 군인으로 이루어진 남자들 무리를 지나쳤는데, 나중에 알게 된 사실이지만 이들은 물의 효능을 보려는 사람들 중에서도 특수한 계층을 형성하고 있었다. 이들은 술은 마시지만 물은 마시지 않고, 산책은 거의 하지 않으며, 지나는 길에서만 여자들의 꽁무니를 쫓아다닌다. 이들은 도박을 하고 지루함에 대해 불평한다. 이들은 댄디들이다. 이들은 유황천 우물 밑으로 끈을 엮어 매단 유리컵을 담글 때도 학구적인 자세를 취한다. 민간인들은 담청색 넥타이를 두르며, 군인들은 외투 깃 위로 프릴이 드러나 보이게 옷을 입는다. 이들은 지방의 사교장에 대해 깊은 경멸감을 드러내며, 이들이 출입할 수 없는 수도의 귀족적인 응접실을 그리워한다.

마침내 온천장에 다다랐다……. 가까운 평지에는 빨간 지붕의 목욕탕 건물이 있었고, 조금 더 가면 비가 올 때 산책할 수 있는 회랑이 있었다. 부상당한 장교 몇몇이 목발들을 정렬해 놓고 벤치에 앉아 있었다. 창백하고 슬픈 모습이었다. 숙녀 여럿이 온천의 효과를 바라면서 활발히 평지 위를 거닐고 있었다. 그들 중에 두세 명 예쁜 얼굴이 보였다. 마슈크 산의 경사면을 덮는 포도나무 길에서는 숙녀들의 알록달록한 모자들 아른아른 보였는데, 이들은 둘씩 떨어져 다니는 것을 좋아하는 듯했다. 왜냐하면 이러한 모자들 주위에선 언제든 군모나 보기 흉한 모양의 둥근 차양모를 볼 수 있었기 때문이다. 에올루스의 하프라 불리는 정자가 있는 경사진 절벽 위에는 풍경 애호가들이 진을 치고 앉아 엘보루스 산 쪽으로 망원경을 들이대고 있었다. 가정교사 둘이 임파선 종양을 치료하러 온 학생들을 데리고 와 있었다.

언덕 끝에 다다랄 즈음 숨이 차 멈추었다. 온천장 구석에 기대어 서서 그림 같은 풍경을 바라보는데 갑자기 친숙한 목소리가 등 뒤에서 들려왔다.

"페초린! 여기엔 언제 온 거야?"

뒤를 돌자 그루슈니츠키가 있었다! 우린 서로를 부둥켜안았다. 나는 그를 현역 시절 분대에서 만났다. 그는 다리에 총상을 입고서 온천 치료를 받기 위해 나보다 일주일쯤 먼저 떠났었다.

그루슈니츠키는 사관생도다. 군복무라고는 고작 일 년밖에 하지 않았지만, 유별나게 멋을 내는 방식으로 두꺼운 군외투를 입고 다닌다. 사병들의 성 게오르기 십자훈장도 가지고 있다. 체격이 좋고 가무잡잡한 피부에 검은 머리카락을 가졌다. 스물다섯 살 정도로 보이지만 스물한 살도 채 안 됐다. 말하는 중에는 고개를 뒤로 젖히며 왼손으로 계속해서 콧수염을 비비 꼰다. 오른손으로 목발을 짚고 있기 때문이다. 그는 빠른 말투로 교묘한 어휘를 써서 말한다. 그는 삶의 모든 경우에 맞는 성대한 문구를 준비해 놓고, 꾸밈없는 아름다움에는 감동받을 줄 모르며, 특이한 감정과 고귀한 열정, 특수한 고통을 준엄히 지닌 체하는 부류의 사람들 중 하나다. 이러한 사람들에게는 영향을 준다는 일 자체가 황홀한 것이다. 낭만적인 지방의 숙녀들은 이들에게 열광한다. 나이가 들어서 이들은 평화로운 지주나 술고래가 되어 간다. 때로는 둘 다 되기도 한다. 이들의 영혼은 대부분 선량한 것이지만, 거기에는 조금의 시성(詩性)도 없다. 그루슈니츠키는 열정적인 웅변가였다. 그는 이야기가 일상적인 개념의 원을 초월하자마자 상대방을 몰아세운다. 그와 논쟁한다는 것이 내게는 불가능한 일이다. 그는 당신의 반박에 대해 답하지도 않고, 당신의 말을 듣지도 않는다. 당신이 말을 멈추면, 당신의 말과 분명 관련이 있어 보이긴 하지만 결국 자기 이야기의 연장선에 지나지 않는 장황한 연설을 늘어놓기 시작한다.

그는 꽤 신랄하다. 그가 사용하는 풍자 시구들은 대개 재미있는 것들이지만, 요점에 맞지도 않고 독설적이지도 않다. 그는 절대 누구를 험담하지 않는다. 그는 사람들을 모르며 그들의 약점을 알지도 못한다. 왜냐하면 일생을 자기 자신에게 사로잡혀 살아왔기 때문이다. 그의 목표는 소설 속의 영웅이 되는 것이다. 늘 다른 사람들에게, 자신이 본질적으로 이 세계에 어울리지 않기에 아무도 모르게 고통을 당하다 죽을 운명이라는 것을 확신시키려 하다 보니, 이제는 그 자신도 이 점을 거의 확신하게 되었다. 때문에 거만하게도 그 두꺼운 군인 외투를 껴입고 다니는 것이다. 나는 이러한 그에 대해 간파하고 있으며, 바로 이 점 때문에 그 역시 나를 좋아하지 않는다. 비록 우리가 겉으로는 매우 사이좋게 지낸다 해도. 그루슈니츠키는 특히 용감하기로 평판이 나 있다. 하지만 나는 실제로 그가 공격하는 모습을 본 적이 있다. 그는 칼을 높이 쳐들고 고함을 지르며 눈을 감은 채로 돌진한다. 어쨌든 이것이 러시아적인 용기는 아니라 하겠다!

나 또한 그를 좋아하지 않는다. 언젠가는 우리가 좁은 길에서 마주칠 것이고, 우리 둘 중 하나는 필연적으로 불행해질 거라는 느낌이 든다.

그가 카프카스로 온 것은 그 광신적인 낭만주의의 결과물이다. 부친의 시골 영지에서 떠나오기 전날 밤에는, 이웃에 사는 예쁜 아가씨에게 우울한 모습으로 다음과 같이 말했을 것이 틀림없다. 그가 카프카스로 가는 것은 단지 군복무를 하기 위함이 아니라, 죽음을 구하기 위함이라고. 왜냐하면…… 이쯤에서는 아마 두 손으로 눈을 가리고 이렇게 말했을 것이다. "아니요. 모르시는 게 나을 겁니다! 당신의 순수한 영혼이 소름 끼쳐 할 테니까요! 그래, 무엇 때문에 그래야 하겠어요? 제가 당신에게 뭐라고요. 당신은 저를 이해하십니까?"라며 이러쿵저러쿵.

그는 K 연대에 지원하게 됐던 이유가 그와 하늘 사이 영원한 비밀로 남을 것이라 말했다.

하지만 비극적인 망토를 벗어던진 순간에는 꽤 유쾌하고 즐거운 사람이다. 그가 여자와 함께 있는 모습을 보고 싶다. 내 생각에 그는 정말로 노력할 것이다!

우리는 오랜 단짝처럼 만났다. 나는 온천장에서의 삶과 이곳에서 유명한 사람들에 대해 질문하기 시작했다.

그는 한숨을 쉬며 이렇게 답했다. "여기에서 우리의 삶은 꽤 산문적이라 할 수 있어. 아침에 물을 마시는 사람들은 죄다 병자 같아 활기가 없고, 저녁에 술을 마시는 사람들은 죄다 건강한 사람들 같아 견딜 수가 없어. 여자들의 사회가 있지만, 그

저 작은 위안거리 정도지. 여기 숙녀들은 휘스트*를 하고, 옷도 못 입고, 게다가 프랑스어는 끔찍하게 못해. 그나마 올해 모스크바에서는 리고프스카야 공작부인과 그 딸이 왔는데, 나는 아직 인사도 못했어. 내 군외투는 거절의 낙인 같은 것이지. 이 외투가 불러일으키는 동정심이란 자비심보다도 굴욕적이야."

이때 부인 둘이 우물을 향해 가던 길에 우리와 마주쳤다. 한 명은 나이가 들었지만, 다른 한 명은 젊고 맵시 있었다. 모자가 얼굴을 가려 제대로 볼 수 없었지만, 옷은 최상의 취향을 드러내는 엄격한 원칙을 따르는 것이었다. 차림새에 불필요한 부분이 없었던 것이다. 젊은 여자는 목까지 채워진 은회색 드레스를 입었고, 유연한 목 주위에 얇은 비단 숄을 두르고 있었다. 작고 홀쭉한 발목에 딱 들어맞는 암갈색 구두는 너무 예뻐서, 그 신비로운 아름다움에 풋내기인 누구라도 놀라 탄성을 내지를 정도였다. 그녀의 가볍지만 고상한 걸음걸이에는 표현하기 어렵지만 순결한 구석이 분명 있었다. 그녀가 우리 곁을 지나칠 때, 이따금 사랑하는 여인의 편지에서 풍겨 오던 설명할 수 없는 향기가 느껴졌다.

"저게 바로 리고프스카야 공작부인과 그 딸 메리야. 영국식 이름이지. 여기 온 지는 삼 일밖에 안 됐어." 그루슈니츠키가 말했다.

"그런데 어떻게 너는 벌써 이름을 알아?"

"어쩌다 듣게 됐어." 그가 얼굴을 붉히며 답했다. "사실 알고 지내길 바라진 않아. 저 거만한 귀족들은 우리 군인들을 야만

---

* 네 사람이 하는 카드놀이.

인 보듯 하니까. 군번 새겨진 군모 아래 어떤 정신이 있건, 두꺼운 군외투 아래 어떤 마음이 있건 저 사람들이 상관이나 하겠어?"

"불쌍한 외투!" 나는 미소를 지으며 말했다. "그럼 저기 가까이 가서 친절하게 컵을 건네주는 신사는 누구야?"

"아, 저 사람은 라예비치라고, 모스크바에서 온 댄디야! 도박꾼이지. 하늘색 조끼에 두른 커다란 금색 시곗줄을 보면 금방 알 수 있잖아. 그리고 저 로빈슨 크루소의 것같이 두꺼운 지팡이를 봐! 농민풍의 턱수염하고 머리 모양도 특징적이고."

"너는 전 인류에게 악의를 품고 있구나."

"그럴 만한 이유가 있으니까⋯⋯."

"아, 정말?"

이때 우물가에서 돌아오는 부인들이 우리와 보조를 맞추어 걷기 시작했다. 그루슈니츠키는 목발 덕에 극적인 자세를 취할 수 있었고, 이어 큰 소리의 프랑스어로 대답했다.

"친구, 나는 사람들을 경멸하지 않으려고 싫어하는 거야. 그렇지 않으면 삶은 너무도 혐오스러운 소극일 테니까."

젊고 예쁜 공녀가 고개를 돌리며 연설자를 향해 호기심 어린 시선을 한참 보내왔다. 그녀의 표정은 매우 불명확한 것이었지만, 비웃음은 아니었다. 때문에 나는 마음속으로 그를 축하해 주었다.

나는 그에게 말했다. "그 메리 공녀라는 여자, 정말로 예쁘다. 눈이 벨벳 같아. 그래, 벨벳이라는 표현이 맞겠다. 그 여자의 눈에 대해 말할 때는 꼭 이 말을 쓰라고. 속눈썹이 위아래로 다 굉장히 길고, 그래서 눈동자가 햇살에 반사되지 않잖아.

나는 그렇게 광택이 없는 눈이 좋더라. 그런 눈들은 굉장히 부드러워서 마치 어루만져 주는 것 같거든……. 하지만 그 여자의 얼굴에서 볼 만한 건 그것뿐인 것 같다……. 참, 그리고 이는 하얀색인가? 이가 아주 중요한데! 네가 그렇게 멋진 말을 했는데도 웃지 않은 게 유감이야.”

“너는 미인을 영국산 말처럼 본다.” 그루슈니츠키가 분해서 말했다.

나는 그의 말투를 흉내 내려 애쓰며 대답했다. “친구, 나는 여자들을 사랑하지 않으려고 경멸하는 거야. 그렇지 않으면 삶은 너무도 우스운 멜로드라마일 테니까.”

나는 그에게서 뒤돌아 걸었다. 약 삼십 분 동안 포도나무 길과 사이사이 덤불이 매달린 석회암 벽을 따라 산책했다. 날이 점점 더워져서 집으로 가는 길을 서둘렀다. 유황천을 지나던 길에 숨을 좀 쉬려고 회랑의 지붕 아래 그늘에 멈추어 섰는데, 덕분에 꽤 흥미로운 장면을 목격할 수 있었다. 배우들의 배치도는 다음과 같았다. 노부인과 모스크바의 댄디는 회랑의 벤치에 앉아 진지한 대화에 열중하고 있는 것처럼 보였다. 마지막 물컵을 다 비운 듯 보이는 젊은 공녀는 우물가를 거닐며 사색 중이었다. 바로 그 우물 옆에 그루슈니츠키가 서 있었다. 그곳에는 다른 누구도 없었다.

나는 더 가까이 다가가서 회랑의 구석진 곳에 숨었다. 순간 그루슈니츠키가 모래 위로 컵을 떨어트리더니 몸을 굽혀 주우려고 애썼다. 부상당한 다리가 그를 방해했다. 불쌍한 놈! 목발에 기대어 안간힘을 썼지만 소용없었다. 표정이 풍부한 그의 얼굴은 정말로 고통스러워 보였다.

메리 공녀에겐 이 모든 광경이 훨씬 잘 보였다.

그녀는 작은 새보다도 더 가볍게 그에게 뛰어가서 허리를 굽혀 컵을 주웠고, 형용할 수 없이 매력적인 자태로 그것을 건네주었다. 그리고 얼굴을 잔뜩 붉히며 회랑 쪽을 뒤돌아보더니, 제 어머니가 아무것도 못 봤다는 것을 확인한 뒤에 안심하는 것 같았다. 그루슈니츠키가 입을 열어 고맙다는 인사를 하려 했을 때, 그녀는 이미 멀리 가 버린 뒤였다. 일 분쯤 뒤 어머니하고 댄디와 함께 회랑에서 나와 그루슈니츠키를 지나칠 때의 그녀는 아주 예의 바르고 위엄 있는 모습이었다. 고개를 돌리지도 않았을 뿐더러, 언덕 밑에 다다라 길가의 어린 보리수나무들 너머로 사라질 때까지 그 오랜 시간을 따라오던 열렬한 시선을 눈치 채지도 못했다……. 이제 그녀의 모자는 길 건너편으로 희미하게 보였다. 그녀는 퍄치고르스크에 있는 최고급 저택들 중 하나로 서둘러 들어가 버렸다. 어머니가 그 뒤를 따랐고, 문가에서는 라예비치가 작별인사를 했다.

그러고 나서야 불쌍한 정열의 사관생도는 나의 존재를 알아차렸다.

"봤어?" 그가 내 손을 꽉 쥐면서 말했다. "천사가 따로 없어!"

"뭐가?" 나는 가장 순진하고도 순박한 태도로 물었다.

"못 봤단 말이야?"

"아니, 봤어. 네 컵 주워 준 거 말하는 거지? 그 자리에 시종이 있었어도 똑같이 해 줬을 텐데, 뭐. 아마 푼돈 좀 받으려고 훨씬 재빨랐을 거다. 하지만 그 여자가 너를 동정하는 건 이해가 된다. 네가 부상당한 다리로 중심을 잡으려고 할 때 정말 끔찍한 표정을 지었거든……."

"그럼 그 여자의 영혼이 얼굴 위로 떠오른 순간에 나타났던 그 표정을 전혀 못 봤단 말이지?"

"못 봤는데."

나는 거짓말을 했다. 그를 화나게 하고 싶었을 따름이다. 나는 선천적으로 반박하기를 매우 좋아한다. 나의 삶 전체는 마음이나 이성에 대항하는 슬프고도 절망적인 반박의 연속에 지나지 않는 것이었다. 열광자 앞에서의 나는 한겨울 서리 같아진다. 또 내가 만약 둔한 냉담자와 자주 교제한다면 열정적인 몽상가가 될 것이란 생각이 든다. 사실대로 말하자면, 당시 내 마음속엔 불쾌하면서도 친숙한 감정이 스쳐 지나갔던 것이다. 그것은 질투심이었다. 내가 노골적으로 '질투심'이라 말하는 것은, 나 자신에게는 늘 모든 면에서 솔직해 왔기 때문이다. 사실 자신의 게으른 시선을 꼭 붙잡아 놓고, 이내 똑같이 미지의 인물인 다른 남자에게 관심을 보이는 예쁜 여자로부터 불쾌한 충격을 받지 않을 젊은 남자는 없을 것이다.(상류사회의 삶을 살며 자신의 허영을 충족시켜 왔던 남자라면.)

그루슈니츠키와 나는 말없이 언덕을 내려와 우리의 미녀가 사라진 집의 창문을 지나쳤다. 그녀가 창가에 앉아 있었다. 그루슈니츠키가 내 팔을 잡아당기더니, 여자들에게는 별 효과가 없는 희미하고 부드러운 시선 같은 것을 그녀에게 보냈다. 나는 오페라글라스를 들어 그의 시선이 그녀를 미소 짓게 만든 것을 보았으며, 내 뻔뻔스러운 오페라글라스가 그녀를 정말로 화나게 만들었다는 것도 눈치 챘다. 하기야 어떻게 감히 카프카스의 일개 군장교가 모스크바의 공녀에게 외알 안경을 들이댈 수 있겠는가……

5월 13일

오늘 아침 의사 선생이 찾아왔다. 성은 베르너이지만 러시아인이다. 놀랄 일은 아니다. 이바노프라는 독일인을 알고 지낸 적도 있다.

베르너는 여러 면에서 남다른 사람이다. 그는 다른 모든 의과 계통의 사람들처럼 회의론자이면서 유물론자이지만, 동시에 시인이기도 하다. 진지한 의미에서 말이다. 그의 모든 행동이 그렇고, 종종 그의 말들도 그러하다. 비록 그 자신은 일생 동안 단 두 줄의 시도 써 본 적이 없다지만. 그는 시체의 혈관을 연구하듯이 살아 있는 인간의 심금을 연구해 왔다. 그러나 이러한 지식을 어떻게 이용할 것인지에 대해선 알지 못한다. 때론 아주 훌륭한 해부학자도 열병을 치료하는 방법에 대해선 알지 못하는 것이다! 평소 베르너는 몰래 환자들에 대한 농담을 해 왔지만, 한번은 그가 죽어 가는 군인을 붙잡고 우는 것을 본 적도 있다……. 그는 가난했다. 백만장자가 되는 것을 꿈꾸지만, 그렇다고 돈을 벌기 위해 남다른 일을 하는 것을 본 적은 없다. 한번은 내게 친구보다는 적을 위해 선행을 베풀겠다고 말한 적이 있다. 왜냐하면 친구를 위한 선행은 자비심을 파는 격이지만, 적의 관용에 비례해 자라나는 것은 증오심이기 때문이다. 그의 말은 독설적이었다. 그의 풍자 시구에서는 여러 선량한 사람들이 속물 내지 바보가 되었다. 한번은 경쟁자들인 질투심 많은 온천장의 의사들이 그가 환자들을 우스갯소리로 삼는다는 소문을 내서 환자들이 화가 났다. 그래서 대다수가 그에게 진료받기를 거부했다. 그의 친구들, 말하자면 카프카스에서 복무 중인 정말로 품위 있는 사람들 모두가 추락한 그의 신용을 회복시키려 애써 봤지만 헛수고였다.

그의 첫인상은 좋지 못한 편이지만, 점점 매력적으로 보이는 외모다. 두 눈이 그 불규칙한 특징들에서 고상하고 신뢰할 만한 영혼의 자취를 판독하는 법을 터득하면서부터 그러하다. 실례로 그와 같은 사람들과 정신없이 사랑에 빠진 여인들은, 그 추한 외모를 엔디미온*의 싱싱한 장밋빛 아름다움과도 바꾸려 하지 않는 것이다. 이런 점에서 여자들은 인정받아야 한다. 그들은 영적인 아름다움에 직관력을 가졌다. 때문에 베르너와 같은 남자들이 그토록 여자를 좋아하는 것일지도 모른다.

베르너는 어린아이처럼 작은 체구에 마르고 연약했다. 그는 바이런처럼 한쪽 다리가 더 짧았다. 몸에 비해 머리가 컸다. 머리카락은 짧게 깎고 다녔다. 때문에 울퉁불퉁한 두개골이 드러났는데, 그 대립적인 경사각의 기묘한 교착은 골상학자들을 놀라게 만들 만한 것이었다. 쉴 틈 없이 움직이는 작고 검은 눈은 사람들의 생각을 꿰뚫어 보는 듯했다. 말쑥한 옷차림에는 취향이 있었다. 털이 많고 야윈 작은 손에는 담황색 장갑을 끼고 있었다. 프록코트와 넥타이와 조끼는 늘 검은색이었다. 남동생들은 그를 메피스토펠레스**라고 불렀다. 그는 이 별명에 화를 내는 척했지만, 실은 이것이 그의 자존심을 세워 주었다. 우리는 금세 서로를 이해했고 친구가 되었다. 내가 진정한 우정을 나눌 수 없는 사람이었기 때문이다. 두 친구 중 한

---

* 그리스 신화에 나오는 양치기 미소년.
** 파우스트 전설에 나오는 악마.

쪽은 언제나 다른 쪽의 노예다. 비록 대개는 두 사람 다 이것을 인정하지 않겠지만. 나는 누구의 노예도 될 수 없을 뿐더러, 명령을 내리는 것 또한 내겐 피곤한 일이다. 왜냐하면 여기에는 늘 속임수가 필요하기 때문이다. 게다가 나에겐 아첨꾼과 돈이 있다! 우리는 다음과 같이 친구가 되었다. 처음 베르너를 만난 곳은 S 도시에서 시끄러운 청년들이 잔뜩 모인 무리 속이었다. 저녁 끝 무렵에, 대화는 철학적이면서도 형이상학적인 것으로 변해 갔다. 서로의 확신들에 대한 토론이 벌어졌다. 모두들 이런저런 것을 확신하고 있었다.

"저 같은 경우엔 단지 한 가지만을 확신하고 있습니다."라고 의사 선생이 말했다.

"그게 뭡니까?" 내가 물었다. 그때까지 말이 없었던 이 남자의 의견을 알고 싶었던 것이다.

"그게 언제든, 어느 좋은 날 아침 제가 죽을 거라는 사실 한 가지죠." 그가 답했다.

"제 경우가 낫군요. 저는 당신이 말한 것 외에 또 하나의 확신을 가지고 있습니다. 어느 기분 더러운 저녁에 그만 제가 태어났다는 거죠." 내가 답했다.

모두들 우리가 말도 안 되는 소리를 하고 있다는 걸 알아차렸지만, 사실 이보다 더 똑똑한 말을 한 사람도 없었다. 순간 우리는 군중 속에서 서로를 알아보았다. 우리는 종종 만나 추상적인 문제들에 대해 진지하게 토론하면서, 결국은 우리가 서로를 속이고 있다는 걸 알아차렸다. 그러면 서로의 눈을 의미심장한 눈빛으로 들여다보다가 키케로가 말한 로마의 예언자들처럼 웃어 대기 시작했고, 그렇게 마음껏 웃어 댄 후엔 함께

한 저녁을 만족스러워하며 헤어졌다.

나는 소파에 누워 천장을 보며 팔베개를 하고 있었다. 베르너가 방으로 들어왔다. 그는 안락의자에 앉아 지팡이를 구석에 세워 놓고 하품을 하더니 밖이 더워지고 있다고 말했다. 나는 파리 때문에 귀찮다고 답했고, 우리는 잠시 침묵했다.

내가 말했다. "이봐요, 의사 선생. 바보들이 없다면 세상은 정말 지루한 곳이 될 겁니다…… 생각해 보세요. 여기 우리 똑똑한 두 사람은 다른 사람들이 끝도 없이 논쟁할 문제에 대해 이미 알고 있습니다. 그래서 우리는 논쟁하지 않죠. 우리는 서로의 비밀스러운 생각들에 대해서도 거의 대부분 알고 있습니다. 단어 하나가 우리에겐 이야기 전체와 같습니다. 우리는 세 겹으로 된 껍데기 속에 감춰진 우리 모든 감정의 핵심을 볼 수 있습니다. 슬픈 일은 우스워 보이고, 우스운 일은 우울해 보이죠. 그리고 사실 우리는 대개 우리 자신 외에 다른 모든 것에는 무관심합니다. 그래서 우리 둘 사이에는 감정이나 생각의 교류가 없는 겁니다. 우리는 서로가 알고 싶은 만큼 서로에 대해 알고 있고, 더 이상 알기를 원하지도 않습니다. 여기에는 한 가지 해결책밖에 없어요. 소식을 전하는 거죠. 그러니까 저한테 아무 소식이나 얘기해 보세요."

이 긴 말을 늘어놓고 피곤해진 나는 눈을 감으며 하품을 했다…….

그가 잠시 생각하더니 답했다.

"하지만 당신의 헛소리에도 생각은 있군요."

"두 가지 생각이죠!" 내가 답했다.

"그쪽에서 하나를 말하면, 제가 다른 하나를 말하죠."

"그래요. 그럼 먼저 하세요!" 계속해서 천장을 살피는 동안 속으로 웃으면서 내가 말했다.

"아마 이 온천을 찾아온 어떤 손님에 대해 알고 싶어 할걸요. 저는 벌써 당신이 관심을 가진 그 사람에 대해 알고 있고요. 왜냐하면 저쪽 진영에서는 이미 당신에 대해 물어봤거든요."

"의사 선생! 분명히 우리 사이엔 대화가 불가능하겠는데요. 우리는 서로의 마음을 읽었습니다."

"그러니까 또 다른 생각 하나는……"

"또 다른 생각은 이거겠죠. 저는 당신이 무슨 얘기든 하도록 만들고 싶었습니다. 왜냐하면 우선은 듣는 일이 덜 피곤한 거고, 둘째로 듣는 사람은 정체를 드러내지 않아도 되며, 셋째로 다른 사람의 비밀을 알 수 있는 데다가, 넷째로 당신처럼 똑똑한 사람들은 이야기꾼이기보다는 듣는 쪽이길 바랄 것이기 때문입니다. 그럼 일 얘기로 넘어가죠! 리고프스카야 공작 부인이 저에 대해 뭐라고 했죠?"

"……공녀가 아니라 공작부인이라고 확신하는 겁니까?"

"당연하죠."

"왜죠?"

"왜냐하면 공녀는 그루슈니츠키에 대해 물어봤을 테니까요."

"당신은 뭔가를 추론해 내는 데 상당한 재능이 있군요. 공녀는 그 군외투를 입은 젊은 남자는 분명히 결투를 하다 강등됐을 거라고 말했습니다……"

"그 즐거운 망상에 빠져 있도록 내버려 뒀길 바랍니다……"

"당연하죠."

"이야기의 발단이군요!" 나는 기뻐서 소리쳤다. "이 코미디의 결말이 우리의 관심사죠. 분명 운명의 여신이 제가 지루해하지 않도록 돌보시는 겁니다."

"불쌍한 그루슈니츠키가 당신의 희생양이 될 거라는 불길한 예감이 드는데요……." 의사 선생이 말했다.

"하던 얘기 계속하세요, 의사 선생……."

"공작부인은 당신의 얼굴이 낯이 익다고 했어요. 저는 아마 페테르부르크의 어느 사교계에서 당신을 봤을 거라고 말했죠……. 제가 당신의 이름을 말하니까…… 알더라고요. 아마 거기에서 당신의 이야기로 꽤 시끄러웠나 봅니다……. 공작부인은 당신의 공적에 대해 말하기 시작했고, 사교계의 소문이라고 짐작되는 부분에 대해서는 자기 의견도 덧붙였어요……. 그 딸이 흥미롭게 들었습니다. 그 여자, 당신을 최신 풍류를 따르는 소설 속 주인공이라 상상할 겁니다……. 그 부인이 말도 안 되는 소리를 지껄여 댄다는 걸 알았지만 내버려 뒀어요."

"당신은 좋은 친구예요!" 나는 그에게 손을 내밀며 외쳤다. 의사 선생이 정답게 그 손을 잡고 계속해서 말했다.

"만약에 원한다면 제가 소개를……."

"어이쿠!" 내가 두 손을 들어 올리며 말했다. "영웅을 누가 소개시키는 거 봤습니까? 영웅은 언제나 죽음에서 연인을 구출하면서 만나는 겁니다……."

"그럼 정말로 공녀를 유혹할 생각인가요?"

"그 반대죠. 완전히 반댑니다, 의사 선생! 결국은 제가 이길 겁니다. 이해 못하시겠지만! 하지만 이런 점은 좀 슬프네요."

나는 잠시 침묵했다 말을 이어 갔다. "저는 한 번도 제 비밀을 털어놓은 적은 없지만, 그것들을 사람들이 수수께끼처럼 풀도록 하는 건 정말로 좋아하거든요. 왜냐하면 그렇게 해야만 필요한 순간에 빠져나올 수 있으니까요. 하지만 어쨌든 당신이 그 엄마와 딸에 대해 설명을 좀 해 줘야 할 것 같습니다. 어떤 사람들이죠?"

베르너가 답했다. "글쎄요, 우선 공작부인은 마흔다섯 살이고, 위장은 튼튼한데 혈관에 좀 문제가 있어서 뺨에 붉은 반점이 있어요. 인생의 후반기를 모스크바에서 지냈고, 그곳의 조용한 생활 덕에 비만이 됐죠. 유혹적인 일화를 좋아하고, 가끔 딸이 방 안에 없을 때는 먼저 무례한 얘길 꺼내기도 합니다. 그 여자 말로 자기 딸은 비둘기처럼 순수하다니까요. 그게 저와 무슨 상관입니까? 하마터면, 걱정 마십쇼, 아무한테도 말 안 할 테니까요, 하고 대답할 뻔했다니까요! 공작부인은 류머티즘으로 치료를 받고 있는데, 딸의 병이 뭔지는 아무도 모릅니다. 둘 다 하루에 두 컵씩 유황수를 마시고 일주일에 두 번씩 희석수로 목욕을 하라고 처방했어요. 공작부인은 명령을 내리는 일에는 익숙하지 않은 것 같아요. 딸이 똑똑하고 해박하다고 존경하는 걸 보면요. 바이런을 영어로 읽고 대수학을 안다니까요. 분명 모스크바의 젊은 여자들은 고등교육을 받고 있나 봅니다. 잘돼 가는 거죠, 정말! 대개 우리 같은 남자들은 너무 촌스러워서 그런 똑똑한 여자들이 어디 아양이나 떨고 싶겠습니까. 공작부인은 젊은 남자를 굉장히 좋아합니다. 그리고 공녀는 그 남자들을 경멸하듯이 쳐다보고요. 모스크바식이죠, 뭐! 모스크바에서는 마흔 살은 먹은 게으름뱅이들하고나 어울려 다니니까요.”

“그럼 의사 선생은 모스크바에 있었습니까?”

“네. 거기서 꽤 오랫동안 진료를 봤죠.”

“계속 얘기하세요.”

“뭐, 다 얘기한 것 같은데…… 아! 한 가지 더 말하자면, 공녀는 감정이나 열정 같은 것에 대해 토론하는 것을 좋아하는 것 같습니다……. 한번은 페테르부르크에서 겨울을 보냈는데 마음에 안 들었다나 봐요. 특히 그곳 사교계가 싫었다고 하더군요. 아마 제대로 대접을 못 받았겠죠.”

“오늘 그 집에는 아무도 없었고요?”

“아니요. 부관이 한 명 있었는데 잔뜩 긴장을 한 근위병이었고, 또 공작부인과 사돈지간이라는 부인이 막 도착했는데, 굉장한 미인이었지만 많이 아파 보였습니다……. 우물에서 못 봤나요? 중간 정도의 키에 금발 머리고, 적당한 몸매에, 피부색을 보니 폐병 환자 같던데요. 그리고 오른쪽 뺨에 작고 검은 점이 있었어요. 표정이 굉장히 풍부한 얼굴이라 인상 깊었어요.”

“작은 점이라고요! 정말?” 나는 중얼거렸다.

의사 선생은 나를 살피더니, 내 가슴에 손을 얹어 놓으며 준엄하게 말했다.

“아는 사람이군요!” 정말로 내 심장은 이전보다 빠르게 뛰고 있었다.

“당신이 이길 차렙니다! 하지만 믿고 말할 테니까 배신하면 안 됩니다. 아직 본 건 아니지만, 당신의 설명을 들어 보니 분명히 제가 예전에 사랑했던 여자인 것 같군요……. 그 여자한테는 저에 대해서 아무 말도 하지 마세요. 만약에 물어보면, 나쁘게 말해요."

"그럴게요!" 베르너가 어깨를 으쓱하며 말했다.

그가 떠나자, 지독한 슬픔이 내 가슴을 눌러 왔다. 우리를 다시 이곳 카프카스로 불러온 것은 운명일까, 아니면 나를 만나려고 일부러 그녀가 온 걸까? 그럼 우리는 어떻게 만나게 될까? 어쨌든, 그녀가 맞을까? 예감은 나를 속인 적이 없었다. 나에게처럼 과거가 막강한 영향력을 행사하는 사람은 세상에 또 없을 것이다. 지나간 슬픔과 기쁨을 기억하는 일이란 때마다 내 영혼을 고통스럽게 때리며, 매번 똑같은 소리를 끌어낸다……. 나는 어리석은 생물이다. 아무것도 잊지 못했어……. 아무것도!

저녁식사 후 6시쯤 길로 나갔다. 군중들이 있었다. 공작부인은 딸을 데리고 벤치에 앉아, 그들의 환심을 사기 위해 경쟁하는 젊은 남자들에게 둘러싸여 있었다. 나는 조금 떨어진 벤치에 앉아 내가 아는 D 연대 출신의 장교 둘을 불러 세웠고, 그들에게 뭔가를 이야기하기 시작했다. 그들이 미친 듯이 웃어대기 시작했던 것을 보면 꽤 우스운 이야기였던 게 분명하다. 공녀를 둘러싸고 있던 사람들 중 몇몇이 호기심을 보내왔다. 그들은 차차 그녀를 버리고 나에게로 왔다. 나는 말을 멈추지 않았다. 내 이야기들은 어리석으리만치 영리했다. 또 길을 지나던 한 기인을 향한 내 조롱은 사악하다 못해 광포함 그 자체였다……. 나는 해가 질 때까지 내 청중들을 웃겼다. 팔짱을 낀 공작부인과 공녀가 발을 저는 노인네와 함께 여러 번 나를 지나쳐 갔다. 무관심한 척하려 애쓰는 그녀의 시선은 내게 와

닿을 때마다 노여움을 드러냈다⋯⋯.

"무슨 얘길 하고 있어요?" 그녀는 예의상 그녀에게로 돌아간 젊은 남자에게 물었다. "아마 굉장히 재미있는 얘기겠죠. 전쟁에서 세운 공적들?" 그녀는 이렇게 말할 때 다소 큰 소리를 냈다. 아마도 나에게 빈정대려는 의도였을 것이다. 나는 생각했다. '아하! 진짜로 화가 났군요, 예쁜 공녀님. 기다려요. 아직 남았거든요!'

그루슈니츠키는 먹이를 노리는 짐승처럼 그녀를 지켜보며 한시도 눈을 떼지 않았다. 장담하건대, 내일이면 누군가에게 공작부인을 소개시켜 달라고 애원할 것이다. 부인은 몹시 기뻐하겠지. 지루하니까.

5월 16일

지난 이틀 동안 일이 엄청나게 진척되었다. 공녀는 확실히 나를 미워하고 있다. 이미 날 겨냥한 두세 개의 풍자 시구가 사람들을 통해 들려왔다. 꽤 신랄하긴 하지만 동시에 대단한 아첨이기도 한 것이었다. 상류사회에 익숙하고 페테르부르크에 있는 그녀의 사촌들이나 숙모들과는 그토록 가까운 사이인 내가 자신을 모른 체하는 이유를 도무지 이해할 수 없는 것이다. 매일 우리는 우물이나 길가에서 마주친다. 나는 그녀의 추종자들, 즉 명석한 부관들이나 창백한 모스크바 사람들을 끌어내기 위해 최선을 다하고 있고, 대개는 성공하고 있다. 집으로 사람들을 초대하는 것을 늘 싫어했지만, 요즘 우리 집은 매일같이 사람들로 넘쳐 난다. 그들은 이곳에서 저녁을 먹고, 또 밤참을 먹으며 카드게임을 한다. 맙소사, 나의 샴페인이 그녀의 자석 같은 눈망울을 이긴 것이다!

어제 첼라호프의 가게에서 그녀를 보았다. 그녀는 멋진 페르시아 융단을 흥정 중이었다. 공녀는 제 어머니에게 인색하게 굴지 말라고 조르고 있었다. 그 융단은 그녀의 방을 멋지게 장식할 것이었다! 나는 40루블을 더 내고 그녀를 제쳤다. 보답으로는 황홀할 정도로 분노에 차 번뜩이는 시선이 돌아왔다. 식사 때가 되어서는 일부러 내 체르케스산 말에 융단을 얹고 그녀의 집 창문 앞으로 지나가게 했다. 그때 베르너가 그곳에 있었다. 그는 그 장면의 극적인 효과가 대단했다고 말해 줬다. 공녀는 나에 반대하는 군대를 일으키고 싶어 한다. 벌써 두 명의 부관이 그녀 앞에서는 아주 건조한 태도로 나를 대한다는 것을 알아차렸다. 그들은 매일같이 우리 집에 와서 식사를 한다.

그루슈니츠키는 신비로운 분위기를 풍기고 있다. 그는 뒷짐을 지고 걸으며 아무도 의식하지 못하는 것처럼 보인다. 갑자기 다리가 나아서 이젠 거의 절지도 않는다. 그는 공작부인과 이야기할 기회를 얻었고, 공녀에 대해 칭찬했다. 그녀가 가장 예쁜 미소로 그에게 답한 것을 보면, 분명 그렇게 까다로운 사람은 아닌 것 같다.

"너 정말 리고프스코이가(家)의 모녀와 인사하고 싶지 않아?" 어제 그가 내게 물었다.

"전혀."

"그게 무슨 소리야! 여기 온천장에서 가장 즐거운 집이라고! 이곳에서는 최고의 사교장이고……."

"친구, 나는 여기가 아닌 최고의 사교장에도 신물이 난 사람이야. 그럼 넌 그 집에 드나드는 거야?"

"아니 아직. 공녀하고는 두어 번 말해 본 게 전부야. 너도 알겠지만 초대해 달라고 말하기는 좀 거북해서. 여기서는 다들 그렇게 하지만…… 내가 장교복을 입었으면 또 몰라도……."

"그건 또 무슨 소리야! 너 그렇게 생각하는 건 정말 이상해! 이 유리한 상황을 쉽게 이용할 줄을 모르는구나……. 감성적인 숙녀의 눈에 군외투를 입은 너는 영웅이고 순교자일 수밖에 없는 거라고."

그루슈니츠키는 흡족한 미소를 지었다.

"말도 안 돼!" 그가 말했다.

"확실해." 나는 계속해서 말했다. "그 공녀는 벌써 너를 사랑하게 됐을 거야."

그는 귀까지 빨개져서 깊은 숨을 내쉬었다.

오 허영심이여! 그대는 아르키메데스가 지구를 들어 올리려 했던 지렛대가 아니었던가!

"너는 항상 농담만 하는구나!" 그가 화난 척하며 말했다. "우선 그 여잔 아직 날 제대로 알지도 못하는데……."

"여자들은 잘 알지 못하는 남자만을 사랑해."

"어쨌든 그 여자 마음에 들었다고 우쭐댈 일은 전혀 없지. 그냥 그 즐거운 집에 갈 수만 있었으면 좋겠어. 그렇다고 다른 걸 바란다는 것도 너무 우스운 일이고……. 예를 들어 너라면 경우가 다르겠지만! 페테르부르크에서도 알아주는 너 같은 사람이라면, 한 번 쳐다보기만 하면 여자들이 녹아내리겠지만…… 그건 그렇고, 페초린, 공녀가 너에 대해 뭐라고 하는지 알아?"

"정말? 벌써 나에 대해 말했단 말이야?"

"전혀 좋아할 일은 아니야. 저번에 우연히 만나서 우물에서 얘기할 기회가 있었는데, 세 번째 말이 이거였어. '저 불쾌하고 답답한 눈빛으로 쳐다보는 신사가 누구죠? 당신과 같이 있었는데. 저번에 왜…….' 그 여자, 그때 자신의 매력적인 행동을 떠올리고 얼굴이 빨개져서 그날 일에 대해 이야기하고 싶어 하지 않았어. '그날이 언젠지 말 안 하셔도 압니다. 언제나저의 기억 속에 남아 있을 겁니다…….' 내가 말했지. 페초린!내 친구! 축하하진 않겠어. 넌 그 여자의 블랙리스트에 올랐다……. 정말이지 안타깝다! 왜냐하면 메리는 정말로 사랑스러운 여자거든!"

그루슈니츠키가 잘 알지도 못하는 여자에 대해 이야기하면서 그녀를 나의 메리, 나의 소피라 부르는 사람들에 속한다는점을 기억해 두자. 마치 그녀가 그들의 환심을 사는 행운을 차지하기라도 한 것처럼.

나는 진지한 분위기로 그에게 답했다.

"그래. 그 여자 정도면 나쁘진 않지……. 하지만 명심해, 그루슈니츠키! 러시아의 젊은 숙녀들은 대부분 결혼과는 상관없는 플라토닉 사랑을 추구하니까. 이 플라토닉 사랑이라는 게가장 골칫거리야. 그 공녀, 사람들이 자기를 즐겁게 해 주길 원하는 부류의 여자인 것 같은데, 만약 네가 단 이 분이라도 지루하게 만들면 영영 돌이킬 수 없을걸. 하지만 네가 말없이 있으면 너에게 호기심을 가질 거야. 말로는 절대로 만족시킬 수없다고. 너는 일분일초 그 여자를 애태워야 돼. 그럼 공개적인 자리에서 너를 위해 열 번쯤은 구설수를 무시할 거야. 그리고 그걸 희생이라고 부르겠지. 그럼 보상받기 위해 너를 괴롭히기 시작할 거고, 그런 다음에는 너를 견딜 수 없다고 말할 거야. 네가 주도권을 잡지 않으면, 설사 첫 입맞춤을 한다고 해도 다음번은 장담할 수 없을걸. 그 여자, 너를 실컷 유혹하다가, 한 이 년쯤 지나서 엄마 말 듣고 어떤 괴물한테 시집갈 거야. 그러고서는 자신이 비참하며 오직 한 사람, 그러니까 너만을 사랑했는데, 하늘이 자기와 너를 이어 주고 싶어 하지 않았던 거라고 믿으려 할 거야. 왜냐하면 그 사람은 군외투를 입고 있었으니까. 비록 그 두꺼운 회색 외투 속에는 정열적이고 고상한 심장이 뛰고 있었지만……."

그루슈니츠키는 주먹으로 탁자를 내리치고 방 안을 서성대기 시작했다.

나는 속으로 쾌재를 부르며, 심지어 한두 번은 미소를 지어 보이기까지 했지만, 다행히 그는 보지 못했다. 그가 전보다 부쩍 경솔해진 것을 보면 사랑에 빠진 것이 분명하다. 심지어 손가락에는 이 지역산 은반지를 끼고 있었는데, 흑금으로 상감된 것이었다. 수상해 보이기에…… 살펴보았다. 도대체 뭐였냐고? 메리라는 이름이 소문자로 반지의 안쪽에 새겨져 있었고, 그 옆에는 그녀가 그 유명한 컵을 주워 준 날짜가 쓰여 있었다. 나는 모르는 척했다. 그가 억지로 고백하도록 만들고 싶지는 않다. 스스로 나를 막역한 친구로 선택하게 하고 싶다. 그런 뒤에 즐기기 시작할 것이다!

오늘은 늦잠을 잤다. 우물에 갔을 땐 이미 아무도 없었다. 날이 더워지고 있었다. 모피를 닮은 흰 구름이 폭풍우를 예견하며, 눈 덮인 산으로부터 이쪽으로 질주해 오고 있었다. 마슈크 산의 정상은 다 꺼진 횃불처럼 연기를 내뿜었다. 그 주위로는 회색 구름 떼가 똘똘 감겨 미끄러져 내리고 있었다. 마치 돌진 중에 가시덤불에 붙들린 뱀처럼 보였다. 공기 중에는 전류가 넘쳐 났다. 동굴로 이어지는 포도나무 길에 뛰어들었다. 내 마음은 슬펐다. 나는 의사 선생이 말했던 뺨에 작은 점이 난 젊은 여자에 대해 생각하고 있었다……. 그녀가 왜 여기에 왔을까? 그녀가 맞을까? 왜 그녀일 거라고 생각하는 걸까? 왜 벌써 그렇게 확신하고 있을까? 뺨에 점이 난 여자는 별로 없지 않은가! 이런 생각들을 하면서 동굴에 가까워졌다. 안을 들여다보니, 둥근 천장의 서늘한 그늘 속 돌로 만든 의자 위에 한 여자가 앉아 있었다. 밀짚모자를 쓰고 검은 숄을 어깨에 두르고 고개는 가슴에 파묻고 있었다. 얼굴은 모자에 가려 보이지 않았다. 그녀의 공상을 방해하지 않기 위해 돌아서려는 순간, 그녀가 고개를 들어 나를 보았다.

"베라!" 나도 모르게 소리쳤다.

놀란 그녀가 창백해졌다.

"여기 있다는 걸 알고 있었어요." 그녀가 말했다. 나는 그녀의 곁에 앉아 그녀의 손을 잡았다. 그 부드러운 목소리에 오랫동안 잊고 지냈던 전율이 혈관을 타고 달렸다. 그녀의 깊고 고요한 눈이 내 것을 들여다보았다. 거기에는 불신과 비난 같은 것이 있었다.

"정말 오랜만이야." 내가 말했다.

"그래요. 오랜 시간이었죠. 그리고 우리 둘 다 많이 변했어요!"

"그건 더 이상 나를 사랑하지 않는다는 뜻인가?"

"저 결혼했어요……." 그녀가 말했다.

"또? 하지만 몇 년 전에도 똑같은 이유는 있었고, 하지만……."

그녀가 손을 빼냈다. 그녀의 두 뺨이 불타올랐다.

"아마 두 번째 남편은 사랑하나 봐?"

그녀는 아무 말 없이 고개를 돌렸다.

"아니면 굉장히 질투심이 많은 사람인가?"

침묵.

"어떤 이유일까? 젊고 잘생기고, 아마 무엇보다도 돈이 많겠지. 그리고 당신은 두려운 거고……." 나는 그녀를 보고 충격을 받았다. 그녀의 얼굴은 깊은 절망감을 드러내고 있었으며, 두 눈에서는 눈물이 반짝였다.

"말해 봐." 마침내 그녀가 속삭였다. "나를 괴롭히는 게 재미있어? 나는 당신을 미워할 수밖에 없어. 우리가 서로를 알게 된 후로 당신이 내게 준 건 고통밖에 없어……." 그녀의 목소리가 떨리고 있었다. 그녀는 몸을 기울이더니 고개를 숙여 내 가슴에 기대어 왔다.

나는 생각했다. '아마도 바로 그 점 때문에 당신이 나를 사랑하는 거겠지. 기쁨은 쉽게 잊히지만, 슬픔은 그렇지 않으니까…….'

나는 그녀를 꽉 끌어안았다. 우리는 그렇게 오랜 시간을 있었다. 마침내 우리의 입술이 맞닿았고, 격렬한 환희의 입맞춤으로 빠져들었다. 그녀의 손은 얼음처럼 차가웠고, 이마는 불덩이 같았다. 종이 위에 옮겨 적는다면 아무런 의미도 없을 우리 둘의 대화가 시작됐다. 반복할 수 없고 기억할 수도 없는 종류의 대화였던 것이다. 소리의 의미가 단어의 의미를 대신하여 의미를 채워 간다. 이탈리아의 오페라에서처럼.

분명 그녀는 내가 그녀의 남편을 만나는 것을 원치 않는다. 길가에서 흘끔 본 적이 있는 절름발이 노인네 말이다. 그녀는 아들을 위해 그와 결혼했다. 그는 부자이고 류머티즘으로 고생하고 있다. 나는 그와 조금이라도 가까워지지 않으려 했다. 그녀는 그를 아버지로서는 존경하고 있고, 남편으로서는 속이고 있다……. 대개 사람의 마음이라는 것, 특히 여자의 마음이란 얼마나 기괴한 것인가!

베라의 남편인 세묜 바실리예비치 게……프는 리고프스카야 공작부인의 먼 친척이다. 그는 그녀와 가까운 곳에 산다. 베라는 종종 공작부인을 방문한다. 나는 베라에게서 사람들의 주의를 분산시켜 놓기 위해 리고프스코이가와 알고 지낼 것이며 공녀에게 구애할 것이라고 말했다. 이렇게 하면 적어도 내 계획으로 그녀의 마음이 상할 일이 없을 것이고, 나 또한 즐거울 것이다…….

즐거움이라! 그렇다. 나는 이미 오직 행복만을 구하며 누군가를 강렬하게 열정적으로 사랑하고자 하는 영혼의 삶, 그 시기를 지나왔다. 지금 내가 바라는 것은 단지 사랑받는 것뿐이다. 그것도 극소수의 사람들에게서. 심지어는 유일하고도 영원한 애착에 만족하고 있는 것 같다. 불쌍하게도 내 마음은 여기에 익숙해진 것이다!

단, 한 가지 사실만은 언제나 낯설다. 나는 결코 사랑하는 여자의 노예가 될 수 없는 것이다. 반대로 늘 그들의 의지와 마음을 장악해 왔다. 별 공을 들이지 않고도. 왜 그랬을까? 내가 그 어떤 것도 소중히 여기지 않는 반면, 그들은 매 순간 내가 그들의 손아귀에서 빠져나갈까 봐 두려워하기 때문에? 아니면 어떤 강력한 유기체의 자석 같은 영향력 때문에? 아니면 단지 내가 고집 있는 여자를 만나 보지 못해서?

사실을 인정하자면, 나는 고집 있는 여자를 좋아해 본 적이 없다. 고집이란 여자들의 분야가 아니다!

아니 실은 지금 기억이 나는데, 단 한 번 강한 의지를 가진 여자를 사랑한 적이 있었다. 내가 결코 정복할 수 없는 여자였다. 우리는 적이 되어 헤어졌지만, 아마 그로부터 오 년쯤 후에 다시 만났더라면 다르게 헤어졌을 것을…….

베라가 아프다. 아주 아프다. 비록 그녀는 아니라고 말하지만. 그녀가 폐병이라든지, 페브르 랑트*라 불리는 병에 걸린 것은 아닌지 걱정이 된다. 러시아어에 그 병명조차 없는 것을 보면, 분명 러시아의 병은 아니다.

폭풍우가 우릴 동굴 속에 붙잡아 두었고, 그렇게 삼십 분을 더 있었다. 그녀는 내게 진실할 것을 맹세하라 하지도 않았고, 우리가 헤어진 뒤로 다른 누군가를 사랑했는지 물어보지도 않았다……. 예전처럼 그녀는 내게 무관심하려 했다. 그리고 나도 그녀를 속이지 않을 것이다. 그녀는 내가 도저히 속일 수 없는 세상에서 유일한 여자다. 나는 우리가 곧 다시 헤어지

---

* 프랑스어로 '만성 열병'이라는 뜻.

게 되리라는 것을 알고 있다. 그리고 아마도 이것이 영원한 이별이 될 것이다. 우리 둘은 각자의 길을 걸어 무덤으로 갈 것이다. 하지만 그녀에 대한 기억은 내 영혼 속 신성한 곳에 남아 있을 것이다. 나는 그녀에게 늘 이런 말을 해 왔고, 말로는 아니라고 하지만 그녀도 이것을 믿고 있다.

결국 우리는 헤어졌다. 나는 오랫동안 그녀의 뒷모습을 바라보았다. 그녀의 모자가 관목 숲과 절벽 너머로 사라질 때까지. 처음 헤어졌을 때처럼 심장이 고통스럽게 오그라들었다. 아, 그 느낌이 얼마나 나를 기쁘게 했는지! 이로운 폭풍우를 거느린 젊음이 다시 내게 돌아오려 하는가, 아니면 단지 그 작별의 눈빛을 본 걸까? 기억에 주는 마지막 선물로서…… 하기야 우스운 생각이다. 아직 내 모습은 소년 같기 때문이다. 얼굴은 창백하지만 빛이 남아 있고, 팔과 다리는 유연하고 미끈하다. 굵은 머리카락은 굽실거리고, 두 눈은 빛나며, 피는 끓어 넘친다…….

집으로 돌아와 말을 타고 초원으로 나갔다. 거친 바람에 맞서며 키 큰 풀들 사이로 기운찬 말을 타고 달리는 것을 좋아한다. 향기로운 공기를 탐욕스럽게 삼키며, 저 멀리 푸르른 풍경을 바라본다. 그 흐릿한 사물의 윤곽을 알아보려 애쓰다 보면, 매 순간 그것은 점점 또렷해진다. 아무리 큰 슬픔이 내 마음을 짓누르고, 아무리 큰 고통이 내 마음을 어지럽힌다 해도, 그 모든 것은 한순간에 흩어져 버린다. 영혼은 편안해지며, 육체의 피로가 정신의 괴로움을 이겨 낸다. 울창한 초목에 덮여 남쪽 태양의 빛에 빛나는 산과 파란 하늘의 모습, 그리고 바위에서 바위로 떨어져 내리는 급류의 소리에 빠져 있을 때, 세상 어느 여자의 눈빛이든 잊히고 마는 것이다.

　망루에서 하품을 하던 카자크들은 아무 목적이나 용건 없이 말을 달리는 나를 보면서 오랫동안 의아해했을 것이다. 왜냐하면 내 차림새를 보고 체르케스인이라 착각했을 것이기 때문이다. 사실 내가 체르케스인 복장으로 말을 달릴 때면, 카바르다인보다 더 카바르다인처럼 보인다고들 한다. 그리고 고상한 전투복을 입을 때면, 정말로 완벽한 댄디가 되는 것이다. 꼭 맞는 길이의 레이스, 간소하게 갖춰 놓은 값비싼 무기들, 너무 길지도 짧지도 않은 모자의 털, 아주 정확하게 들어맞는 레깅스와 부츠, 하얀 베슈메트, 흑갈색의 체르케스카*……. 나는 산사람들이 말을 타는 방식을 오랫동안 연구해 왔다. 카프카스식의 승마 기술을 인정받는 것보다 나를 더 우쭐하게 하는 일은 없다. 내겐 네 마리의 말이 있다. 한 마리는 내가 타는 것이고, 다른 세 마리는 친구들이 타는 것이다. 들판 위를 쏘다닐 때 지루하지 않기 위해서다. 친구들은 기꺼이 내 말을 몰지만, 나와 같이 달린 적은 없다. 벌써 저녁 6시가 되어 식사를 할 시간임을 떠올렸다. 말은 지쳐 있었다. 온천장의 사람들이 종종 소풍을 가곤 하는, 퍄치고르스크로부터 독일인 마을로 나 있는 길에 들어섰다. 길은 덤불 사이로 굽어 지고, 키 큰 풀들의 은신처 아래 소란스러운 강물이 흐르는 작은 골짜기로 내려가고 있었다. 사방은 푸른색 덩치들이 솟아 이룬 원형극장이었다. 베슈투 산, 즈메이노이 산(뱀 산), 젤레즈노이 산(철산), 리소이 산(대머리 산)이었다. 이곳 말로는 발카인 골짜기를

---

* 베슈메트 위에 걸쳐 입는 깃 없는 긴 상의.

따라 내려가다가 말에 물을 먹이기 위해 멈추어 섰다. 그때 길가에 시끄럽고 화려한 기마 행렬이 나타났다. 검은색이나 하늘색 승마복을 차려입은 숙녀들과, 체르케스인과 니쥬니 노브고로드인의 의복을 섞어 입은 차림의 기사들이었다. 그루슈니츠키는 메리 공녀의 앞에 있었다.

온천장의 숙녀들은 아직도 벌건 대낮에 체르케스인들이 공격을 해 올 가능성이 있다고 믿었기 때문에, 그루슈니츠키의 군외투에는 칼과 총자루가 걸려 있었다. 그의 영웅 같은 차림새는 상당히 우스꽝스러워 보였다. 내 모습은 키 큰 덤불에 가려 보이지 않았지만 나는 나뭇잎 사이로 모든 것을 볼 수 있었고, 또 그들의 얼굴에 나타난 표정으로 미루어 짐작컨대 대화는 감상적인 것이었다. 마침내 그들이 내리막에 다다랐다. 그루슈니츠키는 공녀가 탄 말의 안장을 잡았고, 이때 그들의 마지막 말이 들려왔다.

"그럼 당신은 남은 일생을 카프카스에서 살고 싶으신가요?" 공녀가 말했다.

"러시아가 저에게 무슨 의미가 있겠습니까?" 그녀의 기사가 답했다. "수천 명의 사람이 저보다 부자라는 이유로 저를 경멸하듯 쳐다보는 나라죠. 하지만 이곳에서는, 이 두꺼운 외투조차도 당신과 제 사이를 가로막지는 못합니다……."

"하지만……." 얼굴을 붉히며 공녀가 말했다.

그루슈니츠키의 얼굴은 희열로 빛났다. 그는 계속해서 말했다.

"이곳에서의 제 삶은 야만인들의 총알 아래 시끄럽게, 정신 없이, 빠르게 흘러갈 겁니다. 그리고 만약 신께서 매년 빛나는 한 여성의 시선을 저에게 주신다면, 그 시선이란 마치……."

이쯤에서 그들은 내가 있는 근처까지 왔다. 나는 채찍으로 말을 때리며 덤불 뒤에서 나타났다…….

"맙소사, 체르케스인이에요!" 겁에 질린 공녀가 소리쳤다.

그녀의 오해를 제대로 풀어 주기 위해서, 나는 가볍게 고개를 숙이며 프랑스어로 답했다.

"겁먹지 마세요, 부인. 저는 당신의 기사보다 위험한 사람은 아닙니다."

그녀는 당황했다. 하지만 왜? 자신의 실수 때문에? 아니면 내 대답이 무례하게 들렸기 때문에? 후자였길 바란다. 그루슈니츠키는 불쾌한 시선을 보내왔다.

늦은 밤 11시경에 보리수나무 길로 산책을 나섰다. 마을은 잠들어 있었고, 몇몇 창문에만 불이 들어와 있었다. 삼면에 있는 절벽의 꼭대기가 검게 보였고, 불길한 기운의 구름 조각이 꼭대기에 드리운 마슈크 산맥이 어렴풋이 드러나 보였다. 동쪽에서 달이 떠올랐다. 멀리 눈 덮인 산이 은색 테를 두른 듯 빛났다. 보초병들의 외침이 밤이면 자유롭게 흘러내리는 온천 소리와 번갈아 들려왔다. 때때로 거리에는 말들이 발 구르는 소리가 울려 퍼졌고, 나가이인들의 마차가 삐걱대는 소리와 이에 답하는 타타르인들의 구슬픈 후렴구가 들려왔다. 나는 벤치에 앉아 생각에 잠겼다……. 우정 어린 대화에 나의 생각을 털어놓을 필요성을 느꼈다……. 하지만 누구와? '지금 베라는 무엇을 하고 있을까?'라고 생각했다……. 지금 이 순간 그녀의 손을 잡을 수만 있다면 어떤 비싼 대가라도 치를 것이었다.

갑자기 빠르고 불규칙한 발소리가 들려왔다……. 아마 그루슈니츠키겠지……. 역시 그랬다!

"어디서 오는 거야?"

"리고프스카야 공녀 댁에서." 그는 매우 거만한 태도로 말했다. "메리가 얼마나 노래를 잘 부르던지!"

"그거 알아?" 나는 그에게 말했다. "내 생각에 그 여자, 네가 사관생도라는 걸 모르는 것 같아. 아마 강등됐다고 생각하나 봐……."

"아마도! 그게 나와 무슨 상관이야?" 그가 관심 없다는 듯 말했다.

"아니, 그냥 그렇다는 거지……."

"너 오늘 그 여자를 굉장히 화나게 한 거 알아? 공녀는 그런 무례함에 대해선 들어 본 적도 없다고 했어. 네가 좋은 교육을 받았고 상류사회의 법도를 아주 잘 알기 때문에, 일부러 모욕하려고 한 게 아닐 거라고 설득하는 데 아주 애를 먹었다고. 공녀는 네 눈빛이 뻔뻔스럽대. 아마 자기 자신에 대해 대단하게 생각하고 있을 거래……."

"공녀 말이 맞네……. 아마 너도 공녀 편이겠지?"

"아직 그럴 자격이 없어서 유감이다……."

'오호!' 나는 생각했다. '벌써부터 희망을 갖기 시작한 게 분명해…….'

"어쨌든 네가 딱하게 된 건," 그루슈니츠키가 계속해서 말했다. "이제 너 그 댁하고 알고 지내긴 힘들 거야. 안타깝다! 내가 알기론 가장 재미있는 곳인데."

나는 속으로 웃었다.

"내가 아는 가장 재미있는 곳은 우리 집이야." 나는 하품을 하며 말한 뒤에 가려고 일어섰다.

"하지만 사실대로 말해 봐. 후회하지?"

"무슨 소리야! 만약에 내가 마음만 먹으면, 내일 저녁이라도 공작부인 댁에 갈 수 있어……."

"두고 보자고……."

"그리고 널 위해서라면 기꺼이 공녀한테 아양을 떨 수도 있고……."

"그래. 공녀가 너와 말을 하려고나 한다면……."

"너와 얘기하는 걸 지루해하기 시작할 때를 기다리기만 하면 돼……. 갈게!"

"그럼 난 좀 돌아다녀야겠다. 지금은 잠을 못 잘 것 같아……. 야, 우리 레스토랑으로 가는 게 좋겠다. 거기 도박판이 있을 거야……. 오늘 밤은 강렬한 자극이 필요해……."

"불운을 빈다……."

나는 집으로 갔다.

5월 21일

거의 한 주가 흘렀다. 나는 아직 리고프스코이가와 인사하지 않았다. 편리한 때를 기다리고 있을 뿐이다 그루슈니츠키는 가는 곳마다 공녀의 뒤를 그림자처럼 따라다닌다. 그들의 대화는 끝이 없다. 대체 언제쯤이면 그녀를 지루하게 만들기 시작할까? 그가 신랑감이 아니기 때문에 공녀의 어머니는 둘 사이에 대해 무관심하다. 이것이 바로 어머니들의 논리인 것이다!

나는 두세 번 부드러운 시선을 느꼈다. 이제는 끝을 낼 때다.

어제 베라가 처음으로 우물에 나타났다……. 동굴에서 만난 뒤 그녀는 집 밖으로 나오지 않았다. 우리는 동시에 물속으로 컵을 넣었고, 몸을 숙인 채로 그녀가 속삭였다.

"리고프스코이가와 인사하기 싫은 거야? 우리가 만날 수 있는 유일한 곳이라고……."

비난이었다! 지루하다! 하지만 내겐 그럴 만하다…….

마침 내일은 레스토랑의 홀에서 예약 무도회가 있다. 나는 공녀와 마주르카를 추게 될 것이다.

5월 22일

레스토랑의 홀이 귀족들의 사교장으로 변했다. 9시가 되자 모두들 도착했다. 공작부인과 딸은 마지막에 들어왔다. 메리 공녀가 세련된 차림을 했기 때문에, 많은 숙녀들이 질투심과 악의에 찬 눈빛으로 쳐다보았다. 스스로를 이곳의 귀족이라 생각하는 숙녀들은 질투심을 감추고 그녀에게 다가갔다. 어쩌겠는가? 여자들의 사회에서는 상류와 하류가 한눈에 드러나 보이기 마련이다. 창문 밖 군중들 속에 그루슈니츠키가 서 있었다. 그는 창유리에 얼굴을 붙이고 서서, 그의 여신으로부터 한시도 눈을 떼지 않았다. 그녀가 지나가면서 그에게 보일락 말락 고개를 끄덕였다. 그는 태양처럼 빛나 보였다……. 무도회는 폴로네즈로 시작됐다. 그 뒤엔 왈츠가 연주되었다. 박차가 딸랑거렸고, 코트 자락이 공중으로 오르며 휘날렸다.

나는 어느 뚱뚱한 부인 뒤에 서 있었다. 그녀는 머리에 분홍색 깃털로 만든 관을 쓰고 있었다. 화려한 드레스는 지난 세기의 부풀어 오른 스커트를 연상시켰고, 거친 피부의 얼룩은 검은 호박단에 찍힌 반점들의 행복한 시대를 떠올리게 했다. 그 중에서도 가장 커다란 목 위의 사마귀는 목걸이에 가려져 있었다. 그녀는 파트너인 기병 대장에게 말하고 있었다.

"저 리고프스카야 공녀라는 여자 정말 못 참겠네요! 있잖아요, 아까 저랑 부딪혔을 때 사과는커녕, 돌아서서 오페라글라스를 들고 절 들여다보는 거예요……. 아주 우스워! 도대체 왜 저렇게 거만한 거예요? 교육 좀 받아야겠어요……."

"문제없습니다!" 정중한 기병 대장이 답하고 옆방으로 가 버렸다.

나는 즉시 공녀에게 가서 왈츠를 청했다. 아직 인사를 하지 못한 숙녀와 춤출 수 있는 이곳의 편리한 관습을 이용한 것이었다.

그녀는 승리의 미소를 감추지 못했지만, 곧 완전히 무심하고 엄격하기까지 한 분위기를 만들어 내는 것에 성공했다. 그녀는 태연히 내 어깨 위에 손을 올렸고, 작은 얼굴을 살짝 옆으로 기울였다. 우리는 앞으로 나아갔다. 나는 그처럼 육감적이고 유연한 허리를 느껴 본 적이 없었다! 그녀의 상쾌한 숨결이 내 얼굴을 건드렸다. 춤을 추며 도는 동안 무리에게서 흐트러져 나온 곱슬머리가 나의 타오르는 뺨을 이따금씩 스쳐 갔다……. 나는 세 바퀴를 돌았다.(그녀는 눈부시게 왈츠를 췄다.) 숨이 찬 그녀의 눈이 흐릿해졌고, 반쯤 벌어진 입 사이로 간신히 의례적인 말들을 중얼거렸다. "무슈, 감사합니다."

잠시 침묵이 흐른 뒤, 나는 최대한 순종적인 태도로 말했다.

"듣기론, 저를 전혀 모르심에도 불구하고, 불행히도 제가 이미 당신을 불쾌하게 만들었다던데요……. 당신이 저를 무례하다고 했다더군요……. 맞습니까?"

"그럼 지금 저에게 그 생각을 확신시키려고 하시는 건가요?"

그녀는 살짝 비꼬는 듯한 미소를 지으며 답했지만, 그녀의 활발한 성격에는 아주 잘 어울리는 것이었다.

"만약 제가 어떻게든 당신의 기분을 상하게 하는 무례를 범했다면, 용서를 구하는 더 큰 무례도 범하게 해 주십시오……. 그리고 사실 저는 당신이 저에 대해 오해하고 있다는 걸 증명하고 싶습니다……."

"그건 좀 어렵겠는데요……."

"왜죠?"

"왜냐하면 저희 집에 안 오시잖아요. 그리고 이 무도회가 그렇게 자주 열리는 건 아닐걸요."

'그럼 그 집 문은 나에겐 영원히 닫혀 있다는 거군.' 나는 생각했다.

"공녀님, 그것 아세요?" 나는 조금 분해서 말했다. "후회하는 죄수를 내치지는 않는 법입니다. 절망한 그는 전보다 두 배는 더 나쁜 죄수가 될 것이고, 그런 뒤에는……."

주위 사람들의 웃음소리와 소곤대는 말소리 때문에 나는 몸을 돌리며 말을 멈췄다. 몇 발짝 떨어진 곳에 사내들의 무리가 있었고, 그들 중에 기병 대장이 사랑스러운 공녀에게 적의를 드러내며 서 있었다. 그는 뭔가에 만족스러워하고 있었다.

손을 비비며 웃더니, 그의 동료와 눈짓을 교환했다. 갑자기 그들 중에서 연미복을 입고 긴 콧수염을 기르고 얼굴이 붉은 사내가 공녀를 향해 비틀비틀 걸어왔다. 그는 술에 취해 있었다. 당황한 공녀 앞에 다다른 그는 등 뒤에서 깍지를 낀 채, 흐릿한 회색 눈을 공녀에게 고정시키고 고음의 쉰 소리로 중얼거렸다.

"청하건대…… 에이, 이럴 필요 뭐 있나! 그냥 저랑 마주르카를 추시죠……."

"왜 이러세요?" 공녀가 주위에 간청하는 듯한 눈빛을 보내며 떨리는 목소리로 중얼거렸다. 아하! 공녀의 어머니는 먼 곳에 있었고, 근처에는 아는 기사라곤 한 명도 없었다. 부관 한 명이 이 모든 걸 본 듯했지만, 말려들지 않기 위해 군중 속으로 숨어든 것 같았다.

"뭐요?" 취객이 신호를 보내오는 기병 대장에게 눈짓을 보내며 말했다. "싫어요? 그럼 다시 정중히 마주르카를 청하죠……. 당신 생각에 제가 취한 것 같습니까? 상관없습니다! 장담하는데, 그게 춤추기엔 훨씬 편하죠……."

나는 그녀가 공포와 분노로 기절 직전인 것을 보았다.

나는 취객에게로 가서 그 팔을 꽤 세게 잡고 눈을 뚫어져라 노려보았다. 그리고 공녀는 오래전에 나와 마주르카를 추기로 약속했으니 가 달라고 말했다.

"뭐, 할 수 없죠! 그럼 다음번에!" 그가 웃으며 말하더니, 당황한 동료들 속으로 도망쳤다. 그들은 그를 다른 방으로 데려갔다.

보답으로 나에겐 깊고 아름다운 시선이 되돌아왔다.

공녀는 그녀의 어머니에게 가서 모든 것을 말했다. 공작부인은 군중 속에서 나를 찾아내어 감사의 말을 전했다. 그녀는 나의 어머니와 알고 지냈으며, 대여섯 명 되는 나의 숙모들과도 친한 사이라고 했다.

"어떻게 우리가 이전에 만난 적이 없는지 모르겠네요." 그녀가 덧붙였다. "하지만 이건 모두 당신 탓이라는 걸 인정하셔야 돼요. 당신은 세상 모든 사람을 피해 다니더군요. 이런 일은 여태 본 적이 없는데. 우리 집 응접실 공기가 당신의 우울증을 사라지게 했으면 좋겠네요⋯⋯. 그렇지 않나요?"

나는 이러한 경우를 대비해 모두가 준비해 다니는 말들 중 하나를 그녀에게 전했다.

카드릴은 지겹게 계속됐다.

마침내 2층 발코니에서 다시 마주르카가 울려 퍼지기 시작했다. 공녀와 나는 자리에 앉았다.

나는 취객에 대해서나 이전의 나의 행동에 대해서, 혹은 그루슈니츠키에 대해서도 언급하지 않았다. 불쾌한 사건이 그녀에게 끼친 인상은 점차 사라져 갔다. 그녀의 작은 얼굴은 꽃처럼 피어났고, 농담은 매우 사랑스러웠다. 그녀는 재치 있는 척하지 않으면서도 재담을 이끌어 나갔다. 생동감 있고 자유로운 이야기들이었다. 때로는 심오한 관찰도 있었다⋯⋯. 나는 아주 복잡한 문장으로 오래전부터 그녀를 좋아했다는 느낌을 주었다. 그녀는 작은 머리를 기울이며 살짝 얼굴을 붉혔다.

"당신 정말 괴짜예요!" 벨벳 같은 눈을 들어 나를 보고 어색한 웃음을 지으면서 그녀가 말했다.

"저는 당신과 알고 지내고 싶지 않았습니다." 나는 계속해서 말했다. "왜냐하면 당신 주위에는 당신을 따르는 수많은 사람들이 있었으니까요. 그 속에서 완전히 사라져 버리는 게 두려웠던 거죠."

"당신의 두려움은 쓸데없는 거였어요! 그 사람들은 하나같이 다 지루하거든요……."

"다요! 정말 다라고 생각하십니까?"

그녀는 무언가를 생각해 내려 애쓰는 듯 나를 뚫어져라 바라보더니 다시 살짝 얼굴을 붉혔고, 결국 단호하게 말했다. "다요!"

"제 친구 그루슈니츠키까지 포함해서 말인가요?"

"아, 그분이 당신 친군가요?" 그녀가 믿어지지 않는다는 듯이 말했다.

"네."

"물론 그분은 지루한 사람들의 목록에는 속하지 않죠……."

"그럼 불행한 사람들의 목록이겠네요." 내가 웃으며 말했다.

"물론이죠! 그게 우스우세요? 그분 입장에서 생각해 보셨으면 좋겠네요……."

"글쎄요? 저도 한때는 사관생도였는데, 저에겐 그때가 인생에서 가장 행복한 시기였죠!"

"사관생도요?" 그녀는 빠르게 말하며 다음과 같이 덧붙였다. "제 생각으로는……."

"당신 생각은요?"

"아무것도 아니에요! 저 부인은 누구죠?"

여기에서 대화는 다른 방향으로 건너갔고, 다시는 이 주제로 돌아오지 않았다.

마주르카가 끝나고 우리는 헤어졌다. 다음 만남을 기약하면서. 부인들이 떠났다……. 나는 식사를 마치고 베르너에게 달려갔다.

"아하! 이런 거였군요! 공녀를 피할 수 없는 죽음에서 구출하기 전까진 인사하지 않겠다고 하지 않았습니까?"

"더 좋은 일을 했죠. 무도회에서 기절하기 직전에 구출했으니까요!" 내가 답했다.

"어떻게요? 말해 봐요!"

"아니, 맞혀 보세요. 당신은 세상 모든 일을 다 알아맞히잖아요!"

5월 23일

저녁 7시쯤에 길을 산책하고 있었다. 멀리서 나를 알아 본 그루슈니츠키가 다가왔다. 터무니없는 희열 같은 것으로 그의 눈이 빛났다. 그는 내 손을 꽉 잡더니 비극적인 목소리로 말했다.

"고마워 페초린……. 무슨 말인지 알지?"

"아니, 하지만 그게 뭐든지 간에 고마워할 만한 일은 아닐 것 같은데." 나는 내 양심에 조금도 관대할 여지를 주지 않으면서 답했다.

"왜? 그럼 어제 일은? 기억 안 나? 메리가 다 얘기해 줬는데……."

"아, 그래? 이젠 둘이 모든 걸 공유하는 사이인 거야? 고마운 일까지?"

"있잖아." 그루슈니츠키가 아주 진지하게 말했다. "제발, 내 친구로 남아 있고 싶다면 내 사랑을 놀려 대지 말아 줘…… 너도 알겠지만 나, 그 여자를 미치도록 사랑해. 그리고 내 생각에, 아니 내 바람은, 그 여자도 그랬으면 좋겠어…… 부탁 하나 할게. 오늘 밤 그 집에 가서 모든 상황을 관찰해 줘. 너는 이런 방면에 경험이 많다는 걸 아니까. 넌 나보다 여자들을 잘 알잖아…… 여자! 여자! 도무지 이해를 할 수가 없다니까. 미소를 지을 때도 그 눈빛은 다르고, 말로는 사랑을 약속하고 유혹하지만 목소리로는 밀어내고…… 어느 순간엔 우리의 가장 비밀스러운 생각을 이해하고 알아맞히지만, 그다음엔 아주 분명한 암시를 줘도 못 알아듣는다니까…… 바로 공녀가 그래. 어제 나를 보던 눈은 열정적으로 빛났는데, 오늘은 지루하고 차가워졌어……"

"아마 온천 효과 때문이겠지." 내가 답했다.

"너는 모든 걸 나쁜 쪽으로 생각하는구나…… 이 유물론자야!"

그가 경멸하듯이 덧붙였다. "하지만 이젠 화제를 바꿔 보자고." 그리고 이 말도 안 되는 말장난*에 흡족해선 기분이 좋아졌다.

8시 반쯤 우리는 함께 공녀의 집으로 갔다.

베라의 집 앞을 지나던 길에 창가에 있는 그녀를 보았다. 우

---

* 러시아어 'materiya'는 유물론의 용어인 '물질'이라는 뜻과 이야기 거리를 말할 때 '화제'의 뜻을 모두 가진다.

리는 재빨리 눈짓을 주고받았다. 그녀는 우리 바로 다음으로 리고프스코이가의 응접실에 나타났다. 공작부인은 그녀를 친척이라고 소개했다. 차를 마셨다. 많은 손님들이 있었다. 대화는 평범했다. 나는 공작부인의 비위를 맞추려고 애를 썼다. 농담으로 여러 번 그녀를 실컷 웃겼다. 공녀 역시 몇 번쯤 웃고 싶어 했지만, 설정한 역할에서 벗어나지 않기 위해 참고 있었다. 그녀는 피곤한 모습이 자신에게 어울린다고 생각하고 있었고, 아마 그 생각이 옳은 듯했다. 그루슈니츠키는 내 명랑함이 그녀에게 전염되지 않는다는 사실에 매우 기뻐하고 있었다.

차를 마신 뒤에는 다 함께 홀로 들어갔다.

"내 순종적 태도가 마음에 들어, 베라?" 그녀를 지나칠 때 말했다.

그녀는 내게 사랑과 감사가 가득한 시선을 보내왔다. 이제는 그런 종류의 시선에 익숙하지만, 천국같이 행복하던 때도 있었다. 공작부인은 딸을 피아노 앞에 앉혔다. 모두들 그녀에게 아무 노래나 해 달라고 청했다. 나는 잠자코 있다가, 왁자지껄한 틈을 타 베라를 데리고 창가로 갔다. 그녀는 우리 둘 사이의 중요한 뭔가에 대해 얘기하고 싶어 했다……. 알고 보니 무의미한 얘기였지만…….

그러는 동안 나의 무관심이 공녀를 짜증나게 만들었다. 분노로 번뜩이는 그녀의 시선에서 단번에 알아차릴 수 있었다……. 아, 나는 그런 종류의 대화를 아주 잘 이해하고 있다. 말없이도 많은 걸 말하고 있는, 간결하지만 강력한!

그녀가 노래하기 시작했다. 목소리는 나쁘지 않았지만, 노래는 별로였다……. 어쨌든 나는 경청하지 않았다. 반면 그루슈니츠키는 그녀의 맞은편에 서서 피아노 위에 팔꿈치를 괴고 두 눈으로는 삼킬 듯 바라보며, 매 순간 다음과 같이 속삭였다. "황홀해! 매력적이야!"

"내 말 들어 봐." 베라가 말했다. "내 남편은 만나지 않았으면 좋겠지만, 공작부인의 마음에는 꼭 들었으면 좋겠어. 당신한테도 이게 더 쉽잖아. 당신은 원하는 건 뭐든지 해낼 수 있으니까. 우리는 여기에서만 만날 수 있는 거야……."

"여기에서만?"

그녀가 얼굴을 붉히며 계속해서 말했다.

"당신도 알겠지만 나는 당신의 노예야. 당신에게 저항할 수 있었던 적이 없었어……. 그래서 나, 벌 받을 거야. 당신은 나를 사랑하지 않게 될 거야! 적어도 내 평판은 지키고 싶어……. 나 자신을 위해서만은 아니야. 당신도 잘 알겠지! 아, 제발 부탁이야. 예전처럼 공허한 의심이나 거짓된 냉정함으로 나를 고문하지 말아 줘. 나 아마 곧 죽을 거야. 하루하루 약해지는 걸 느껴……. 그리고, 그럼에도 불구하고, 난 앞으로의 삶에 대해 생각할 수가 없어. 난 오직 당신만을 생각해……. 당신 같은 남자들은 한 번의 시선이나 악수가 주는 쾌락을 이해하지 못하겠지……. 하지만 나는, 맹세하는데, 당신의 목소리를 듣고 있을 때면, 그 어떤 뜨거운 입맞춤도 대신할 수 없을 만큼 깊고도 묘한 행복을 느껴."

그러는 동안 메리 공녀가 노래를 멈췄다. 중얼중얼 칭찬의 소리들이 그녀를 둘러쌌다. 나는 가장 마지막으로 가서 그녀의 목소리에 대해 적당히 언급했다.

그녀는 얼굴을 찌푸리더니 아랫입술을 비죽 내밀고, 비웃는 듯이 무릎을 굽혀 인사했다.

"전혀 듣지도 않고 그렇게 말씀하시니 더 영광이네요. 아마 음악을 안 좋아하시나 봐요?" 그녀가 말했다.

"정 반대죠……. 특히 식사 후의 음악을 좋아합니다."

"그루슈니츠키 씨는 당신이 아주 산문적인 취향을 가졌다고 하던데, 그 말이 맞네요……. 제 생각엔 아주 미식가다운 태도로 음악을 즐기시나 봐요……."

"또 틀리셨네요. 저는 미식가와는 거리가 멉니다. 지독한 소화불량이거든요. 하지만 식사 후에 음악을 들으면 잠이 오고, 식사 후에 잠을 자는 건 건강에 좋죠. 그래서 전 의학적인 관점에서 음악을 좋아합니다. 하지만 저녁에는 제 신경을 너무 건드려요. 슬퍼하거나 기뻐할 만한 이유가 없을 때는 둘 다 지치는 일이죠. 게다가 사교장에서 슬퍼한다는 것도 우습잖아요. 무절제하게 즐거워하는 것도 예의 없는 짓이고요……."

그녀는 내 말을 다 듣지도 않고 가 버렸다. 그리고 그루슈니츠키의 옆에 앉았다. 그렇게 둘 사이에 감상적인 종류의 대화가 시작되었다. 공녀는 그의 말을 경청하는 척했지만 그의 현명한 견해에 대해 꽤 산만하고도 엉뚱한 대답을 하는 듯했다. 왜냐하면 그루슈니츠키는 그녀의 불안한 시선에서 이따금씩 드러나는 내면의 동요가 무엇 때문인지를 알아내려 애쓰면서, 놀란 표정으로 그녀를 바라보았기 때문이다.

하지만 사랑스러운 공녀님, 전 당신의 마음을 압니다. 조심하세요! 당신은 제 자존심을 건드려서 바로 앙갚음해 주고 싶겠지만, 성공하지 못할걸요! 만약 당신이 전쟁을 선포한다면, 전 무자비해질 겁니다.

저녁 내내 나는 일부러 그들의 대화에 동참해 보려 했지만, 그녀가 다소 건조하게 굴며 내 말에 대꾸했으므로, 마침내는 내가 화난 척하며 물러났다. 공녀가 이겼다. 그루슈니츠키도 이겼다. 승리를 즐기게, 나의 친구들. 서둘러⋯⋯. 오래가진 못할 테니! 어떻게 해야 할까? 내겐 예감이 있다. 어떤 여자와 알게 될 때면, 늘 그녀가 나를 사랑하게 될지 아닐지를 맞출 수 있었던 것이다⋯⋯.

남은 저녁 시간 동안은 베라의 곁에서 실컷 우리의 지난날에 대해 이야기했다. 왜 그녀는 그렇게도 나를 사랑하는 걸까. 정말 모르겠다! 더군다나 그녀는 내 모든 쩨쩨한 약점과 사악한 열정에 대해 완전히 이해하고 있는 유일한 여자인 것이다⋯⋯. 아마도 악이란 그처럼 매력적인 존재인 것일까?

그루슈니츠키와 함께 집을 나섰다. 거리로 나왔을 때 그가 내 팔을 잡더니, 긴 침묵 끝에 말했다.

"그래, 어떻게 생각해?"

'넌 바보야.' 이렇게 대답하고 싶었지만, 내 자신을 억누르면서 어깨만 으쓱해 보였다.

5월 29일

요즘 나는 계획에 매진 중이다. 공녀는 나와 이야기하는 걸 좋아하기 시작했다. 나는 그녀에게 내 삶에서 일어났던 기묘한 일들에 대해 말해 주었고, 그녀는 나를 특별한 사람으로 보기 시작했다. 나는 세상 모든 것을, 특히 감정을 비웃는다. 이것이 그녀를 두렵게 하기 시작했다. 그녀는 내 앞에서 그루슈니츠키와 감상적인 토론을 벌이려고 하지 않으며, 벌써 여러 번 그의 언행에는 조롱하는 듯한 미소로 답하고 있다. 하지만 그루슈니츠키가 다가올 때면, 매번 나는 겸손한 자세로 그들 둘만을 남겨 놓고 나온다. 처음에 그녀는 이것을 기뻐했고 혹은 그렇게 보이려고 노력했지만, 두 번째에는 내게 화가 났고, 세 번째에는 그루슈니츠키에게서 틀어졌다.

"당신은 자존심도 없나요!" 어제 그녀가 말했다. "왜 제가 그루슈니츠키 씨와 있는 걸 더 좋아할 거라고 생각하세요?"

나는 친구의 행복을 위해 내 자신의 기쁨을 희생하는 거라고 답했다.

"그리고 제 것도요." 그녀가 덧붙였다.

나는 그녀를 뚫어져라 바라보며 진지한 척했다. 그런 뒤에는 하루 종일 한마디도 하지 않았다……. 저녁 내내 그녀는 생각에 잠겨 있었다. 그리고 오늘 아침 우물가에서는 더더욱 생각이 많았다. 내가 다가갔을 때, 그녀는 멍하니 그루슈니츠키의 말을 듣고 있었다. 그는 자연에 대해 열광하고 있는 듯했다. 하지만 그녀는 나를 보자마자 (정말로 뜬금없이) 나를 신경 쓰지 않는다는 듯이 웃어 대기 시작했다. 나는 거리를 두고 몰래 그녀를 관찰했다. 그녀는 대담자에게서 고개를 돌리더니 두 번 하품을 했다. 결국은 그루슈니츠키가 그녀를 지루하게 만들기 시작했다. 앞으로도 이틀은 더 그녀에게 아무런 말도 하지 않을 생각이다.

6월 3일

　나는 자주 나 자신에게 묻곤 한다. 왜 나는 유혹하고 싶지도 않고 결혼할 것도 아닌 어린 소녀의 사랑을 얻으려고 이렇게도 애를 쓰고 있는 걸까? 무엇을 위해 이처럼 여성스러운 교태를 부린단 말인가? 메리 공녀가 세상 누구를 사랑한다고 해도, 베라는 그보다 더 나를 사랑할 것이다. 만약 그녀가 정복할 수 없는 미녀로 보였다면, 난 그 계획의 어려움에 매료됐겠지……

　그러나 실상은 전혀 이와 같지 않다! 결국 이것은 한창때에 우리를 괴롭혔던 사랑에의 쉼 없는 갈망, 더 이상 함께임을 감당할 수 없는 우리를 이 여자에게서 저 여자에게로 인도했던 갈망과는 다르다. 여기에서 변치 않는 한 가지가 있다면, 그것은 즉 진실하고 무한한 열정이다. 이 열정을 수학적으로 표현하자면, 어느 한 점에서 공간을 향해 뻗어 가는 선과 같은 것이다. 오직 목표에 다다를 수 없는, 즉 끝에 다다를 수 없는 불가능에 그 무한함의 비밀이 있다.

　도대체 무엇 때문에 나는 이 모든 수고를 하고 있는 것일까? 그루슈니츠키를 질투해서? 불쌍한 놈! 그럴 가치도 없는 놈이다. 혹은 이것이 우리로 하여금 친구의 달콤한 망상을 파괴하도록 하는, 추악하지만 당해 낼 수 없는 감정의 결과물인 것일까? 그러니까 그가 절망 속에서 무엇을 믿어야 할지를 물어 올 때, 치졸한 만족감을 느끼며 다음과 같이 말해 주기 위해서 말이다. "친구, 나한테도 그런 일이 있었지. 그런데 날 보라고. 나는 먹고, 또 먹고, 편안히 자면서, 질질 짜지 않고 죽을 수 있게만 해 달라고 기도하고 있다고!"

그런데도 이렇게 채 피어나지도 않은 어린 영혼을 소유하는 무한한 기쁨을 누리고 있는 것이다! 그녀는 마치 태양의 첫 광선을 향해서 최상의 향기를 방출해 내는 꽃과도 같다. 즉시 꺾어서 잔뜩 향기를 들이마신 뒤에는 길가에 버려야 한다. 그럼 누군가 줍겠지! 내 안에서는 이렇듯 채워지지 않는 탐욕이 느껴진다. 그것이 길가에서 만나는 모든 것을 게걸스럽게 삼켜 버린다. 나는 다른 이들의 고통과 기쁨을 나 자신과 연관해서만 본다. 그것들은 내게 영혼의 힘을 지탱하는 양식과도 같다. 나는 더 이상 열정에 이끌려 격앙될 수 없는 사람이 되었다. 주변 환경에 의해 억눌려 왔던 야망은 다른 형태로 변형되었다. 왜냐하면 야망이란 결국 권력에의 욕구와 다르지 않기 때문이다. 그리고 나에게 주요한 기쁨이란 것, 그러니까 내 주위 모든 것을 나 자신의 의지에 굴복시키고, 사랑과 헌신과 두려움의 감정들을 불러일으키는 일이란 것이, 결국은 권력의 주요 상징이요 크나큰 승리가 아니라면 무엇이겠는가? 그럴 만한 권리도 없으면서 누군가에게 고통과 기쁨의 원인이 된다는 것, 그것이 우리의 오만함을 채우는 가장 달콤한 양식이 아니라면 무엇이겠는가? 그럼 대체 행복이란 무엇인가? 물릴 만큼 채워진 자만심이다. 나 자신이 이 세상 누구보다도 낫고 힘이 있다고 생각한다면, 행복해질 것이다. 만약 누군가 나를 사랑한다면, 내 안에는 무한한 사랑의 샘이 생겨날 것이다. 악은 악을 낳는다. 처음 누군가로부터 받은 고통이 다른 사람을 고문하는 기쁨을 알게 해 준다. 악에 관한 생각은 필연적으로 그것을 실제에 적용하고자 하는 바람으로 이어진다. 생각이란 유기적인 창조물이기 때문이다. 누군가는 생각들의 탄생 자체가 하나의 형식을 만들어 내며, 이 형식이 곧 행동이라 말했다. 때문에 머릿속에 더 많은 생각을 가지고 태어난 사람은 다른 이들보다 더 행동파다. 그래서 사무실 책상에 못 박힌 천재는 죽거나 미쳐 버린다. 일생 동안 앉아 일하며 공손한 태도를 지녔던 건장한 체격의 사내가 뇌출혈로 죽어 버리는 것처럼.

열정이란 그 첫 단계에서는 생각에 지나지 않는다. 그것은 젊은이들의 마음이 가지는 속성이다. 평생을 이 열정에 흔들릴 거라 생각하는 사람은 바보다. 수없이 고요한 강물들도 처음에는 거친 폭포로 시작한다. 그 물살도, 또 거품도 바다까지 가진 못한다. 그러나 이 고요함이란 종종 감추어져 있음에도 거대한 힘의 신호다. 꽉 차 있으며 깊이가 있는 감정과 생각에는 광란의 파도가 일 수 없다. 고통이나 기쁨을 경험한 영혼은 모든 것에 스스로 엄격한 잣대를 지니게 되며, 어떻게 할 것인지에 대해서도 확신하게 된다. 그것은 안다. 폭풍이 없다면 쉼 없이 타오르는 태양도 시들고 말리라는 것을. 그것은 자기 자신의 삶을 꿰뚫어 보기 시작한다. 그것은 스스로를 애무하거나 스스로에게 벌을 내린다. 마치 사랑스러운 어린아이를 다루듯이. 오직 이처럼 자기 자신에 대해 잘 알게 되었을 때에 이르러서야, 사람은 신의 심판을 존중할 수 있게 된다.

이 장을 읽으면서 내 주제에서 한참 벗어났다는 것을 알아차렸다……. 하긴 무슨 상관인가……. 나는 이 일기를 나 자신을 위해 쓰고 있으며, 결국 내가 이 속에 던져 넣는 무엇이든지, 시간이 지나면 나에겐 소중한 기억이 될 것이다.

그루슈니츠키가 와서 내 목을 끌어안았다. 장교로 진급한 것이다. 우리는 샴페인을 들었다. 그다음으로 베르너 선생이 들렀다.

"전 당신을 축하하지 않을 겁니다." 그가 그루슈니츠키에게 말했다.

"왜요?"

"왜냐하면 당신에겐 군외투가 아주 잘 어울리니까요. 그리고 여기 온천장에서 보병 장교의 제복은 별 매력이 없다는 걸 아시잖습니까……. 지금까지 당신이 예외적인 경우였다면, 지금부터의 당신은 일반적인 범주에 들어가게 되는 겁니다."

"계속하세요, 계속이요, 의사 선생님! 그래도 제 기쁨을 막지 못할 겁니다. 저분 뭘 모르시네." 그루슈니츠키가 내 귀에 대고 속삭였다. "이 견장이 나한테 어떤 희망을 주는 건지 말이야……. 아, 견장, 견장! 너의 작은 별들이 나를 인도하리라……. 아니야! 나는 지금도 정말 행복해."

"구덩이까지 우리랑 같이 산책 갈래?" 내가 물었다.

"나보고 가자고? 나 제복이 나오기 전에는 절대로 공녀랑 안 마주칠 거야."

"내가 가서 너의 반가운 소식을 알려 줄까?"

"아니, 제발 말하지 마……. 놀라게 해 주고 싶어……."

"그건 그렇고, 너 요즘 공녀와 어떻게 지내는 거야?"

그는 냉정을 잃고 수심에 잠겼다. 떠벌리면서 거짓말을 하고 싶지만 그러자니 부끄럽고, 또 사실을 인정하자니 분한 것이었다.

"어떻게 생각해? 그 여자, 널 사랑하니?"

"사랑하느냐고? 야, 페초린, 무슨 생각을 하는 거야! 어떻게 일이 그렇게 빨리 되겠어? 만약에 나를 사랑한다고 해도, 정숙한 숙녀는 그런 말을 하지 않는 법이야……."

"그렇군! 그럼 네 말이 맞는다면, 신사도 역시 자기 열정에 대해 말하지 않겠네?"

"에이, 친구! 일이란 뭐든지 돌아가는 법이 있는 거야. 말로는 얘기 안 한 부분이 많지만 알 수 있다고……."

"맞아……. 그렇지만 눈에 드러나는 사랑이라면 여자라도 감출 수가 없지. 하지만 말이란 건…… 조심해, 그루슈니츠키. 그 여자, 널 속이는 거야……."

"그 여자가?" 그가 눈을 들어 하늘을 보더니 만족스러운 미소를 지었다. "난 네가 불쌍하다, 페초린!"

그가 떠났다.

저녁에는 수많은 무리들이 구덩이를 향해 떠났다.

이 지역 과학자들의 견해로 구덩이는 소화된 분화구에 지나지 않는 것이다. 그것은 마을로부터 1킬로미터 정도 떨어진 마슈크 산 경사면에 있다. 그곳까지 가는 좁은 길은 덤불과 절벽 사이로 나 있다. 산으로 올라가는 길에 나는 공녀에게 손을 내밀었고, 공녀는 걷는 내내 그 손을 거절하지 않았다.

우리의 대화는 험담으로부터 시작됐다. 나는 그 자리에 있거나 있지 않은 지인들의 이야기를 차례차례 끄집어냈다. 먼저 그들의 우스운 면을, 그다음에는 악한 면을 이야기했다. 나는 화를 내기 시작했다. 농담으로 말문을 열었다가 솔직한 악의로 말을 맺었다. 처음에는 그녀도 즐거워했지만 이내 경악했다.

"당신은 위험한 사람이네요!" 그녀가 말했다. "머지않아 당신의 날카로운 혀에 당하느니 숲에서 만난 살인자의 칼에 맞는 게 낫겠어요……. 진심이에요. 만약 저에 대해 험담하고 싶은 생각이 들면, 차라리 칼로 제 목을 베세요. 당신한텐 그렇게 어려운 일도 아닐걸요."

"제가 살인자처럼 보입니까?"

"그보다 더하죠……."

나는 잠시 생각한 후, 매우 감동적인 분위기로 말했다.

"그래요. 그게 어린 시절부터 시작된 제 운명이었죠! 모든 사람이 제 얼굴에서 사악함의 징조를 봤어요. 사실 그런 건 있지도 않았지만, 사람들이 있다고 생각했기 때문에 정말로 생겨나게 된 거죠. 저는 겸손했지만, 사람들은 제가 교활하다고 했습니다. 그래서 전 비밀스러워졌죠. 제 마음 깊은 곳에서 선과 악을 느꼈어요. 아무도 저를 위로하지 않았죠. 모두들 저를 모욕했습니다. 전 악의에 불타 갔죠. 우울했습니다. 그런데 다른 아이들은 즐겁고 수다스러웠죠. 전 저 자신이 그 아이들보다 낫다고 생각했지만, 사람들은 제가 열등하다고 생각했습니다. 전 질투심이 많아졌습니다. 온 세상을 사랑할 준비가 되어 있었지만, 아무도 그런 저를 이해하지 못했죠. 그래서 미워하는 법을 배우게 됐습니다. 저는 퇴색한 유년을 저 자신과의 싸움, 세상과의 싸움으로 보냈어요. 놀림 당할 것이 두려워서, 가장 고귀한 감정들은 마음 깊숙이 묻어 뒀죠. 그곳에서 그것들은 죽어 갔습니다. 전 진실을 말했지만 아무도 믿지 않았기 때문에, 거짓말하기 시작했습니다. 제가 사교계를 알게 되고 사회의 원동력에 대해 이해하게 됐을 때, 삶이라는 과학에 노련

해졌죠. 그리고 다른 사람들은 그런 기술 없이도 행복하다는 걸, 제가 그렇게 끈질기게 얻으려 노력해 온 이점들을 공짜로 즐기고 있다는 걸 알게 됐습니다. 그러자 제 가슴속에선 절망이 생겨났습니다. 총구를 겨눠 치유될 수 있는 종류의 절망이 아니라, 차갑고 무기력한 절망이었어요. 저의 상냥함과 선한 미소 뒤에는 그것이 감춰져 있었죠. 저는 도덕적으로 불구가 되어 갔습니다. 제 영혼의 반쪽은 존재하지 않았죠. 그건 시들어 버렸고, 증발됐고, 죽어 버렸어요. 전 그걸 잘라서 버려 버렸습니다. 하지만 다른 부분은 다른 사람들이 원하는 대로 움직이면서 살아 있었죠. 아무도 이런 사실을 눈치 채지 못했습니다. 왜냐하면 죽어 버린 반쪽이 존재했다는 걸 알지도 못했으니까요. 하지만 지금 당신이 제 기억을 깨웠으니, 그의 비문을 읽어 드려야겠네요. 대개 많은 사람들에게 비문이란 우습게 들리는 것이지만, 제겐 그렇지 않습니다. 그 속에 숨겨진 의미가 무엇인지를 생각해 본다면 특히 그렇죠. 하지만 당신에게 제 견해에 공감해 달라고 하진 않을 겁니다. 제 감정의 폭발이 우습게 보이더라도, 제발 웃지 말아 주세요. 미리 경고하는데, 아무리 그래도 전 슬퍼하지 않을 겁니다."

순간 그녀의 눈에서 눈물이 달리는 걸 보았다. 내게 기대어 오는 그녀의 팔이 떨고 있었고, 뺨은 불타올랐다. 그녀는 나를 동정하고 있었다! 모든 여자가 너무도 쉽게 굴복해 버리곤 하는 감정, 동정심이란 것이 그녀의 경험 없는 가슴속으로 발톱을 세우고 파고든 것이었다. 산책 내내 그녀는 멍해 있었고, 누구에게도 아양을 떨지 않았다. 아주 좋은 신호였다!

구덩이에 도착했을 때 숙녀들은 기사들을 떠났지만, 그녀는 나의 손을 놓지 않았다. 그곳 댄디들의 재담에도 즐거워하지 않았다. 근처에 있는 절벽의 가파름에도 두려워하지 않았다. 다른 숙녀들은 비명을 지르며 눈을 감았다.

돌아오는 길에 나는 우리의 슬픈 대화를 이어가지 않았다. 나의 사소한 질문들과 농담들에 그녀는 짧고 멍한 답변을 했다.

"사랑을 해 봤나요?" 마침내 내가 그녀에게 물었다.

그녀는 나를 뚫어져라 바라보더니 고개를 저었고, 다시 생각에 빠졌다. 뭔가를 말하고 싶은 게 분명했지만, 어떻게 말문을 열어야 할지를 몰랐던 것이다. 그녀의 가슴이 부풀어 올랐다……. 어쩔 수 없었다! 모슬린 소매는 아주 얇은 것이어서, 내 손에서 시작된 전기 불꽃이 그녀의 손까지 내달렸다. 대개 열정이란 이런 식으로 시작된다! 우리는 종종 여자들이 신체적 특징이나 도덕적인 자질을 보고 사랑에 빠진다는 생각에 속고 사는 것이다. 물론 그들은 신성한 불꽃을 받아들이기 위해 마음의 준비를 하고 귀를 기울인다. 그럼에도 불구하고 문제를 결정짓는 것은 처음의 접촉이다.

"오늘 제가 무척 상냥했다고 생각하지 않아요?" 산책에서 돌아오던 길에 공녀는 절제된 미소를 지으며 내게 말했다.

우리는 헤어졌다.

그녀는 자신에게 불만스러워하고 있었다. 나를 차갑게 대했던 것을 질책하는 것이다……. 아, 이것이 첫 번째 주요한 승리다! 내일이면 그녀는 내게 보답하고 싶어 할 것이다. 그리고 나는 바로 이 부분이 지루하다는 걸 아주 잘 알고 있다!

6월 4일

오늘 베라를 만났다. 그녀의 질투심이 나를 지치게 했다. 공녀는 마음속의 비밀을 베라에게 털어놓겠다고 생각했던 것 같다. 훌륭한 선택이 아니었다는 점에 대해 인정해야 할 것이다!

"어떻게 돼 가는 건지는 대충 알겠지만, 지금 나한테 분명히 말하는 게 나을 거야. 당신, 그 여자를 사랑한다고." 베라가 내게 말했다.

"하지만 만약에 그게 아니라면?"

"그럼 왜 그 여자를 쫓아다니고 괴롭히고 상상하도록 부추겨? 그래, 나는 당신을 잘 알지! 봐, 만약 내가 당신을 믿어 주길 바란다면, 다음 주에 키슬로보드스크로 와. 모레 우리는 그곳으로 갈 거야. 리고프스카야 모녀는 여기에 좀 더 머물 거야. 옆집을 빌려. 우리는 온천 근처에 있는 큰 집 다락에서 살 거야. 리고프스카야 공녀는 1층에 머물 거고. 그리고 그 옆집이 같은 주인의 집인데, 아직 아무도 안 살아……. 올 거야?"

나는 약속한 뒤, 그날 집을 빌리기 위해 심부름꾼을 보냈다.

저녁 6시에 그루슈니츠키가 찾아와서, 그의 제복이 다음 날 무도회 시간에 꼭 맞춰 준비될 것이라고 말했다.

"마침내 저녁 내내 공녀와 춤출 수 있을 거야……. 얘기할 기회라고!" 그가 덧붙였다.

"무도회가 언젠데?"

"내일이잖아! 몰랐어? 큰 축제야. 이 지역 관청에서 주최하는 거라고……."

"산책 가자……."

"이 더러운 외투를 걸치고는 아무 데도 안 가……."

"뭐야, 그 외투를 싫어하게 된 거야?"

나는 혼자서 메리 공녀를 만나러 갔고, 나와 마주르카를 춰 달라고 청했다. 그녀는 놀라면서도 기쁜 듯이 보였다.

"당신은 필요할 때만 춤을 추는 줄 알았는데요. 저번처럼." 그녀가 아주 예쁘게 웃으며 말했다…….

그녀는 그루슈니츠키의 부재를 전혀 눈치 채지 못하는 것 같았다.

"내일 굉장히 놀라실 겁니다." 내가 그녀에게 말했다.

"왜요?"

"비밀입니다……. 무도회에서 직접 확인하세요."

나는 공작부인 집에서 저녁을 보냈다. 손님이라곤 베라와 유쾌한 노인네뿐이었다. 나는 기분이 아주 들떠서, 갖가지 희한한 이야기들을 즉석에서 지어냈다. 맞은편에 앉은 공녀가 내 헛소리에 너무나 깊고, 강렬하고, 부드럽기까지 한 시선을 보내 왔기 때문에, 나는 부끄러워졌다. 그녀의 생기, 교태, 변덕, 거만한 태도, 경멸하는 듯한 미소, 모호한 시선은 모두 어디로 갔단 말인가?

베라는 이 모든 것을 눈치 챘다. 그녀의 병든 얼굴에 깊은 슬픔이 드러났다. 그녀는 창가 그늘에 있는 넓은 안락의자에 파묻혀 있었다……. 나는 미안함을 느꼈다…….

그때부터 나는 우리의 만남과 사랑에 관한 모든 극적인 이야기들을 하기 시작했다. 물론 지어낸 이름을 넣어서.

나 자신의 애정과 근심과 도취된 마음에 대해 너무도 생생히 묘사했기 때문에, 그리고 그녀의 행동과 성격에 대해 너무도 유리한 입장에서 늘어놓았기 때문에, 그녀는 공녀에게 아첨 떨던 나를 용서할 수밖에 없었다……

그녀가 자리에서 일어나 우리에게로 다가왔다. 생기를 찾은 모습으로……. 그리고 우리는 새벽 2시가 돼서야, 11시에는 잠자리에 들어야 한다고 했던 의사 선생의 말을 기억해 냈다.

6월 5일

무도회가 있기 삼십 분 전, 보병 장교의 제복을 제대로 갖춰 입은 그루슈니츠키가 나타났다. 세 번째 단추에 걸린 청동 사슬에는 쌍알 오페라글라스가 매달려 있었고, 무지하게 커다란 견장이 큐피드의 날개처럼 접혀 있었다. 부츠는 삐걱거렸다. 왼손에는 새끼 염소의 가죽으로 만든 갈색 장갑 두 짝과 군모를 들고 있었다. 오른손으로는 곱슬곱슬한 앞머리의 작은 물결들을 계속해서 부풀리고 있었다. 자기만족과 동시에 어떤 불신 같은 것이 그의 얼굴에 드러났다. 쾌활한 외모, 거만한 차림새는 미리 합의라도 본 것처럼 나의 생각과 꼭 같았기 때문에, 나는 웃음을 터뜨렸다.

그는 탁자 위에 모자와 장갑을 던져 놓고, 제복의 뒷자락을 잡아당기며 거울 앞에 서서 모양을 냈다. 빳빳한 털로 턱을 받치는 높은 칼라에는 거대한 검은색 넥타이가 감겨 있었는데, 옷깃 위로 2센티미터나 드러나 보였다. 그는 이게 충분치 않다고 생각해서 목에 닿을 때까지 잡아당겼다. 제복의 깃은 매우 꽉 끼고 불편한 것이어서, 이 노동으로 그의 얼굴에는 피가 몰렸다.

"너 요즘 우리 공녀님을 엄청 쫓아다닌다고 하더라?" 그가 나를 외면하면서 꽤 담담히 말했다.

"우리 같은 멍청이들에겐 차 마실 여유도 없는데!" 언젠가 푸슈킨이 노래했던 지난날의 명시 중에서 가장 좋아하는 구절을 따와 대답했다.

"내 제복 어때 보여? 아, 그 빌어먹을 유대인 놈! 겨드랑이 밑이 너무 꽉 끼잖아! 향수 있어?"

"맙소사. 더 필요해? 넌 지금 장미향 포마드를 뒤집어썼다고……."

"상관없어. 줘 봐……."

그는 넥타이와 주머니 손수건, 그리고 소매 윗부분에 유리병의 절반을 부어 댔다.

"춤출 거야?" 그가 물었다.

"아닐 것 같은데."

"내가 공녀랑 마주르카를 개시해야 할 텐데 자세를 전혀 몰라 걱정이야."

"마주르카를 추자고 말했어?"

"아직……."

"조심해. 누가 선수 쳤을지도 모르잖아……."

"정말?" 그가 손으로 이마를 치며 말했다. "갈게……. 난 입구에 가서 기다리려고." 그는 모자를 집어 들고 달려 나갔다.

삼십 분 뒤 나도 출발했다. 거리는 어둡고 황량했다. 사교장이든 술집이든 뭐라 불리든 간에, 그 주위에는 군중들이 빽빽이 들어차 있었다. 창문이 환히 빛났다. 군악단의 연주가 저녁 바람을 타고 들려왔다. 천천히 걸어갔다. 슬펐다……. 내가 이 세상에서 하는 일이라곤 다른 사람의 희망을 파괴하는 일뿐인 걸까? 살면서 행동하기 시작한 이래로, 운명은 나에게 늘 다른 이들의 드라마를 결말짓도록 해 온 것 같아. 마치 내가 없으면 누구도 죽거나 절망할 수 없는 것처럼! 나는 제5막에서 없어서는 안 될 인물이야. 어쩔 수 없이 사형 집행인이나 배반자 같은 불행한 역할을 떠맡지. 대체 운명의 목적이 뭘까……. 나에게 소시민의 비극이나 가족소설의 작가라도 되게 하려는 걸까? 아니면 《독서 도서관》*에서 일하는 이야기 조달 상인들의 동업자라도 되라는 걸까? 그걸 어떻게 알겠어? 얼마나 많은 사람들이 생의 처음에는 알렉산드르 대왕이나 바이런 경처럼 죽을 거라고 생각하다가, 그 대신에 내내 유명무실한 상담자가 되어 살아가느냔 말이다!

무도장으로 들어서자마자 남자들의 무리에 숨어서 관찰하기 시작했다. 그루슈니츠키가 공녀의 곁에서 열렬히 무언가에 대해 이야기하고 있었다. 그녀는 멍하니 그의 말을 들으면서, 부채로 입을 가린 채 여기저기를 살피고 있었다. 그녀의 얼굴은 인내심의 바닥을 보였고, 눈은 누군가를 찾아 헤매고 있었다. 나는 그들 뒤로 조용히 다가섰다. 대화를 엿듣기 위해서였다.

"당신은 나를 고문하고 있어요, 공녀님!" 그루슈니츠키가 말하고 있었다. "지난번에 당신을 봤을 때보다 너무나도 변했고요……."

---

* 주로 수입된 외국 문학을 다루었던 러시아의 문학 잡지(1834~1848).

"당신도 변했어요." 그녀가 잠시 그를 보며 대답했지만, 그는 그 시선 속에 숨겨진 비밀스러운 냉소를 읽어 내지 못했다.

"저요? 제가 변했다고요? 아니요, 절대로요! 절대로 그럴 수 없다는 걸 당신이 아시잖아요! 한 번이라도 당신을 본 사람이라면, 영원히 당신의 성스러운 이미지를 품고 살아갈 겁니다."

"제발 그만하세요……."

"왜 바로 얼마 전까지만 해도, 그렇게 자주 기꺼이 들었던 이야기를 이제는 듣지 않으려고 하는 거죠?"

"왜냐하면 반복하는 걸 좋아하지 않기 때문이에요." 그녀가 웃으며 대답했다…….

"아, 제가 큰 실수를 했군요! 전 바보처럼 적어도 이 견장이 희망할 권리를 줄 거라고 생각했어요……. 하지만 아마도 당신의 관심을 사려면 그 추한 군외투를 평생 걸치고 다니는 게 나을걸 그랬네요……."

"사실 그 외투가 당신에게 훨씬 잘 어울리긴 해요……."

이쯤에서 나는 공녀에게 다가가 인사를 했다. 그녀는 살짝 얼굴을 붉히며 재빨리 말했다.

"안 그래요, 페초린 씨? 그루슈니츠키 씨에게는 그 회색 군외투가 훨씬 잘 어울리지 않나요?"

"제 생각은 다른데요." 나는 답했다. "제복을 입으니까 훨씬 어려 보입니다."

그루슈니츠키는 이 같은 공격을 참을 수 없었다. 다른 모든 젊은이들처럼 그 역시 나이 든 척을 하고 다녔던 것이다. 그는 얼굴 위로 드러나는 열정의 깊은 흔적들이 세월의 자취를 대신하는 것이라고 생각했다. 그는 내게 광기 어린 시선을 던지더니 발을 구르고 가 버렸다.

"사실대로 말씀해 주세요." 나는 공녀에게 말했다. "저 사람이 요즘 들어 늘 우습게 굴었어도, 당신은 그가…… 회색 외투를 입으면…… 근사하다고 생각하나요?"

그녀는 시선을 내린 채 대답하지 않았다.

저녁 내내 그루슈니츠키는 공녀의 뒤를 쫓아다녔다. 그녀와 춤을 추든지 파트너가 되든지 하면서. 그는 두 눈으로 그녀를 삼킬 듯이 바라보고, 한숨을 쉬고, 애원을 하고, 비난을 하면서 그녀를 괴롭혔다. 세 번째 카드릴이 끝났을 때 그녀는 벌써 그를 혐오하고 있었다.

"네가 이럴 줄 몰랐어." 그가 다가와 나를 붙잡고 말했다.

"무슨 소리야?"

"너, 공녀랑 마주르카 출 거라며?" 그가 근엄한 목소리로 물었다. "공녀가 다 말했어……."

"그래. 그런데 뭐? 그게 비밀이어야 할까?"

"물론 아니지……. 이런 건 아양을 떠는…… 가벼운 여자들이나 하는 짓인 줄 알았는데……. 하지만 복수하겠어!"

"네 외투나 견장에 대고 뭐라고 해. 왜 그 여자한테 그래? 네가 더 이상 매력이 없는 게 그 여자 탓이야?"

"그럼 왜 나한테 희망을 준 건데?"

"왜 희망을 가졌어? 뭔가를 가지고 싶어서 노력하는 사람들은 이해가 가지만, 누가 희망을 가지는 건데?"

"네가 내기에서 이기긴 했지만 완전히는 아닐걸." 그가 사악한 미소를 보이며 말했다.

마주르카가 시작됐다. 그루슈니츠키는 계속해서 공녀만을

선택했고, 다른 기사들 역시 계속해서 공녀를 선택했다. 분명 나를 향한 음모였다. 그럴수록 잘된 일이었다. 그녀는 나와 이 야기하고 싶어 했지만 그들이 방해했다. 그러면 그럴수록 그녀는 더욱 나를 원할 것이었다.

나는 두 번쯤 그녀의 손을 잡았다. 두 번째에 그녀는 아무 말 없이 손을 빼 갔다.

"오늘 밤엔 잠이 안 올 것 같아요." 마주르카가 끝났을 때 그녀가 말했다.

"그루슈니츠키 때문이군요."

"아, 아니에요!" 그러고는 깊은 생각에 잠긴 그녀의 얼굴이 너무 슬퍼 보여서, 그날 저녁 반드시 그녀의 손에 입을 맞추고 말리라고 다짐했다.

사람들이 떠나기 시작했다. 공녀를 마차에 태워 주면서, 나는 재빨리 그녀의 작은 손에 내 입술을 갖다 댔다. 밖은 어두웠고, 아무도 우리를 보지 못했다.

나는 스스로에게 매우 만족해서 다시 무도장으로 들어갔다.

긴 탁자에서는 젊은 남자들이 식사를 하고 있었다. 그들 중에 그루슈니츠키도 있었다. 내가 들어서자 모두 입을 다물었다. 분명 내 이야기를 하고 있었던 것이었다. 지난번 무도회 이후 많은 남자들이, 특히 기병 대장이 내게 악의를 품은 터였고, 이제 적의 무리들은 그루슈니츠키의 지휘 하에 조직된 것 같아 보였다. 그는 거만하고 용감한 모습이었다…….

나는 매우 기뻤다. 나는 나의 적들을 사랑한다. 기독교적인 의미에서는 아니지만, 그들은 나를 즐겁게 하며, 내 피를 끓게 한다. 늘 경계하는 것, 모든 시선을 눈치 채는 것, 모든 말의 의미를 알아차리는 것, 의도를 간파하는 것, 음모를 방해하는 것, 속은 척하는 것, 그리고 갑자기 한 방에 그 모든 잔꾀와 계획들의 거대하고 정교한 구조를 뒤엎어 버리는 것, 이 모든 것을 난 삶이라 부른다.

식사 내내 그루슈니츠키는 기병 대장과 속삭이면서 눈짓을 주고받았다.

6월 6일

오늘 아침 베라가 남편과 함께 키슬로보드스크로 떠났다. 리고프스코이가로 가는 길에 그들 부부의 마차와 마주쳤다. 베라가 내게 고개 숙여 인사했다. 비난하는 듯한 눈빛이었다.

누구의 잘못이란 말인가? 왜 그녀는 내게 단둘이 만날 기회를 주지 않는 걸까? 사랑이란, 마치 연료가 없으면 꺼져 버리는 불꽃 같은 것이다. 아마도 내 애원이 할 수 없었던 일을 질투심은 해내리라.

나는 오랫동안 공녀의 집에 머물렀다. 메리는 나타나지 않았다. 그녀는 아팠다. 저녁에도 산책을 나오지 않았다. 새롭게 조직된 오페라글라스 무장 단체는 정말이지 위협적인 광경 그 자체였다. 나는 공녀가 아프다는 것이 기뻤다. 그들이 공녀에게 뭔가 무례한 짓을 했을 것이다. 그루슈니츠키의 머리카락은 잔뜩 흐트러져 있었다. 그는 절망적으로 보였다. 나는 그가 정말로 슬퍼하고 있다고 생각한다. 특히 그의 자존심이 상처 입었을 것이다. 하지만 이상하게도 절망 속에서조차 우스꽝스러운 사람들이 있다!

집으로 돌아오는 길에는 뭔가 부족한 느낌이 들었다. 그녀를 못 본 것이다! 그녀가 아프다! 내가 정말 사랑에 빠지기라도 한 걸까……. 헛소리!

6월 7일

아침 11시, 그러니까 리고프스카야 공작부인이 대개는 예르몰로프 목욕장에서 땀을 흘리고 있을 시각에, 난 그 집 앞을 지나고 있었다. 창가에 앉아 생각에 잠겨 있던 공녀가 나를 보더니 벌떡 일어섰다.

나는 현관으로 들어섰다. 아무도 없었다. 나는 이 지역의 자유로운 관습을 이용하여 알리지 않고 조용히 응접실로 들어섰다.

생기를 잃은 창백함이 공녀의 예쁜 얼굴을 덮고 있었다. 그녀는 한 손을 안락의자의 등받이에 기대고 피아노 옆에 서 있었다. 그 손은 살짝 떨리고 있었다. 나는 조용히 그녀에게로 다가가서 말했다.

"저에게 화났어요?"

그녀는 눈을 들어 무기력하고 깊은 시선을 보내오면서 고개를 저었다. 그녀의 입술이 무언가를 말하고 싶어 했지만 그럴 수 없었다. 그녀의 눈가에는 눈물이 고였다. 그녀는 안락의자에 앉아 두 손으로 얼굴을 가렸다.

"무슨 일이에요?" 나는 그녀의 손을 잡으며 말했다.

"저를 존중하지 않는군요! 아, 저를 혼자 두세요……."

내가 몇 발짝 걸어 나오자 그녀가 의자에서 일어섰다. 그녀의 눈이 반짝이고 있었다…….

나는 문고리를 잡고 멈추어 서서 말했다.

"용서하세요. 공녀님! 제가 미친 사람처럼 굴었습니다……. 다시는 이런 일이 없을 겁니다. 주의하겠습니다……. 대체 왜 당신이, 지금까지 제 영혼에 일어난 일이 무엇인지를 알아야 하겠습니까? 절대로 모르시겠지만, 그게 훨씬 나을 겁니다. 안녕히 계세요."

나오는 길에 그녀의 울음소리를 들은 것 같았다.

나는 저녁때까지 마슈크 산의 외곽을 걸어 다니다 너무도 지쳐서, 집에 도착하자마자 침대에 나가떨어졌다.

베르너가 들렀다.

"당신이 리고프스카야 공녀와 결혼한다는 게 사실입니까?" 그가 물었다.

"뭐라고요?"

"마을 전체가 그렇게 말하던데요. 제 환자들은 전부 이 중대한 소식에 난리라고요. 환자들이 어떤 사람들입니까. 모르는 게 없다니까요!"

'그루슈니츠키의 술수로군!' 나는 생각했다.

"그 소문이 잘못됐다는 걸 증명하기 위해서, 의사 선생, 이건 비밀인데요, 전 내일 키슬로보드스크로 떠납니다."

"그럼, 리고프스카야 모녀도 갑니까?"

"아니요. 그 사람들은 여기 한 주 더 있을 겁니다."

"그럼 그 여자와 결혼하는 게 아닌가요?"

"의사 선생. 의사 선생! 저를 좀 보세요. 제가 약혼자나 아니면 그 비슷한 걸로 보입니까?"

"그런 말이 아니고요……. 하지만 아시다시피 그런 경우가 있잖아요……." 교활한 미소를 지으며 그가 덧붙였다. "좋은 출신의 사람들이 결혼을 해야만 할 때가요. 그리고 이런 경우를 절대로 피해 가지 않으려는 어머니들이 있는 거라고요……. 그러니까 친구로서 충고하는데, 더욱 조심하세요. 여기 온천장의 분위기는 아주 위험합니다. 훨씬 더 나은 운명을 지닐 만한 아름다운 젊은이들이, 바로 여기에서 제단의 희생양이 되는 걸 수많이 봐 왔습니다……. 저를 결혼시키려고까지 했다니까요! 시골에서 온 어머니였는데 딸이 굉장히 아팠죠. 재수 없게도 제가 그만 딸이 결혼을 하면 안색이 돌아올 거라고 말해 버렸거든요. 그랬더니 감사의 눈물을 흘리면서, 저한테 자기 딸의 손을 쥐어 주고 전 재산을 약속했어요. 아마 오십 명의 하인이었을 겁니다. 하지만 전 결혼은 할 수 없다고 말했죠……."

베르너는 나를 조심시켰다고 철석같이 믿으며 떠났다.

그의 말을 듣고 나와 공녀에 관한 여러 추잡한 소문들이 벌써 마을에 쫙 퍼져 있다는 것을 알게 되었다. 그루슈니츠키는 이 대가를 치르게 될 것이다!

6월 10일

여기 키슬로보드스크에 온 지도 벌써 삼 일이나 되었다. 우물가와 산책길에서 매일 베라를 보고 있다. 아침에 일어나자마자 창가에 앉아, 오페라글라스를 들고 그녀의 발코니를 살편다. 그녀는 옷을 다 차려입은 지 오래인 모습으로 미리 정해 둔 신호를 기다린다. 우리는 마치 우연인 것처럼, 우리의 집에서 우물로 이어지는 길에 있는 정원에서 만난다. 생기 있는 산 공기가 그녀의 피부색을 북돋아 힘을 주고 있다. 나르잔은 힘의 샘이라 불릴 만하다. 이 지역 주민들은 키슬로보드스크의 공기에 사람들을 사랑에 빠지게 하는 힘이 있다고 믿는다. 마슈크 산기슭에서 시작된 모든 연애소설의 대단원이 바로 여기에서 있었다는 것이다. 그리고 정말 이곳에서 살아 있는 모든 것은 고독을 숨 쉬며 비밀스럽다. 바위 턱 사이로 소란하게 거품을 내며 떨어지는 급류를 향해 나 있는 보리수나무 길은 빽빽한 덮개를 이루며, 푸릇푸릇한 산들 사이의 길을 갈라놓는다. 우울과 침묵에 찬 계곡의 가지들은 사방으로 달려 나간다. 키 큰 남쪽의 풀들과 흰 아카시아의 향기로 가득 찬 공기가 상쾌하다. 계속해서 달콤한 잠을 자듯 졸졸 흘러가는 차가운 시냇물은 계곡 끝에서 만난 물과 다정한 경주를 벌이다, 결국 포드쿠모크 강으로 달려든다. 그 옆에서 계곡은 넓어져 먼지 투성이의 길이 감겨 있는 녹색 골짜기로 변해 가는데, 그곳을 볼 때마다 사륜마차 한 대가 지나면서 창문 안으로 분홍빛 작은 얼굴이 스쳐 보이는 상상을 하게 된다. 이미 여러 대의 마차가 이 길을 지나갔지만, 그 마차는 아니었다. 요새 너머의 마을에는 사람들이 북적거린다. 내가 살고 있는 곳에서부터 몇 발짝 떨어진 언덕 위에는 레스토랑이 서 있는데, 저녁이면 두 줄로 늘어선 포플러 나무들 너머 그곳의 등불이 깜박거린다. 밤늦게까지 소란한 말소리와 유리컵 부딪히는 소리가 끊이지 않는다.

이곳만큼 카헤치야산(産) 포도주와 광천수를 많이 마시는
곳도 없을 것이다.

이 두 가지를 한 번에 하려는
사람들도 많지. 나는 그러지 못해.*

그루슈니츠키는 매일 이 술집에서 무리들과 흥청대지만, 내
게는 인사하는 법이 없다.

그는 어제 막 도착했지만, 자기보다 먼저 목욕을 하려고 했
던 노인 셋과 벌써 싸움을 벌였다.** 불행이 그의 마음속에 전
투적인 정신을 길러 낸 것이 분명하다.

6월 11일

마침내 그들이 왔다. 창가에 앉아 그들의 마차가 덜거덕대
는 소리를 들었다. 내 가슴은 떨렸다. 도대체 이게 뭐란 말인
가? 내가 혹시 사랑에 빠졌단 말이야? 이런 일을 기대할 수도
있는 건, 내가 아주 어리석은 생물이기 때문이다.

---

* 그리보예도프의 『지혜의 슬픔』(1824)에는 다음과 같은 차츠키의 대사가 있
다. "일을 하려면 즐거울 순 없어/광대 짓을 하려면 광대가 될 수도 있지만/이 두
가지를 한 번에 해내는/사람들도 많지. 나는 그러지 못해."(3막 3장)
** 하루 전에 도착한 그루슈니츠키가 매일 술집에 온다는 것에는 시간상의 오
류가 있다. 이에 대해선 영어판 번역자 나보코프 역시 지적하고 있다.

그들의 집에서 식사를 했다. 공작부인은 매우 상냥한 눈빛으로 날 바라보았고, 딸의 곁을 떠나지 않았다……. 상황이 좋지 않다! 반면 베라는 공녀를 질투하고 있다. 이런 와중에 잘된 일이다! 경쟁자를 괴롭히기 위해 여자가 하지 못할 일이 뭐 있겠는가? 한때는 내가 다른 여자를 사랑한다는 이유로 나를 사랑한 여자도 있었다. 여자의 마음보다 모순적인 것은 없다. 여자들에게 뭔가를 확신시킨다는 것은 어려운 일이다. 우선은 그들이 그들 자신에 대해 확신할 수 있도록 해 줘야 한다. 그들이 스스로의 편견을 극복해 가는 증명 절차란 매우 독창적인 것이다. 그들의 변증법을 배우기 위해, 먼저 마음속에서는 학교에서 배웠던 논리학의 모든 법칙을 뒤엎어야 한다. 예를 들어, 다음은 통상적인 방식이다.

그 남자는 나를 사랑해. 하지만 난 결혼을 했어. 그러니까 난 그를 사랑해선 안 돼.

여자들의 방식은 다음과 같다.

나는 결혼했으니까 그 남자를 사랑하면 안 돼. 하지만 그 사람이 나를 사랑하니까…….

이로부터 여러 개의 점으로 찍힌 말줄임표가 온다. 왜냐하면 이성은 더 이상 아무런 말을 하지 않으며, 주로 말하는 것은 혀이고 눈이고 깨어 있는 마음이기 때문이다. 만약에 그런 것들이 존재한다면.

그런데 만약, 이런 말줄임표가 여자의 눈에 드러나 보이게 된다면? "험담이에요!" 그녀는 분에 차 울부짖을 것이다.

시인들이 시를 쓰고 여자들이 그 시를 읽어 온 이래로(이 점에 대해서는 깊은 감사를 받을 만하지만) 여자들은 계속해서 천

사라 불려 왔고, 그들의 단순한 영혼은 정말로 이 칭찬을 믿게 되었다. 바로 그 시인이 돈 때문에 네로를 반신(半神)이라 불렀다는 사실은 잊은 채로…….

그렇다고 해서 내가 여자에 대해 악의를 지니고 있는 것은 아니다. 사실 그들 말고는 세상에 사랑할 것이 아무것도 없는 나다. 나는 언제든 그들을 위해 마음의 평화와 야망과 삶을 희생할 준비가 되어 있다……. 하지만 또한, 숙련된 눈만이 꿰뚫어 볼 수 있는 마법의 베일을 그들로부터 벗겨 내려는 이유는, 결코 분노와 상처 입은 자존심 때문은 아니다. 대신에, 내가 그들에 대해 말할 수 있는 전부란, 다음과 같은 것들뿐이다.

마음의 차가운 관찰들,
가슴의 음울한 이야기들.*

여자들은 다른 모든 남자가 나만큼만 그들에 대해 알아주기를 바라야 할 것이다. 왜냐하면 내가 더 이상 여자들을 두려워하지 않고 그들의 약점을 이해하게 된 이래로, 그들을 백배는 더 사랑하게 되었기 때문이다.

그래서 요전 날 베르너는 여자들을 타소가 「해방된 예루살렘」**에서 말했던 마법의 숲에 비유했다. "가까이 다가가기만 하면, 어이쿠, 사방에서 두려움이 덮쳐 오는 겁니다. 의무, 자존심, 교양, 상식, 조롱, 경멸……. 그러니 아예 아무것도 보지 말

---

* 1828년에 푸슈킨의 「예브게니 오네긴」 4~5장에 대한 헌정사로 처음 등장한 서문 중 마지막 두 줄을 인용한 것이다.
** 16세기 이탈리아 시인 토르과토 타소의 서사시.

고 똑바로 가는 수밖에 없어요. 그럼 점점 괴물들은 사라지고, 눈앞에는 고요한 햇빛 속의 초원이 펼쳐질 겁니다. 그곳에선 사철 늘 푸른 나무가 피어나죠. 하지만 첫 걸음부터 가슴이 떨려서 뒤돌아본다면, 참 슬픈 일이겠죠!"

6월 12일

오늘 저녁엔 많은 일이 있었다. 키슬로보드스크에서 3킬로미터 정도 떨어진 곳에 포드쿠모크 강이 지나는 협곡이 있는데, 그곳에 고리라 불리는 절벽이 있다. 이 절벽은 자연이 만들어 낸 문의 모양이며 높은 언덕 위에 솟아 있어서, 그 사이로 지는 해는 세계를 향해 마지막 불타는 시선을 던진다. 이 돌로 된 창문 너머 보이는 석양을 구경하기 위해 긴 기마 행렬이 출발했다. 사실대로 말하자면 우리 중 누구도 석양에 대해 생각하고 있지는 않았다. 나는 공녀 곁에서 말을 몰고 있었다. 집으로 돌아오는 길에는 포드쿠모크 강을 건너야 했다. 산의 계곡물이란 아주 얕은 것이라 해도 위험하다. 특히 그 밑바닥은 순전히 만화경과 같기 때문이다. 그곳은 매일 파도의 압력을 받아 변한다. 어제 돌이 있었던 곳에 오늘은 구멍이 생겨난다. 나는 공녀가 탄 말의 고삐를 잡고, 무릎 높이도 안 되는 물속으로 말을 몰아 갔다. 우리는 조용히 물살을 거스르면서 비스듬히 나아갔다. 급류를 건널 때 물을 쳐다보지 말아야 한다는 것은 잘 알려진 사실이다. 현기증을 일으키기 때문이다. 나는 메리 공녀에게 주의를 주는 것을 깜박했다.

우리는 이미 물살이 가장 빠른 내의 한가운데에 와 있었다. 공녀가 갑자기 안장에서 휘청거렸다. "어지러워요!" 그녀가 여린 목소리로 말했다……. 나는 재빨리 몸을 기울여서 그녀의 유연한 허리를 내 팔로 감았다. "위를 보세요!" 나는 그녀에게 속삭였다. "아무것도 아닙니다. 겁내지 말아요. 제가 있잖아요."

그녀는 나아졌고, 내 팔에서 몸을 빼내려 했다. 그렇지만 나는 그녀의 부드럽고 약한 몸에 더욱 단단히 팔을 감았다. 내 뺨이 그녀의 뺨에 가 닿으려 했다. 그곳에서 불꽃이 일어났다.

"지금 뭐 하시는 거예요? 맙소사!"

나는 겁먹고 혼란스러워하는 그녀를 모른 체하며, 내 입술을 그녀의 부드러운 뺨에 갖다 댔다. 그녀는 몸을 떨었지만 아무 말도 하지 않았다. 우리는 뒤쪽에서 가고 있어서, 아무도 우리를 보지 못했다. 강에서 벗어나자, 모두들 가볍게 말을 달리기 시작했다. 공녀는 제 말을 꺼안고 있었다. 나는 그녀 곁에 머물렀다. 그녀가 내 침묵에 불안해하는 것이 분명했지만, 나는 아무 말도 하지 않겠다고 다짐했다. 호기심에서였다. 그녀가 이 난감한 상황에서 어떻게 빠져나갈 것인지를 보고 싶었던 것이다.

"당신은 저를 경멸하고 있거나, 아니면 정말로 사랑하고 있는 거예요!" 마침내 그녀가 말했다. 그 목소리에는 눈물이 있었다. "아마 당신은 저를 비웃고 제 영혼을 괴롭힌 다음엔 떠나고 싶어 할 거예요……. 생각만 해도 정말 천하고 비열한 일이지만은요……. 아, 제발! 그게 아니겠죠." 그녀는 부드러운 신뢰감이 묻어나는 목소리로 덧붙였다. "제 안에 저를 존경할 수 없게 만드는 무엇이 있는 건 아니겠죠? 당신의 무례한 행동은……. 저는, 전 당신을 용서해야만 하겠죠. 왜냐하면 제가 허락했으니까요……. 대답해 주세요. 말씀 좀 해 보세요. 당신 목소리를 듣고 싶어요!" 이 마지막 말에는 너무나 여성스러운 조급함이 있었기 때문에 나는 웃음을 참을 수가 없었다. 다행히도 날이 어두워지고 있었고…… 나는 아무런 대답도 하지 않았다.

"아무 말씀도 안 하실 거예요?" 그녀가 계속 말했다. "아마도 제가 먼저 당신을 사랑한다는 말을 하기를 바라시는 건가요?"

나는 침묵했다…….

"그러길 바라세요?" 그녀가 재빨리 나를 향해 몸을 돌리며 말했다……. 그녀의 단호한 시선과 목소리에는 어딘지 무서운 데가 있었다…….

"왜요?" 나는 어깨를 으쓱하며 대답했다.

그녀는 채찍으로 말을 치며 좁고 위험한 길을 따라 쏜살같이 가 버렸다. 너무도 순식간에 벌어진 일이어서 그녀를 따라잡을 수가 없었다. 그리고 마침내 따라잡았을 때에는 이미 다른 일행들 틈에 섞여 있었다. 집으로 가는 내내 그녀는 끊임없이 웃고 떠들었다. 그녀의 행동은 어딘지 모르게 열에 들떠 있었다. 그녀는 한 번도 나를 쳐다보지 않았다. 모두가 이 심상치 않은 명랑함에 대해 눈치 챘다. 그리고 공작부인은 딸을 보면서 내심 기뻐하고 있었다. 그러나 그녀의 딸은 단지 신경질적인 발작을 하고 있었을 뿐이다. 아마도 밤새도록 잠도 못 자고 울 것이다. 이런 생각에 나는 이루 말할 수 없는 즐거움을 느꼈다. 때로는 흡혈귀들을 이해할 수 있다……. 그러면서도 난 유쾌하고 선량한 사람이라 불리고 있고, 또 그런 호칭을 얻기 위해 노력하고 있다!

산에서 내려온 부인들은 공작부인의 집으로 갔다. 나는 흥분해서 산속으로 뛰어 들어갔다. 머릿속을 채운 생각들을 흩어 버리기 위해서였다. 이슬이 찬 저녁 공기에는 황홀한 서늘함이 있었다. 검은 봉우리 뒤에서 달이 솟아올랐다. 내 맨발의 말은 발을 디딜 때마다 소리 없는 계곡에 텅 빈 메아리를 퍼뜨렸다. 폭포에 다다라서 말에게 물을 먹였다. 그리고 두어 번 남쪽 밤의 상쾌한 공기를 실컷 들이마신 뒤에, 되돌아오기 시작했다. 나는 외곽을 따라 오고 있었다. 창문 밖으로 불빛이 새어 나오기 시작했다. 요새 성벽 위의 보초병들과 외곽 전초(前哨)의 카자크들이 느리게 점호하기 시작했다…….

골짜기 가장자리에 있는 마을의 외딴 집에서 특히 밝은 빛이 번져 나오는 것을 알아차렸다. 군인들의 연회가 벌어지고 있음을 알려 주는 말소리와 외침들이 이따금씩 불협화음으로 울려 퍼졌다. 나는 말에서 내려 살금살금 창으로 다가갔다. 엉성하게 닫힌 창의 덧문이 주정뱅이들을 보고 그들이 하는 말을 들을 수 있게 해 주었다. 그들은 나에 대해 이야기하고 있었던 것이다.

포도주를 마셔 얼굴이 붉어진 기병 대장이 주의를 끌기 위해 주먹으로 탁자를 내리쳤다.

그가 말했다. "여러분! 이건 정말 말도 안 되는 일입니다. 페초린은 교육을 좀 받아야 합니다! 페테르부르크에서 온 풋내기들은 코를 한 방 얻어맞기 전까진 항상 잘난 척을 해 대거든요! 그놈은 늘 깨끗한 장갑을 끼고 잘 닦은 부츠를 신고 다닌다고 해서, 자기 혼자 상류사회에 속해 있다고 생각하는 겁니다."

"그 거만한 미소는 또 어떻고요! 하지만 제 생각에 그놈은 분명 겁쟁이일 거예요. 맞아요, 겁쟁이!"

"저도 그렇게 생각합니다." 그루슈니츠키가 말했다. "그는 농담조로 말하는 걸 좋아해요. 예전에 한번, 다른 사람이라면 바로 그 자리에서 절 난도질했을 법한 이야기를 제가 한 적이 있었는데, 페초린은 그 말을 농담으로 받아들였어요. 당연히 제가 깨우쳐 주진 않았습니다. 왜냐하면 알아듣고 못 알아듣고는 그한테 달린 거니까요. 게다가 전 얽혀 들고 싶지 않았던 게……."

"그루슈니츠키는 그 사람이 공녀를 빼앗아 가서 화가 난 겁니다." 누군가가 말했다.

"그게 무슨 소립니까! 사실 그 여자를 살짝 유혹했던 건 사실이지만, 금방 그만뒀습니다. 왜냐하면 결혼할 생각이 없었으니까요. 그리고 전 여자의 명예를 훼손할 일을 벌이지 않는 것을 원칙으로 하고 있습니다."

"전 그 말을 믿습니다. 장담하건대 최고의 겁쟁이는 그루슈니츠키가 아니라 페초린입니다. 아, 그루슈니츠키는 훌륭한 젊은이고요, 그리고 무엇보다 저의 진정한 친굽니다!" 다시 기병대장이 말했다. "여러분! 여기 계신 분 중에 그놈의 편이 돼 주실 분은 아무도 없습니까? 아무도요? 더 잘됐군요! 그놈의 용기를 시험해 보길 원하십니까? 아마 재미있을 겁니다……."

"재미있겠는데요. 하지만 어떻게요?"

"제 말을 들어 보세요. 그루슈니츠키가 그놈한테 특별히 화난 게 있으니, 주연을 맡는 겁니다! 그놈하고 우스운 일로 다툼을 벌여서 결투를 신청하는 거죠……. 더 들어 봐요. 이제부터가 중요한 얘깁니다……. 결투를 신청하는 거예요. 그래요! 이 모든 일, 결투를 신청하고, 준비하고, 조건을 부르는 일들은 될 수 있는 한 엄숙하고 무시무시한 방식으로 진행될 겁니다. 제가 알아서 하죠. 내가 입회인이 될게, 이 불쌍한 친구야! 바로 이겁니다! 하지만 여기엔 술수가 있습니다. 우린 권총에 탄환을 넣지 않을 겁니다. 제가 장담하는데, 페초린은 겁을 낼 겁니다. 전 이 사람들을 서로에게서 여섯 발자국 떨어져 서도록 할 거거든요. 빌어먹을! 찬성하십니까, 여러분?"

"최고의 계획이네요! 찬성합니다! 당연하죠!" 사방에서 이런 소리들이 들려왔다.

"그럼 너는, 그루슈니츠키?"

나는 전율하며 그루슈니츠키의 대답을 기다렸다. 이런 우연이 없었더라면, 자칫 저런 멍청이들의 놀림감이 되었을 거란 생각에 차가운 분노가 엄습해 왔다. 만약 그루슈니츠키가 거절했더라면, 나는 그를 끌어안았을 것이다. 하지만 잠시 말이 없던 그는 자리에서 일어나 대장에게 손을 내밀며 아주 근엄하게 말했다. "좋아. 찬성해."

명예로운 동지들의 기쁨이란 이루 말할 수 없는 것이었다.

나는 두 가지 다른 감정에 격앙돼서 집으로 돌아왔다. 첫 번째는 슬픔이었다. 나는 생각했다. '왜 그들 모두가 나를 미워하는 걸까? 도대체 왜? 내가 그들 중에 한 사람이라도 괴롭혔나? 아니야. 혹시 나는 외모만으로도 악의를 낳게 하는 그런 종류의 사람들에 속하는 걸까?' 그러고는 서서히 내 영혼 속으로 독을 품은 악이 차 오는 것을 느꼈다. "조심하라고요, 그루슈니츠키 씨!" 나는 방 안을 오가며 계속해서 말했다. "이런 걸로 조금이라도 움찔할 제가 아닙니다. 아마 당신은 멍청한 동지들의 말을 들은 대가를 톡톡히 치르게 될 겁니다. 전 당신의 장난감이 아니라고요!"

나는 밤새 잠을 이루지 못했고, 아침이 되어선 야생 오렌지처럼 노래졌다.

아침 우물가에서 공녀를 만났다.

"편찮으세요?" 그녀가 나를 찬찬히 살피며 말했다.

"밤새 잠을 못 잤습니다."

"저도요……. 제가 당신을 비난했어요……. 잘못한 걸까요? 하지만 당신의 행동을 설명해 주신다면, 모든 걸 용서할 수 있을 거예요……."

"모든 걸요?"

"모든 걸요. 다만 진실을 말해 주세요……. 빨리요……. 저, 정말 생각이 많았어요. 당신의 행동을 설명하고 정당화하려고 노력했어요. 아마 당신은 우리 집안의…… 반대를 두려워하시는 걸지도 몰라요……. 문제없어요. 만약 식구들이 알게 되면……(그녀의 목소리가 떨렸다.) 제가 설득할 수 있어요……. 그게 아니고 당신 상황 때문이라면……. 하지만 제가 사랑하는 사람을 위해서라면 무엇이든 희생할 수 있다는 걸 알아주셨으면 해요……. 아, 빨리 말해 주세요. 절 불쌍히 여겨서요……. 저를 경멸하시는 건 아니죠. 그렇죠?"

그녀는 내 손을 잡았다.

공작부인과 베라의 남편은 우리 앞에서 걷고 있었기 때문에 아무것도 보지 못했지만, 산책 중인 환자들이나 남의 일에 핏대를 올리는 수다쟁이들의 눈에 띨지도 모르는 일이었다. 나는 재빨리 그 열정적인 손아귀로부터 손을 빼냈다.

"진실을 전부 말씀드리죠." 나는 공녀에게 답했다. "저는 저 자신을 정당화하지도 않으며, 제 행동을 설명하지도 않을 겁니다. 저는 당신을 사랑하지 않습니다."

그녀의 입술이 약간 창백해졌다…….

"가세요." 그녀가 거의 들리지 않는 소리로 말했다.

나는 어깨를 으쓱하며 돌아서서 떠나왔다.

6월 14일

때때로 나는 나 자신을 경멸한다……. 그래서 내가 다른 사람들을 경멸하는 걸까? 나는 고귀한 충동을 지닐 수 없는 사람이 되었다. 나 자신에게 우습게 보일까 봐 두려운 것이다. 만약 내 입장에 처한 다른 남자였더라면 공녀에게 자신의 심장과 운명을 맡겼을 것이다. 하지만 내게 결혼이라는 단어는 마법의 힘 같은 것을 지니고 있다. 내가 아무리 한 여자를 뜨겁게 사랑한다 할지라도, 일단 그녀가 자신과 결혼해야 한다는 느낌을 내게 준다면, 사랑과는 작별이다! 내 가슴은 돌로 변해 버리고, 그 무엇도 다시 그것을 덥히지는 못한다. 난 결혼을 제외하면 그 어떤 희생이라도 기꺼이 치를 수 있다. 내 인생, 심지어 내 명예를 걸고 도박이라도 하라면, 스무 번이라도 그렇게 할 수 있겠지만……. 내 자유만은 팔 수 없다. 왜 나는 그것을 이렇게도 귀중히 여기는 것일까? 내게 그것이 무엇이라고? 나는 뭘 준비하고 있는 걸까? 미래에 뭘 기대하고 있는 걸까? 사실은 아무것도 없다. 이것은 선천적인 두려움, 설명할 수 없는 불길한 예감 같은 것이다……. 이유 없이 거미나 바퀴벌레나 쥐를 무서워하는 사람들도 있지 않은가……. 사실대로 고백할까? 어렸을 때 한 노파가 나의 어머니에게 내 운명에 대해 말한 적이 있다. 그녀는 내가 사악한 마누라 때문에 죽게 될 것이라는 예언을 했다. 이 말은 당시 내게 깊은 인상을 남겼다. 내 영혼 속에는 결혼에 대해 극복할 수 없는 반감이 생겨난 것이다……. 그리고 여전히 무언가가 그녀의 예언이 이루어질 것이라고 말해 주고 있다. 적어도 가능한 한 늦게 이루어지도록 하기 위해 최선을 다할 것이다.

6월 15일

어제 마술사 압펠바움이 이곳에 왔다. 레스토랑 문 앞에 기다란 포스터가 붙었다. 존경하는 대중들에게, 위와 같은 이름의 훌륭한 마술사이자 곡예사이자 화학자이자 광학자인 그가, 영광스럽게도 오늘 밤 8시에 귀족 살롱의 응접실에서(다른 말로 하자면 레스토랑에서) 놀라운 공연을 펼칠 것이라는 내용이었다. 입장료는 2루블 50코페이카였다.

모두들 훌륭한 마술사를 보러 가고 싶어 했다. 심지어 딸이 아픈 공작부인도 표를 구했다.

저녁 식사 후에 베라의 창 밑을 지났다. 그녀는 발코니에 혼자 앉아 있었다. 내 발치로 쪽지가 떨어졌다.

"오늘 밤 10시쯤 중앙 계단을 통해서 내게 와. 남편은 퍄치고르스크에 가서 내일 아침에나 돌아올 거야. 우리 집 하인들과 하녀들은 나가고 없을 거야. 내가 그들 전부랑 공작부인의 시종들에게까지 다 표를 나눠 줬어. 기다리고 있을게. 꼭 와."

'아하! 마침내 내 뜻대로 됐군.' 나는 생각했다.

8시에 마술사를 보러 갔다. 관중들은 9시가 다 돼서야 모였다. 공연이 시작됐다. 베라의 하인들과 공작부인의 하인들이 맨 끝 열에 앉아 있는 것을 보았다. 모두들 이곳에 와 있었던 것이다. 그루슈니츠키는 오페라글라스를 들고 첫 번째 열에 앉아 있었다. 마술사는 주머니 손수건과 시계, 반지 등이 필요할 때마다 그에게로 갔다.

그루슈니츠키는 얼마 전부터 내게 인사를 하지 않고 있었는데, 오늘 밤에는 한두 번 다소 거만한 눈빛으로 나를 바라봤다. 우리 사이의 일을 정리할 때가 되면, 이 모든 일을 되새길 것이다.

10시가 다 됐을 때 자리에서 일어나 나왔다.

뜰은 한 치 앞도 볼 수 없을 만큼 깜깜했다. 주위의 산 정상에는 무겁고 차가운 구름이 누워 있었다. 단지 잦아드는 바람만이 이따금씩 레스토랑 주변에 있는 포플러나무들의 꼭대기에서 윙윙거렸다. 창문 밖에는 한 무리의 사람들이 있었다. 나는 언덕을 내려와서 집의 입구를 향하며 발걸음을 재촉했다. 갑자기 누군가 뒤에서 쫓아오는 느낌이 들었다. 나는 멈춰 서서 주위를 둘러봤다. 어둠 속에서는 아무것도 볼 수 없었다.

하지만 나는 마치 산책을 하는 것처럼 집 주위를 서성대며 살폈다. 공녀의 창문 밑을 지날 때, 다시 한 번 따라오는 발소리를 들었다. 군외투를 덮어쓴 한 명이 달려 지나갔다. 깜짝 놀랐지만, 현관까지 몰래 가서 어두운 계단을 재빨리 뛰어 올라갔다. 문이 열리고, 작은 손이 나와 내 손을 잡았다…….

"아무도 못 봤지?" 베라가 내게 기대 오며 속삭였다.

"아무도 못 봤어!"

"이제 내가 당신을 사랑한다는 걸 믿겠어? 아, 오랫동안 망설였고, 오랫동안 힘들었어……. 하지만 당신이 내게 원했던 대로 됐어."

그녀의 심장은 격하게 뛰고 있었고, 두 손은 얼음처럼 차가웠다. 질투와 불평이 뒤섞인 비난이 시작됐다. 그녀는 나의 배신을 묵묵히 참아 낼 것이라고 말하면서, 모든 것을 고백하라고 했다. 그녀가 바라는 것은 나의 행복뿐이라면서. 그 말이 별로 믿기지는 않았지만, 맹세와 약속 같은 것들로 그녀를 진정시켰다.

"그럼 당신, 메리랑 결혼하지 않을 거야? 그 여자를 사랑하지 않아? 그런데 그 여자 생각은…… 알겠지만, 그 여자, 당신을 몹시 사랑하고 있어. 불쌍하다!"

....

새벽 2시쯤 창문을 열고 두 개의 숄을 묶어 내렸다. 기둥에 의지하며 위층 발코니에서 아래층 발코니로 내려왔다. 공녀의 방에는 아직도 불이 켜져 있었다. 무언가가 나를 창가로 끌어당겼다. 커튼이 완전히 쳐져 있지 않아서, 방의 내부를 흥미롭게 살펴볼 수 있었다. 메리는 무릎 위에 놓은 두 손을 비비며 침대에 앉아 있었다. 그녀의 풍성한 머리카락은 주름으로 장식된 나이트캡 아래 모아져 있었다. 큰 진홍빛 수건이 그녀의 흰 어깨를 덮고 있었다. 작은 발은 알록달록한 페르시아산 슬리퍼 속에 숨겨져 있었다. 그녀는 고개를 가슴에 묻은 채로 가만히 앉아 있었다. 앞에 있는 작은 탁자엔 책이 펼쳐져 있었지만, 형언할 수 없는 슬픔으로 가득 찬 눈동자는 고정된 채 백번쯤 같은 장을 더듬고 있는 듯했다. 그녀의 생각은 먼 곳에 가 있었던 것이다…….

이때, 누군가 덤불 뒤에서 움직였다. 나는 발코니에서 잔디로 뛰어내렸다. 보이지 않는 손이 내 어깨를 잡았다.

"아하!" 거친 목소리가 말했다. "잡았다! 밤에 공녀들을 보러 다니는 게 어떤 건지를 확실하게 가르쳐 주지!"

"꽉 잡아!" 다른 누군가가 구석에서 튀어나오며 소리쳤다.

그루슈니츠키와 기병 대장이었다.

나는 주먹으로 기병 대장의 머리를 쳐서 넘어뜨리고, 관목 숲으로 뛰어들었다. 집 앞의 비탈을 덮은 정원의 길을 알고 있었다.

"도둑이야! 도와줘요!" 그들이 소리쳤다. 총소리가 들렸다. 연기 나는 화약 솜이 내 발치에 떨어졌다.

일 분쯤 뒤 나는 이미 방에 들어와 있었다. 옷을 벗고 누웠다. 시종이 문을 잠그기가 무섭게, 그루슈니츠키와 기병 대장이 문을 두드리기 시작했다.

"페초린! 잡니까? 거기 있어요?" 기병 대장이 소리쳤다.

"자고 있습니다." 나는 심술궂게 답했다.

"일어나요! 도둑이에요……. 체르케스인들입니다……."

"감기에 걸렸어요. 오한이 들까 봐 못 나가겠습니다." 내가 대답했다.

그들은 떠났다. 대답하지 말았어야 했다. 그럼 나를 찾기 위해 한 시간은 더 정원에서 헤맸을 텐데. 그러는 동안 불안감은 무시무시하게 커졌다. 요새로부터 카자크가 급히 달려왔다. 사람들이 대대적으로 움직였다. 그들은 덤불 속이란 속은 죄다 뒤지며 체르케스인들을 찾기 시작했다. 당연히 아무것도 찾지 못했다. 그럼에도 아마 많은 사람들이 수비대가 좀 더 용감하고 신속했더라면, 적어도 그곳에 남아 있던 스무 명의 도둑을 잡을 수 있었다고 확신했을 것이다.

6월 16일

오늘 아침 우물가에선 지난밤 체르케스인들의 습격에 관한 이야기뿐이었다. 처방대로 나르잔 물을 몇 컵 마시고, 긴 보리수나무 길을 열 번쯤은 더 걷고 난 뒤에, 퍄치고르스크에서 막 돌아온 베라의 남편을 만났다. 그는 내 손을 잡았고, 우리는 점심을 먹으러 레스토랑으로 향했다. 그는 아내를 몹시 걱정하고 있었다. "어젯밤 아내가 얼마나 놀랐던지! 제가 없었을 때 마침 그런 일이 있었으니 당연한 거죠." 그는 계속해서 말했다. 우리는 구석방으로 통하는 문가에 앉아 점심을 먹었다. 그곳에는 그루슈니츠키를 포함한 열 명가량의 젊은 남자가 모여 있었다. 운명은 그놈의 운명을 결정지을 대화를 엿들을 두 번째 기회를 내게 준 것이었다. 그는 나를 볼 수 없었기 때문에, 그가 일부러 그런 말을 했을 거라는 생각은 할 수 없었다. 그 대신 내 눈앞에서 그의 죄가 더욱 명백히 드러났을 뿐이다.

"그게 정말 체르케스인들이었을까요? 아무도 못 봤습니까?" 누군가 말했다.

"제가 모든 진실을 말하죠." 그루슈니츠키가 답했다. "하지만 부탁이니 제가 말했다고는 하지 말아 주세요. 이렇게 된 겁니다. 어젯밤, 이름은 밝힐 수 없는 한 남자가 저에게 와서, 밤 10시에 어떤 사람이 리고프스코이 댁으로 몰래 들어가는 것을 봤다고 말해 줬습니다. 공작부인은 여기 계셨고, 공녀는 집에 있었다는 걸 말해 두죠. 그래서 우린 그 운 좋은 놈을 덮치려고 창문 밑에 가 있었죠."

사실 나의 대담자는 식사를 하느라 바빴던 와중이었지만 난 가슴이 철렁했다. 만약 그루슈니츠키가 무심코라도 진실을 말했다면 그는 아주 불쾌한 이야기를 듣게 됐을 상황이었다. 하지만 질투심에 가득 찬 그루슈니츠키는 진실을 알아차리지 못했다.

"아시겠죠." 그루슈니츠키는 말을 이어 나갔다. "우리는 빈 탄통을 넣은 총을 들고 출발했습니다. 그냥 겁만 주려고 한 거죠. 새벽 2시까지 정원에서 기다렸어요. 그리고 마침내, 대체 어디서 나타났는지 모르겠지만, 창문은 아니었어요. 왜냐하면 열린 적이 없었으니까요. 아마 기둥 뒤에 있는 유리문을 통해 나왔던 것 같습니다. 말한 것처럼 마침내, 누군가가 발코니에서 내려오는 것이 보였습니다…… 공녀의 행동에 대해 어떻게 생각하시나요? 네? 아무튼, 이런 게 모스크바의 아가씨들이란 거죠! 어쨌든, 믿기십니까? 우리는 그놈을 잡고 싶었지만, 놈은 토끼처럼 달아나서 덤불 속으로 뛰어 들었습니다. 그때 제가 총을 한 방 쐈죠."

그루슈니츠키의 주위에서 의심하는 듯한 웅성거림이 퍼지기 시작했다.

"못 믿으시겠죠?" 그가 계속 말했다. "이 모든 게 진실임을 명예와 감사의 마음을 다해 말씀드리죠. 그리고 만약에 원하신다면, 증거로 그 신사분의 이름을 말씀드릴 수도 있습니다."

"말해. 누군지 말해요!" 사방에서 소리들이 울려 퍼졌다.

"페초린입니다." 그루슈니츠키가 답했다.

순간 그는 맞은편 문 앞에 서 있는 나를 보았다. 그의 얼굴이 끔찍하게 빨개졌다. 나는 그에게로 다가가서 천천히 또박또박 말했다.

"이미 가장 사악한 험담에 당신의 명예를 걸어 버린 뒤에야 제가 들어오게 된 걸 유감스럽게 생각합니다. 저의 출현으로 당신이 더 이상의 악행을 저지르는 걸 막았군요."

그루슈니츠키는 자리에서 벌떡 일어나 불같이 성을 내려 했다.

나는 같은 어조를 유지하며 말했다. "제발 부탁인데, 제발 당신의 말을 당장 취소해 주세요. 그게 다 꾸며 낸 이야기라는 걸 당신이 너무도 잘 알지 않습니까. 당신의 뛰어난 자질에 한 여자가 무심했다는 게 이렇게 끔찍한 복수를 살 만하다고 생각하지 않습니다. 잘 생각해 보세요. 당신의 입장을 고수하려다가는, 신사라고 불릴 권리도 잃게 될 거고, 당신의 인생도 위험해질 겁니다."

그루슈니츠키는 눈을 내리간 채 내 앞에 서 있었다. 그는 크게 동요하고 있었다. 그러나 양심과 자존심 사이의 갈등은 오래가지 않았다. 그의 옆에 앉아 있던 기병 대장이 팔꿈치로 그를 찔렀다. 그는 깜짝 놀라서, 눈을 들지 못한 채 재빨리 대답했다.

"각하, 제가 뭔가를 말할 때는 진심이며, 기꺼이 반복할 수도 있습니다……. 저는 당신의 위협이 두렵지 않으며, 모든 경우에 대해 준비가 되어 있습니다."

"그것이 마지막 증언이군요." 나는 차갑게 대답하면서, 기병 대장의 팔을 잡고 방을 나섰다.

"왜 이러십니까?" 기병 대장이 물었다.

"그루슈니츠키의 친구니까 그의 입회인이 될 거죠?"

기병 대장은 근엄하게 고개를 숙여 절했다.

"맞습니다." 그가 대답했다. "전 사실 그의 입회인이 되어야만 합니다. 왜냐하면 그가 당한 모욕은 저에 대한 모욕이기도 하니까요. 전 어젯밤 그와 함께 있었습니다." 그는 구부정한 어깨를 바로 펴면서 덧붙였다.

"아! 그럼 어제 저한테 머리를 얻어맞은 게 바로 당신입니까?"

그는 노래졌다 파래졌다 했다. 숨어 있던 적의가 그의 얼굴 위로 드러났다.

"오늘 저의 입회인을 보내 드리겠습니다."

나는 그의 분노를 알아차리지 못한 척하면서 아주 공손히 절을 했다.

레스토랑 입구에서 베라의 남편과 마주쳤다. 나를 기다리고 있었던 것 같았다.

그는 감격한 듯이 내 손을 잡았다.

"고결한 품성을 지닌 젊은이!" 그는 눈에 눈물이 고여 말했다. "다 들었습니다. 깡패들 같으니라고! 배은망덕한! 이런 일이 있고 나서야 어느 누가 저치들을 고상한 집안으로 들이려 하겠어요? 딸이 없는 걸 하느님께 감사드려야겠습니다! 하지만 당신은 목숨을 무릅쓴 만큼 보답을 받을 겁니다. 적당한 시기까진 잠자코 있을 테니 안심하세요." 그는 계속해서 말했다. "저도 한때는 젊었고 군복무도 했죠. 이런 일에는 끼어드는 게 아니라는 걸 알고 있어요. 그럼."

불쌍한 놈! 그는 딸이 없다는 걸 기뻐하고 있었다……

나는 바로 베르너에게 갔다. 집에서 그를 만나 모든 것을 말했다. 베라와 나의 관계, 공녀와 나의 관계, 내가 엿들었던 대화들까지. 그러니까 나에게 빈 총을 줘서 결투를 벌이게 하고 웃음거리로 삼으려 하는 신사들의 계획을 알게 되었다는 것까지. 하지만 이제 일은 농담 수준을 넘어서고 있었다. 아마도 그들은 이런 결말까지 예상하지는 못했을 것이다.

의사 선생이 나의 입회인이 되어 주기로 했다. 나는 그에게 결투 방식에 관한 몇 가지 지침을 알려 줬다. 그는 이 일을 비밀에 부쳐야 한다고 주장했다. 아무리 내가 기꺼이 죽을 준비가 되어 있다고 한들, 이 세계에서 앞으로의 내 미래를 영원히 망쳐서는 안 된다는 이유에서였다.

그 후에 나는 집으로 갔다. 한 시간 뒤 의사 선생이 원정에서 돌아왔다.

"정말로 당신에게 반대하는 음모가 있더군요." 그가 말했다.

"그루슈니츠키의 집에서 기병 대장이랑 이름은 잘 생각이 안 나는 다른 신사를 만났어요. 덧신을 벗으려고 잠깐 현관에 서 있는데, 사람들이 정말 시끄럽게 다투고 있었습니다…… '절대로 동의할 수 없어!' 그루슈니츠키가 말하고 있었어요. '그놈은 나를 공개적으로 모욕했어. 이 일이 있기 전과는 전혀 다른 얘기라고……' '넌 끼어들지 말라니까!' 기병 대장이 대답했습니다. '내가 다 알아서 할게. 난 다섯 번의 결투에서 입회인을 해 봤기 때문에, 어떻게 하는 건지 알아. 계획을 다 짜 놨어. 제발 방해하지만 마라. 그놈 겁주는 데 잘못될 일은 하나도 없어. 그리고 피해 갈 수 있는 위험인데 그 속으로 굳이 왜 뛰어들어?' 그 순간 제가 들어갔습니다. 갑자기 다들 조용해졌죠. 우리는 꽤 오랫동안 회의를 했고, 결국 이렇게 결정을 내렸어요. 여기에서 5킬로미터 정도 떨어진 곳에 황폐한 계곡이 있습니다. 저쪽이 내일 새벽 4시까지 그곳으로 갈 거고, 우린 삼십 분 뒤에 출발할 겁니다. 여섯 발자국 떨어진 곳에서 쏘는 거예요. 그루슈니츠키가 그렇게 하자고 했습니다. 죽은 사람이야 체르케스 인들의 몫으로 하고요. 제가 의심이 드는 부분은 이겁니다. 입회인이란 놈들이 분명히 이전 계획에서 뭔가를 바꿨고, 그루슈니츠키의 총에만 총알을 넣을 것 같단 말이죠. 약간 살인과도 비슷한 짓이라고 할 수 있겠지만, 전쟁 때는, 특히 아시아 놈들의 전쟁에선 속임수가 허용되니까요. 그래도 그중에서는 그루슈니츠키가 가장 점잖은 것 같던데요. 어떻습니까? 우리가 알고 있다고 말해야겠죠?"

"절대로 안 되죠, 의사 선생! 안심하고 계세요. 그 꿍꿍이엔 걸려들지 않을 테니까요."

“그럼 도대체 뭘 어떻게 할 건데요?”

“그건 비밀이죠.”

“당하지 않게 조심하세요. 거리는 여섯 발자국이라고요!”

“의사 선생, 내일 4시에 보죠. 말을 준비해 놓을게요……. 그럼.”

나는 저녁까지 방문을 잠근 채 집에 있었다. 시종이 공작부인의 초대장을 가지고 왔다. 아프다고 전하라 했다.

··

새벽 2시……. 잠이 오지 않는다……. 하지만 조금이라도 자 두어야 한다. 내일 손을 떨지 않으려면. 어쨌든 여섯 발자국에 총알이 빗나가긴 힘들 것이다. 아! 그루슈니츠키 씨! 당신의 속 임수는 성공하지 못할 겁니다……. 우리의 역할이 바뀔 테니까요. 그럼 당신의 창백한 얼굴에서 숨겨진 두려움을 읽어 낼 사람은 바로 제가 되는 겁니다. 왜 그 치명적인 여섯 발자국을 몸소 정해 놓은 겁니까? 제가 아무런 항의도 없이 제 이마를 대 줄 거라 생각하는 건가요……. 하지만 운명의 주사위는 던져졌습니다! 그런 뒤에는……. 그런 뒤에는…… 만약 그의 운이 내 것보다 낫다면? 만약 나의 별이 결국엔 나를 배신한다면? 그럴 만도 하지. 그렇게 오랫동안 내 변덕에 맞춰 왔으니. 천국에서도 지상에서처럼 변치 않는 것이란 없다.

그래서 뭐? 죽게 된다면 기꺼이 죽겠다! 이 세상으로 말하자면 잃을 것도 별로 없는 것이고, 어쨌거나 나 자신도 이미 충분히 따분하다. 나는 무도회에서는 하품이나 하면서, 단지 마차가 준비되지 않아 집으로 자러 갈 수 없는 그런 종류의 사람인 것이다. 하지만 이제는 마차가 준비되었다……. 모두들 안녕히!

나의 모든 과거의 기억들을 훑어 보면서 나도 모르게 궁금해졌다. 나는 왜 살았을까? 무엇을 위해 태어난 걸까? 하지만 무엇이었건 간에 목적이 있었을 것이고, 나의 종착지 역시 높은 곳에 있었을 것이다. 왜냐하면 나는 영혼 깊숙한 곳에서부터 무한한 힘을 느끼고 있기 때문이다……. 그러나 나는 그 종착지를 짐작할 수 없었고, 공허하고 배은망덕한 열정에 매료되어 왔다. 나는 호된 시련을 통해 강철처럼 딱딱하고 차가워졌지만, 고귀한 열망이 지닌 열기를 영원히 잃어버렸다. 인생에서 피어나는 최고의 꽃을 말이다. 그로부터 얼마나 무수히 운명의 손에 들린 도끼 역할을 했던가! 사형 집행인의 도구가 되어 불운한 희생자의 목으로 떨어졌던 것이다. 종종 아무런 원한도 없이, 늘 아무런 후회도 없이……. 내 사랑은 누구에게도 행복을 주지 못했다. 왜냐하면 난 사랑하는 이를 위해 그 무엇도 포기한 적이 없었기 때문이다. 나는 나 자신의 즐거움을 위해서만 기꺼이 사랑했다. 내 마음의 기괴한 욕구를 충족시켜 왔을 뿐이다. 그것의 감정과 애정과 기쁨과 고통을 게걸스럽게 삼켜 버리면서……. 여기엔 끝이 없었다. 이는 마치 배고픔과 피로로 지친 사람이 잠이 들면 풍성한 음식들과 거품이 이는 포도주를 보게 되는 것과도 같다. 그는 공상이 준 이 천상의 선물을 기쁘게 먹어 치운 뒤에 흡족해하는 듯하다. 그러나 잠에서 깨어나자마자 모든 환영은 사라지고……. 남은 것은 한층 더한 배고픔과 절망뿐인 것을!

그리고 아마도, 내일 나는 죽을 것이다! 그럼 이 지상에서 나를 완전히 이해하는 존재는 하나도 남아 있지 않게 되는 것이다. 어떤 이들은 나를 평가절하할 것이고, 다른 이들은 실제의 나보다 나를 더 좋게 생각하겠지……. 누군가는 그가 좋은 사람이었다고 말하겠지. 다른 사람들은 악당이라고 할 거고. 이런저런 얘기는 모두 사실이 아니리라. 이 모든 일을 생각해 볼 때, 과연 애써 산다는 게 무슨 소용이 있을까? 그렇지만 모두들 살아가는 것이다. 호기심 때문이다. 계속해서 새로운 무엇인가를 기대하면서…… 우습고 성가신 일이다!

N 요새로 온 지도 벌써 한 달 반이 되었다. 막심 막시므이치는 사냥을 하러 나갔다……. 나는 혼자 있다. 창가에 앉아서. 회색 구름이 산의 발치까지 덮고 있다. 안개를 통해 보이는 태양이 노란 반점 같다. 춥다. 바람이 휘파람을 불며 덧문을 흔든다! 지루하다! 여러 기묘한 사건들 때문에 멈추었던 일기를 계속해서 쓰겠다.

일기의 마지막 장을 다시 읽었다. 우습다! 내가 죽을 거라는 생각을 했다니. 불가능한 일이었다. 나는 아직 고통의 잔을 다 비우지 못했고, 수많은 날들을 더 살아가야 한다고 느끼고 있다.

내 기억 속의 과거는 얼마나 분명하고도 날카롭게 각인되어 있는가! 시간은 어느 한 개의 선, 어느 한 개의 얼룩조차 지워 내지 못했다!

결투가 있기 전날 밤에는 한숨도 자지 못했다는 걸 기억한다. 글을 오래 쓸 수도 없었다. 숨겨진 불안감이 나를 사로잡았기 때문이다. 나는 한 시간가량 방 안을 걸어 다녔다. 그런 뒤엔 앉아서 탁자 위에 놓여 있던 월터 스콧의 소설을 펼쳤다. 『스코틀랜드의 청교도들』*이었다. 처음에는 힘들여 읽어야 했지만, 나중에는 그 마법적인 공상 속으로 빠져들었다……. 다음 세상에서 이 스코틀랜드의 방랑시인은 그의 책이 선사했던 매 순간의 즐거움에 대해 보상받지 않을까.

마침내 새벽이 왔다. 신경이 안정됐다. 거울 속에 비친 나를 보았다. 고통스러운 불면의 흔적이 남아 있는 얼굴 위로 흐릿한 창백함이 번져 있었다. 하지만 갈색 그늘이 드리운 눈동자는 오만하고도 완고하게 반짝이고 있었다. 나는 스스로에게 만족했다.

말에 안장을 채우라고 지시한 뒤, 옷을 입고 목욕탕으로 달려 내려갔다. 차갑게 끓는 나르잔 물속으로 잠기자, 몸과 영혼에 되돌아오는 힘이 느껴졌다. 나는 마치 무도회에 갈 채비를 하는 사람처럼, 상쾌해지고 고무되어 목욕탕에서 나왔다. 이런데도 영혼이 육체에 달린 것이 아니란 말인가!

집으로 돌아오자 의사 선생이 와 있었다. 그는 회색 승마용 바지에 짧은 덧옷을 입고 체르케스인들의 모자를 쓰고 있었다. 작은 얼굴이 거대한 털북숭이 모자에 눌려 있는 것을 보자 웃음이 터져 나왔다. 그의 얼굴에서 전투적인 태세라고는 조금도 찾아볼 수 없었지만, 평소보다 우울해 보였다.

"왜 그렇게 슬퍼합니까, 의사 선생!" 나는 그에게 말했다. "다른 세상으로 떠나는 사람들을 백 번을 보면서도 무심해하

* 월터 스콧의 『묘지기 노인』(1816)을 드포콩프레가 번역한 것(1817). 다른 영국 작품들과 마찬가지로 월터 스콧의 작품 역시 러시아에서는 프랑스어로 읽혔다.

지 않았습니까? 제가 담에 열병이 생겼다고 생각해 보세요. 나을 수도 있고 죽을 수도 있겠죠. 두 경우 모두 섭리를 따르는 일일 뿐입니다. 저를 당신도 모르는 불치병에 걸린 환자라고 생각해 보세요. 그럼 아마 호기심이 최고로 발동할걸요. 당신은 저한테서 아주 중요한 생리학적 관찰을 해낼 수 있을 겁니다……. 결국은 폭력적인 죽음을 기대한다는 게 진짜 병이 아닐까요?"

이 생각이 의사 선생에게 감동을 줬고, 그는 기운을 냈다.

우리는 말에 올라탔다. 베르너는 양손으로 단단히 고삐를 쥐었고, 우린 출발했다. 순식간에 요새를 지나 외곽을 달렸고, 계곡으로 들어섰다. 그곳을 따라 난 굽은 길은 키 큰 잔디들로 반쯤 덮여 있었고, 소란한 강물이 이쪽저쪽을 가로막고 있었다. 물을 건널 때 의사 선생은 몹시 당황해했다. 매번 그의 말이 물속에서 멈춰 섰기 때문이다.

나는 그보다 푸르고 상쾌한 아침을 본 적이 없다! 녹색 산의 정상 뒤로 해가 막 떠올랐고, 광선이 지닌 최초의 열기와 사라져 가는 밤의 한기가 섞여 기분 좋은 피로감 같은 것이 되어서 몸속으로 퍼져 갔다. 젊은 날의 즐거운 광선은 아직 계곡 안으로 들어서지는 못한 채, 우리 위로 보이는 절벽의 양 꼭대기만을 금빛으로 칠해 놓고 있었다. 깊은 틈에서 자라나는 빽빽한 잎새 덤불들은 희미하게 불어오는 바람의 숨결 속에서 은빛 빗방울들을 퍼부어 댔다. 바로 그 순간, 내가 그 어떤 날보다도 더 자연을 사랑하고 있었음을 기억한다. 넓은 포도나무 잎 위에서 떨고 있는 이슬 방울방울들이 수백만 가지의 무지갯빛 광선을 비추어 내는 풍경을 얼마나 흥미롭게 관찰했던지! 멀리 몽롱한 곳까지 꿰뚫어 보려 애쓰며, 얼마나 탐욕스러운 시선을 보냈던지! 그곳에서 길은 점점 좁아져 절벽의 풍경은 더욱 푸르고 절묘해지더니, 마침내는 뚫을 수 없는 벽 속으로 섞여 들어간 것 같아 보였다. 우리는 말없이 가고 있었다.

"유언장은 썼습니까?" 베르너가 갑자기 물었다.

"아니요."

"그러다 만약에 죽게 되면 어쩌려고요?"

"제 상속인이 알아서 하겠죠."

"정말로 마지막 작별인사를 보낼 친구들이 없습니까?"

나는 고개를 저었다.

"정말로 기억할 수 있는 뭔가를 남기고 싶은 여자가 이 세상에 단 한 명도 없단 말입니까?"

"의사 선생." 나는 대답했다. "제가 마음을 털어놓길 바라는 겁니까? 보시다시피 전, 사랑하는 사람의 이름을 부르면서 죽어 가거나, 포마드를 발랐든 안 발랐든 자기 머리채를 친구에게 남기는 것 같은 그런 시절의 이야기들은 오래전에 다 지나왔어요. 가까이 와 있을지도 모르는 죽음에 대해 생각한다면, 오직 저 자신에 대해서만 생각하고 있죠. 그것조차 안 하는 사람들도 있잖아요. 내일이면 친구들은 저를 잊어버리거나, 아니면 더 나쁜 경우라면 아무도 진실을 알 수 없을 이야기들로 저를 묶어 놓겠죠. 여자들은 다른 남자들을 품에 안고서 저를 비웃을 겁니다. 죽은 사람을 질투하지 않게 하기 위해서 말입니다. 그러라죠! 인생이라는 폭풍 속에서 저는 몇 가지 생각만을 해 왔습니다. 거기에는 어떤 감정조차 없었어요. 오래전부터 저는 가슴이 아니라 머리로 살아왔습니다. 저는 저 자신의 열정과 행동에 엄격한 호기심의 잣대를 들이대고 그것들의 무게를 달고 분석해 왔지만, 한 번도 그 속에 참여한 적은 없었어요. 제 속에는 두 명의 사람이 있었습니다. 하나는 말 그대로 삶을 살고 있는 사람이고, 다른 하나는 생각해서 그 사람을 판단하는 사람이었죠. 아마도 한 시간쯤 뒤에는 그 첫 번째 사람이 당신과 이 세계를 영원히 떠날 겁니다. 그럼 다른 사람은…… 다른 사람은 어떻게 될까요? 봐요, 의사 선생, 저기 오른쪽 절벽 위에 까만 점 세 개가 보입니까? 제 생각엔 우리의 적들 같은데요?"

우리는 가볍게 달리기 시작했다.

절벽 아래 덤불에는 세 마리의 말이 묶여 있었다. 우리 역시 말들을 그곳에 묶어 두고, 평평한 바위 턱에 이를 때까지 좁은 길을 기어 올라갔다. 그곳에서 그루슈니츠키와 기병 대장과 또 한 명의 입회인이 우리를 기다리고 있었다. 그의 이름과 부칭은 이반 이그나치예비치였다. 성은 듣지 못했다.

"오랫동안 기다리고 있었습니다." 기병 대장이 비웃으며 말했다.

나는 시계를 꺼내 보여 줬다.

그는 그의 시계가 빨랐다면서 사과했다.

잠시 어색한 침묵이 흘렀다. 마침내 의사 선생이 침묵을 깨고 그루슈니츠키에게 말했다.

"제 생각엔, 양쪽 다 기꺼이 싸울 의지를 보여 줬고, 명예를 지키려는 의무를 다한 것 같은데요. 여기 신사분들께서 각자 해명을 하시고 일을 우호적으로 마무리하시면 어떨까요."

"전 좋습니다." 내가 말했다.

기병 대장이 그루슈니츠키에게 눈을 찡긋해 보였다. 그루슈
니츠키는 내가 겁먹었다고 생각했는지 거만한 태도를 취했지
만, 그의 뺨에는 무기력한 창백함이 퍼져 있었다. 그는 그곳에
와서 처음으로 눈을 들어 나를 봤다. 그 시선에서 마음속의
갈등과 싸우는 불안함 같은 것이 보였다.

"당신이 조건을 말씀하세요." 그가 말했다. "그리고 제가 당
신을 위해 할 수 있는 것이 있다면 무엇이든 말씀하시죠. 또
확실히 하셔야 할 것은……."

"제 조건은 이것입니다. 오늘 당장 저에 대한 험담을 공개적
으로 철회하고 사과하세요."

"각하, 어떻게 감히 그런 말씀을 하시는지 놀랍습니다!"

"그럼 이것 말고 제가 해야 할 일은 있나요?"

"우리가 싸우는 거죠."

나는 어깨를 으쓱해 보였다.

"마음대로 하세요. 하지만 생각해 보세요. 우리 둘 중 하나
는 반드시 죽게 될 겁니다."

"제 바람은 당신이 죽는 겁니다……."

"그리고 저는 거꾸로 될 거라고 확신하고 있습니다……."

그는 냉정을 잃고 빨개지더니 억지웃음을 터뜨렸다.

기병 대장이 그의 팔을 잡고 구석으로 갔다. 그들은 오랫동
안 속닥거렸다. 나는 상당히 평온한 마음 상태를 되찾은 후였
지만, 이 모든 일에 슬슬 화가 나기 시작했다.

의사 선생이 내게 왔다.

"잘 들어요." 그가 아주 걱정스럽게 말했다. "저놈들 계획이
뭔지를 잊어버리셨나 보죠? 전 총을 어떻게 장전하는 건지도

모르지만, 이런 경우엔…… 당신은 정말 이상한 사람이에요! 가서 놈들 계획을 알고 있다고 말해요. 그럼 그렇게 하지 못할 겁니다……. 이게 무슨 짓입니까! 저놈들 당신을 새 잡듯이 쏴 버릴 거라고요……"

"제발, 걱정하지 마요, 의사 선생. 두고 보세요……. 저쪽 뜻대로 되지 않게 다 알아서 할 테니까요. 좀 더 쑥덕이게 내버려 두자고요……."

"여러분! 슬슬 지겨워지는군요!" 나는 큰 소리로 말했다. "결투를 할 거면 합시다. 이야기할 시간은 어제도 충분하지 않았습니까……."

"우리는 준비됐습니다." 기병 대장이 대답했다. "신사분들, 시작하시죠! 의사 선생님, 친히 여섯 발자국을 재어 주시겠습니까……."

"시작하시죠!" 이반 이그나치예비치가 갈라지는 목소리로 반복해서 말했다.

"제 말을 들어 주시죠!" 나는 말했다. "조건이 하나 더 있습니다. 우리가 목숨을 내놓고 결투하기로 한 만큼, 이 문제를 비밀에 부치며 입회인들에게 책임이 돌아가지 않도록 최선을 다해야 할 것입니다. 동의하십니까?"

"물론 동의합니다."

"네. 그래서 제 생각은 이렇습니다. 저기 오른쪽에 가파른 절벽의 정상이 있고, 거기에 평평한 땅이 조금 있는 것 보이십니까? 저 낭떠러지는 60미터 정도의 높이입니다. 밑에는 날카로운 바위들이 있고요. 우리 둘이 절벽의 가장자리에 서는 겁니다. 그럼 아주 가벼운 부상도 치명적일 테니까요. 이건 그쪽에서 여섯 발자국이라고 약정했던 의의를 지키는 일입니다. 그럼 부상당한 사람은 반드시 굴러 떨어지게 돼 있고 산산조각이 날 겁니다. 의사 선생님이 총알을 빼내실 테니, 이 갑작스러운 죽음이 잘못 떨어져서 생긴 사고였다고 설명하긴 아주 쉬울 겁니다. 누가 먼저 쏴야 할지를 정하기 위해 제비뽑기를 해야겠네요. 결론을 말씀드리자면, 전 이렇게 하지 않으면 결투를 하지 않겠다는 겁니다."

"그렇게 합시다!" 기병 대장이 그루슈니츠키에게 의미심장한 눈짓을 보내며 말했다. 그는 동의하는 뜻으로 고개를 끄덕여 보였다. 그의 얼굴빛이 매 순간 변하고 있었다. 내가 그를 난감한 상황에 들게 한 것이다. 만약 우리가 통상적인 조건 아래서 결투를 벌였다면, 그는 내 다리를 맞힐 수 있었을 것이고, 그 정도의 가벼운 부상에 만족했을 것이다. 그런 식으로라면 그의 입장도 서고, 스스로의 양심에 크게 찔리지도 않았을 것이다. 그러나 이제는 공중을 향해 방아쇠를 당기든지 혹은 살인자가 되어야 했다. 아니면 비열한 계획을 접고서, 나와 똑같은 위험에 자신을 노출시켜야 했다. 그 순간만큼은 나도 그의 입장이고 싶지 않았다. 그는 기병 대장을 옆으로 데려가서, 뭔가에 대해 열심히 이야기하기 시작했다. 그의 검푸른 입술이 떨리는 것이 보였지만, 기병 대장은 경멸하는 듯한 웃음을 지으며 고개를 돌렸다. "넌 바보야!" 그가 조금 큰 목소리로 그루슈니츠키에게 말했다. "아무것도 이해를 못한다니까! 갑시다, 여러분!"

덤불 사이로는 좁은 길이 벼랑까지 나 있었다. 깨진 바위 덩어리들이 자연산 계단의 위태위태한 한 단 한 단이 되었다. 우리는 덤불을 잡고 기어오르기 시작했다. 그루슈니츠키가 맨 앞에 섰고 그 뒤를 그의 입회인들이 따랐다. 마지막으로 의사 선생과 내가 갔다.

"당신에게 놀랐습니다." 의사 선생이 내 손을 꽉 잡고 말했다. "맥박 한번 봅시다! 오호! 격렬히 뛰고 있네요! 하지만 얼굴엔 아무런 티도 안 납니다⋯⋯. 눈만 평소보다 더 반짝거리고 있다고요."

갑자기 우리의 발치로 작은 돌멩이 하나가 시끄럽게 굴러떨어졌다. 무엇이? 그루슈니츠키가 넘어진 것이었다. 그가 잡았던 가지가 부러지면서, 입회인들이 붙잡아 주지 않았더라면 미끄러져 자빠질 뻔했던 것이다.

"조심하세요!" 나는 그에게 소리쳤다. "미리 떨어지면 안 되죠. 나쁜 전조라고요. 율리우스 카이사르를 생각해 보세요!"

그러고서 우리는 튀어나온 절벽의 꼭대기에 다다랐다. 그곳의 평지는 가는 모래로 덮여 있었다. 마치 결투를 위해 일부러 만들어 놓은 장소 같았다. 사방에는 아침의 금빛 안개에 녹아 사라진 산 정상들의 셀 수 없는 무리가 가득 차 있었고, 남쪽에는 엘보루스 산의 흰 덩치가 솟아올라 있었다. 그것은 얼음이 덮인 다른 산의 정상들로 이어져 있었는데, 이미 동쪽으로부터 불어온 성긴 구름들이 그들 근처를 서성대고 있었다. 나는 평지의 끝으로 가서 아래를 내려다보았다. 머리가 핑 도는 것 같았다. 밑은 무덤처럼 어둡고 추웠다. 폭풍우와 세월에 시달려 온 이끼 낀 암석들의 이빨이 먹이를 기다리고 있었다.

우리가 결투를 벌일 평지는 거의 정삼각형을 이루고 있었다. 구석에 튀어나온 곳으로부터 여섯 발을 잰 뒤에, 먼저 적의 총을 맞는 쪽이 낭떠러지를 등지고 그곳에 서기로 결정했다. 원칙은 그가 죽지 않는다면 장소를 바꾸는 것이었다.

나는 그루슈니츠키에게 모든 우선권을 주기로 했다. 그를 시험해 보고 싶었던 것이다. 그의 영혼에서 아량의 불꽃이 생겨날지도 모르는 일이었다. 그럼 모든 일은 최상의 결과로 이어질 것이었다. 그러나 자존심과 나약한 성격은 승리하기 마련인 것이니…… 운명이 허락한다면, 그를 용서하지 않아도 되는 권리를 충분히 누릴 수 있길 빌었다. 양심 있는 자라고 해서 이와 같은 결론을 내리지 않을 사람이 어디 있을까?

"동전을 던지세요, 의사 선생!" 기병 대장이 말했다.

의사 선생은 주머니에서 은화를 꺼내 들어 보였다.

"뒷면!" 그루슈니츠키가 갑자기 어디를 찔리기라도 한 사람처럼 급히 외쳤다.

"앞면!" 내가 말했다.

동전은 떠올라 짤랑하는 소리와 함께 떨어졌다. 모두들 그것을 향해 달려갔다.

"운이 좋군요." 나는 그루슈니츠키에게 말했다. "당신이 먼저 쏘겠네요! 하지만 기억해 두세요. 당신이 절 죽이지 않으면, 전 실수하지 않을 겁니다. 제 명예를 걸고 맹세하죠."

그의 얼굴이 붉어졌다. 그는 무방비 상태의 사람을 죽인다는 것을 부끄러워하고 있었다. 나는 그를 주의 깊게 살펴보았다. 순간 그가 내 발치에 쓰러져 용서를 구할 것처럼 보였다. 하지만 그처럼 형편없는 계획을 어떻게 털어놓을 수 있었겠는가…… 그에게는 한 가지 방법만이 남아 있었다. 그것은 공중에 대고 총을 쏘는 것이었다. 나는 그가 공중에 대고 쏠 것이라고 확신하고 있었다! 여기에는 단 한 가지 방해 요소만이 남아 있었다. 그것은 내가 다시 한 번 결투를 신청할 것이라는 생각이었다.

"지금입니다!" 의사 선생이 내 소매를 잡고 속삭였다. "우리가 저들의 계획을 알고 있다고 말하지 않으면 모든 게 끝입니다. 봐요. 벌써 장전하고 있잖아요……. 당신이 말을 안 하면 저라도……."

"절대로 안 돼요, 의사 선생!" 나는 그의 팔을 잡으며 대답했다. "다 망치려고 그러는 겁니까? 끼어들지 않겠다고 약속했잖아요……. 이 일이 당신과 무슨 상관입니까? 아마 저는 죽고 싶어 하는 건지도 모르죠……."

그가 놀란 눈빛으로 나를 보았다.

"아, 그렇다면 다르죠! 다음 세상에서 저한테 불평이나 하지 마세요……."

그러는 동안에 기병 대장은 총을 장전했다. 그는 총을 그루슈니츠키에게 넘겨주며 뭐라 속삭였고 미소를 지었다. 다른 총은 내게 주었다.

나는 평지의 구석으로 가서 왼쪽 발로 바위를 단단히 버티고 선 채 앞으로 살짝 몸을 기울였다. 가벼운 부상을 당했을 때 굴러 떨어지지 않기 위해서였다.

그루슈니츠키는 내 반대편에 서서 신호를 받은 뒤에 총구를 올렸다. 그의 무릎이 흔들거렸다. 그는 내 이마를 똑바로 겨냥했다……

형언할 수 없이 격한 분노가 내 가슴속에서 타올랐다.

갑자기 그가 총구를 낮추더니, 백지장처럼 하얗게 질려서 그의 입회인에게로 몸을 돌렸다.

"못하겠어." 그가 힘없는 목소리로 말했다.

"겁쟁이!" 기병 대장이 답했다.

총이 발사됐다. 총알은 내 무릎을 스쳐 지나갔다. 무의식중에 가능한 한 끝에서 멀어지기 위해 앞으로 몇 발짝 걸어 나왔다.

"어쨌든, 나의 친구 그루슈니츠키. 빗나간 걸 안타깝게 생각한다!" 기병 대장이 말했다. "이제 네 차례야. 자리를 잡아! 먼저 날 안아 줘. 우리 다시 못 볼지도 모르니까!" 그들이 포옹했다. 기병 대장은 웃음을 참기 힘들어했다. "무서워하지 마." 그가 그루슈니츠키에게 교활한 눈짓을 보내며 덧붙였다. "지상에선 모든 것이 무의미한 거야! 자연은 우둔한 것, 운명은 불운한 것, 인생은 무일푼인 것!"

그는 적당히 위엄 있는 태도로 이 비극적인 문구를 끝마친 후에 제자리로 물러섰다. 이반 이그나치예비치 역시 눈물을 흘리며 그루슈니츠키를 포옹했다. 그리고 이제 그는 홀로 나와 마주 서 있었다. 난 오늘날까지도, 그 당시에 내 가슴속에서 끓고 있던 감정의 실체가 무엇이었는지를 설명해 보려 애쓰고 있다. 그것은 상처 입은 자존심으로 인한 고통, 경멸, 그리고 그처럼 확신에 차서 조용히 거만하게 나를 바라보고 있는 이 남자가, 바로 이 분 전에 스스로는 아무런 위험도 느끼지 않으면서 나를 개처럼 죽이려 했다는 생각에서 비롯된 악의였다. 만약 내가 조금만 더 심하게 다리를 다쳤더라면 분명 절벽 아래로 떨어졌을 것이다.

한동안 그의 얼굴을 뚫어져라 쳐다보고 있었다. 조금이라도 후회하는 기색을 찾아보려 하면서. 그러나 그는 마치 미소를 짓고 있는 것처럼 보였다.

"죽기 전에 기도나 하시죠." 그때 나는 그에게 이렇게 말했다.

"제 영혼보다 당신 것이나 걱정하시죠. 부탁할 건 한 가지뿐입니다. 빨리 쏘세요."

"그럼 당신의 험담을 취소하지 않는 겁니까? 용서를 구하지 않을 겁니까? 잘 생각해 보세요. 양심에 찔리지도 않습니까?"

"페초린 씨!" 기병 대장이 소리쳤다. "당신은 여기 고백을 듣기 위해 와 있는 것이 아닙니다. 제 말을 들어 주세요……. 빨리 끝내죠. 안 그러면 누군가 계곡을 지나다 우릴 볼지도 몰라요."

"알겠습니다. 의사 선생. 이리로 와 주세요."

의사 선생이 왔다. 불쌍한 의사 선생! 그는 십 분 전의 그루슈니츠키보다도 더 창백한 모습이었다.

나는 일부러 다음과 같은 말을 큰 소리로 또박또박 떼어서 말했다. 마치 사형 선고를 내리는 것처럼.

"의사 선생, 틀림없이 이 신사분들이 서두르다 보니 내 총에 총알 넣는 걸 잊어버렸나 봅니다. 부탁인데 다시 장전해 주세요. 잘요!"

"그럴 리가 없어요!" 기병 대장이 소리쳤다. "그럴 리가 없습니다! 전 총 두 자루를 다 장전했습니다. 아마 총알이 흘렀나보죠……. 제 잘못이 아닙니다! 그리고 당신에겐 재장전할 권리가 없습니다……. 어떤 권리도 없는 거죠. 규칙을 완전히 깨는 거니까요. 제가 허락하지 않겠습니다."

"좋습니다!" 나는 기병 대장에게 말했다. "그럼 당신과 제가 똑같은 조건에서 결투하죠……."

그가 주춤했다.

그루슈니츠키는 당혹스럽고 고통스러운 듯, 고개를 가슴에 묻고 서 있었다.

"내버려 둬!" 마침내 의사 선생의 손에서 내 총을 빼앗아 가려고 하는 기병 대장에게 그가 말했다……. "저들이 옳다는 걸 잘 알잖아."

기병 대장이 여러 가지 신호를 보냈지만 아무런 소용이 없었다. 그루슈니츠키는 쳐다보지도 않았던 것이다.

그러는 동안에 의사 선생이 총을 장전해서 건네주었다.

이것을 지켜보던 기병 대장은 침을 뱉으며 발을 굴렀다.

"친구, 넌 바보야!" 그가 말했다. "형편없는 바보야! 일단 나를 믿었으면 끝까지 내 말을 따랐어야지……. 자업자득이야! 파리처럼 죽으라고……." 그는 돌아서서 걸어 나가며 중얼거렸다. "하지만 이건 분명 규칙에 어긋나는 거라고."

"그루슈니츠키!" 내가 말했다. "아직 시간이 있어. 네 험담을 취소하면 다 용서해 줄게. 나를 바보로 만들려던 건 실패했고, 그래서 내 자존심은 세워졌어. 기억해 봐. 우린 한때 친구였잖아……."

그의 얼굴에서 불꽃이 타오르며 두 눈이 빛났다.

"쏘시죠!" 그가 대답했다. "저는 저 자신을 경멸하며 당신을 증오합니다. 만약 당신이 절 죽이지 않으면 어두운 골짜기에서 당신의 목을 딸 겁니다. 이 세상에서 우리 둘이 함께 살아갈 수는 없어……."

나는 총을 쐈다…….

연기가 흩어졌을 때, 그루슈니츠키는 그곳에 없었다. 단지 기둥 모양의 옅은 먼지만이 낭떠러지 끝에서 올라오고 있었다.

모두들 한 목소리로 비명을 질렀다.

"코미디는 끝났다!" 나는 의사 선생에게 말했다.

그는 대답 없이 공포에 질려 몸을 돌렸다.

나는 어깨를 으쓱해 보였고, 떠날 때 그루슈니츠키의 입회인들에게 고개를 숙여 인사했다.

내려오는 길에, 절벽의 갈라진 틈에서 피에 젖은 그루슈니츠키의 몸이 보였다. 나도 모르게 눈을 감았다…….

묶어 놓은 말을 풀어 집을 향해 걷기 시작했다. 돌덩이가 가슴을 짓누르고 있었다. 태양은 빛을 잃은 것 같아 보였다. 그 광선도 나를 덥히지는 못했다.

마을 외곽에 다다르기 전에 오른쪽으로 방향을 돌려 계곡을 내려갔다. 한 사람이라도 보게 된다면 힘겨울 것 같았다. 혼자 있고 싶었다. 고삐를 느슨히 쥐고 고개를 가슴에 묻은 채로 오랫동안 말을 탔다. 그러다 결국 전혀 모르는 곳에 와 있다는 걸 깨달았다. 말을 돌려 길을 찾기 시작했다. 완전히 지친 말 위에서 나가떨어져 키슬로보드스크에 도착했을 때엔 태양이 이미 저물어 있었다.

시종이 베르너가 왔었다고 말하며 두 통의 편지를 건넸다. 하나는 그로부터 온 것이었고 다른 하나는…… 베라의 것이었다.

나는 처음 것을 뜯었다. 다음과 같은 이야기였다.

"모든 일이 가능한 한 잘 처리됐습니다. 시체는 손상된 채로 가져왔고, 가슴에서 총알을 빼냈습니다. 모두들 그가 사고로 죽었다고 생각하고 있습니다. 당신들의 결투에 대해 알고 있었던 것 같은 사령관만이 고개를 저었지만, 아무 말도 하지 않았습니다. 당신에게 해가 될 만한 증거는 없으니 편히 잘 수 있을 겁니다……. 그럴 수 있다면 말입니다……. 그럼 안녕히……."

오랫동안 나는 두 번째 편지를 열어 볼 수 없었다……. 그녀가 내게 편지로 할 만한 말이 뭐가 있을까? 무거운 예감이 내 영혼을 동요시켰다.

그 낱말들 하나하나가 지울 수 없는 기억으로 새겨져 있는 편지는 다음과 같은 것이었다.

"우리가 절대로 다시 만나지 않으리라는 확신을 가지고 이 편지를 써. 당신을 떠나던 몇 년 전에도 똑같은 생각을 했지만, 하늘은 나를 또 한 번 시험에 들게 했어. 나는 이 시험을 이겨 낼 수 없었고, 내 나약한 심장은 다시 친숙한 목소리를 따르게 됐지……. 그렇다고 해서 당신이 나를 경멸하지는 않겠지. 그렇지? 이 편지는 작별 인사이기도 하고 고백이기도 해. 내 가슴이 당신을 사랑했던 이래로 쌓아 왔던 모든 말을 해야겠다는 생각이 들어. 당신을 비난하지는 않을 거야. 당신은 여느 남자들이 하는 것처럼 나를 대했어. 나를 당신의 소유물로, 기쁨과 흥분과 슬픔의 원천으로 사랑했지. 이런 감정들은 서로서로 바뀌는 것이었겠고, 이것들이 없었다면 삶은 지루하고 단조로운 것이었겠지. 처음부터 그렇다는 걸 알았지만…… 당신이 불행했기 때문에 나 자신을 희생했어. 언젠가는 당신이 내 희생의 가치를 알아줄 거라고 생각하면서. 언젠가는 그 어떤 상황에도 변함이 없이 깊은 나의 애정을 당신이 알아줄 거라고 생각하면서. 그렇게 많은 시간이 흘렀어. 나는 당신의 영혼 속 모든 비밀을 꿰뚫어 봤어…….. 그리고 내 희망이 헛된 것이었다는 걸 깨달았어. 그래서 정말 슬펐어! 하지만 내 영혼으로부터 자라난 사랑은 거대해졌어. 그것은 점점 어두워져서, 그곳에 머물러 있었어.

우리, 영원히 헤어져. 하지만 내가 다른 누구도 사랑하지 못할 거라는 걸 당신은 알 거야. 내 영혼은 당신에게 소중한 모든 것들을, 눈물과 희망을 쏟아부었어. 일단 당신을 사랑하게 된 여자라면, 다른 남자들을 경멸하지 않을 수 없게 돼. 당신이 그들보다 잘나서가 아니야. 그건 아니지! 당신의 천성에 뭔가 특별한 점이 있기 때문이야. 당신만이 가지고 있는 거만하고도 신비로운 무엇이지. 당신이 무슨 말을 하건 당신 목소리에는 거역할 수 없는 힘이 있어. 그 누구도 당신처럼 그렇게 끊임없이 사랑받길 원할 수는 없을 거야. 그 누구의 악도 당신의 것처럼 매력적일 수는 없을 거야. 당신 것만큼 행복을 약속하는 눈빛은 없을 거야. 당신처럼 스스로의 이점을 잘 이용하는 사람은 없을 거야. 당신처럼 정말로 불행한 사람도 없을 거야. 왜냐하면 누구도 스스로에게 반대의 것을 확신시키기 위해 그처럼 힘들게 애쓰지는 않을 테니까.

이젠 내가 급히 떠나는 이유를 설명해야겠어. 나에게만 관련된 문제니까, 당신에겐 별로 중요한 일이 아닐 거야.

오늘 아침에 남편이 와서 당신과 그루슈니츠키 사이에 있었던 결투에 대해 말해 줬어. 분명 내 얼굴빛이 너무 달라졌나 봐. 남편이 내 눈을 한참 동안 뚫어져라 쳐다봤거든. 당신이 오늘 결투를 했고 내가 그 원인일 거라는 생각에 거의 기절하기 직전이었어. 미치는 줄 알았어……. 하지만 이제는 정신이 들었고, 당신이 죽지 않았을 거라는 확신이 들어. 나를 두고 당신이 죽다니, 그런 일은 없을 거야, 절대로! 남편은 오랫동안 방 안을 서성댔어. 그 사람이 무슨 말을 하고 있었는지는 모르겠어. 내가 뭐라고 대답했는지도 기억이 안 나⋯⋯. 아마 내가 당신을 사랑한다고 말했나 봐⋯⋯. 우리 얘기가 끝날 즈음에 그 사람이 나한테 욕설을 해 대면서 밖으로 나가 버렸던 것만 기억이 나거든. 그리고 마차를 준비하라고 명령하는 소리를 들었어⋯⋯. 나는 지금 당신이 돌아오길 기다리면서 세 시간째 창가에 앉아 있어⋯⋯. 하지만 당신은 살아 있을 거야. 당신이 죽을 리는 없어! 마차가 거의 준비됐나 봐⋯⋯. 안녕. 안녕⋯⋯. 난 끝났어. 하지만 무슨 상관이야? 당신이 언제나 나를 기억해 줄 거라고 믿을 수만 있다면. 사랑해 달라고 말하지는 않을게. 다만 기억해 줘⋯⋯. 안녕. 누군가가 오고 있어⋯⋯. 편지를 숨겨야겠어⋯⋯.

당신은 메리를 사랑하지 않은 거지? 그 여자와 결혼할 거 아니지? 잘 들어. 당신은 그 희생을 나를 위해 치렀어야 했어. 왜냐하면 당신 때문에 나는 세상의 모든 것을 다 잃었으니까⋯⋯.”

나는 미친 사람처럼 현관으로 뛰어나가 마당을 걷고 있던 내 체르케스산(產) 말에 올라탔다. 그리고 퍄치고르스크로 향하는 길을 따라 전속력으로 내달렸다. 나는 지친 말을 무자비하게 몰아 갔다. 말은 콧김을 내뿜고 거품을 가득 물면서 돌투성이 길을 따라 달렸다. 이내 태양은 서쪽 산등성이 위에 머물러 있던 검은 구름 속으로 숨었고, 계곡은 어두워지며 습해져 갔다. 돌 사이를 흘러가는 포드쿠모크 강은 둔탁하고 단조로운 소리로 으르렁댔다. 나는 급한 마음에 숨도 쉬지 못하고 달렸다. 퍄치고르스크에 다다라도 그녀를 잡을 수 없을지 모른다는 생각이 쇠망치처럼 내 심장을 때렸다! 일 분만이라도 볼 수 있길. 일 분만이라도. 그래서 작별인사를 하고, 그녀의 손을 잡고……. 나는 기도했고, 저주했고, 울고, 웃었다……. 아니, 세상 그 어떤 말로도 나의 불안과 절망을 표현할 수는 없었다! 베라를 영원히 잃을지도 모른다는 생각이 들자, 그녀가 세상 그 어떤 것보다도 값진 것처럼 느껴졌다. 삶과 명예와 행복보다도 더 값진 것! 내 머릿속에 어떤 기괴하고 정신 나간 계획들이 들끓고 있었는지는 아무도 모른다……. 그러는 동안에 계속해서 무자비하게 말을 몰아 갔고, 곧 말의 숨이 점점 더 가빠 온다는 것을 알아차렸다. 한두 번쯤 말이 평평한 땅 위에서 넘어졌다……. 말을 바꿀 수 있는 카자크들의 마을인 예센투크까지는 5킬로미터 정도가 더 남아 있었다.

만약에 내 말이 십 분만 더 버텨 주었더라면, 나는 모든 것을 해낼 수 있었을 것이다! 그러나 산에서 나오던 길 작은 협곡에서 올라와 급회전하던 모퉁이에서, 말은 갑자기 쓰러져 버렸다. 나는 재빨리 튀어 올라서 말을 일으키려고 고삐를 세게 당겼지만 소용없었다. 말의 꽉 다문 이빨 사이로 희미한 신음 소리가 새어 나왔다. 그리고 몇 분 후에는 죽었다. 나는 홀로 초원에 남아 있었다. 내 마지막 희망이 사라진 것이었다. 걸어서 가 보려고 했지만 다리가 말을 듣지 않았다. 나는 그날 하루와 불면의 밤들이 가져다준 흥분 상태에 지쳐서, 젖은 풀들 위로 쓰러져 어린아이처럼 울기 시작했다.

그렇게 오랫동안을 꼼짝 않고 누워 서럽게 울어 댔던 것이다. 눈물과 흐느낌을 삼키려 하지 않으면서. 나는 내 가슴이 불타 버릴 거라고 생각했다. 나의 모든 단호함과 냉정함은 연기처럼 사라져 버리고 없었다. 영혼은 시들고 이성은 침묵했다. 만약 그때 누군가가 나를 보았더라면, 경멸하는 눈빛으로 돌아섰을 것이다.

밤이슬과 산바람이 타들어 가는 듯한 머리를 식혀 놓을 즈음에, 평상시처럼 논리적인 생각들을 하기 시작했다. 나는 사라진 행복을 좇는 것은 무익하고 무의미한 일이라는 걸 깨달았다. 아직도 내게 무엇이 더 필요한가? 그녀를 보는 것? 왜? 우리 사이의 모든 일은 끝난 것이 아니었나? 어떤 고통스러운 작별의 입맞춤도 내 기억들을 부풀려 놓지는 못할 것이다. 그런 뒤에는 헤어지는 것만 더 힘들어질 뿐이다.

그러나 내가 울 수 있다는 사실에는 기뻤다! 아마도 흥분한 신경, 불면의 밤, 총구와 마주 섰던 이 분의 시간, 빈 위장이 원인인 것 같았다.

모든 것이 최적의 상태였다! 군대식으로 말하자면, 새로운 고통이 내 안에서 행운의 견제 공격을 펼치고 있었다. 눈물은 건강에 좋은 것이었다. 그리고 내가 말을 달리지 않았더라면, 그래서 다시 집으로 16킬로미터 정도를 걸어와야 하지 않았더라면, 아마 그날 밤엔 눈도 붙이지 못했을 것이다.

나는 새벽 5시에 키슬로보드스크에 도착해서 침대로 뛰어들었고, 워털루 전쟁을 치르고 온 나폴레옹처럼 잠을 잤다.

깨어났을 때 밖은 이미 어두웠다. 실내복의 단추도 풀지 않고 열린 창가에 앉았다. 산바람이 무거운 잠에 지쳐 피로를 채 풀지 못한 가슴을 식혀 주었다. 멀리 강 건너편에, 울창한 보리수나무들의 꼭대기와 그 그림자들의 너머로, 요새와 외곽 건물들의 불빛이 깜박거렸다. 집 주위의 모든 것은 조용했다. 공작부인의 집은 어둠 속에 잠겨 있었다.

의사 선생이 왔다. 그는 미간을 찌푸리고 있었다. 늘 해 오던 악수를 청하지도 않았다.

"어디서 오는 길입니까, 의사 선생?"

"리고프스카야 공작부인 댁에서요. 딸이 아파요. 신경증적 발작입니다……. 하지만 문제는 그게 아니고 이겁니다. 당국에서 의심하고 있어요. 증거가 될 만한 걸 찾을 수는 없겠지만, 조심하는 게 좋을 겁니다. 오늘 공작부인은 당신이 자기 딸 때문에 결투를 했다는 걸 알고 있다고 하더군요. 그 늙은이한테서 들었다던데요…… 그 사람 이름이 대체 뭐였더라? 그 사람이 레스토랑에서 당신과 그루슈니츠키가 다투는 걸 봤대요. 경고하려고 온 겁니다. 그럼 가 보겠습니다. 아마 우린 다시는 못 볼 것 같군요. 당신은 어디 다른 곳으로 보내질 겁니다."

그는 문지방에서 멈추어 섰다. 나와 악수를 하고 싶었던 것이다……. 그리고 만약 내가 조금이라도 그러고 싶은 낌새를 보였더라면, 나를 껴안았을 것이다. 그러나 나는 돌처럼 차갑게 서 있었다. 그렇게 그가 떠났다.

이런 게 사람이다! 사람들은 다 똑같다. 어떤 행동의 나쁜 점에 대해 이미 다 알면서도 당신을 돕고, 당신에게 충고하고, 심지어 그런 행동에 찬성하기까지 한다. 다른 방식은 불가능하다고 생각하면서. 그러나 나중에는 발뺌을 하며, 모든 책임을 짊어질 용기가 있는 사람으로부터 분에 찬 모습으로 떠나 버린다. 사람들은 다 그렇다. 심지어 아주 선량하고 똑똑한 사람들까지도!

N 요새로 출발하라는 명령을 당국으로부터 전달받은 다음 날 아침, 공작부인 집에 작별인사를 하러 들렀다.

그녀는 특별히 중요한 할 말이 없느냐는 자신의 질문에, 내가 행복을 빈다는 등의 말로 답하자 놀라워했다.

"저에겐 아주 중요한 할 말이 있어요."

나는 말없이 자리에 앉았다.

그녀는 어떻게 말을 시작해야 할지를 모르는 것이 분명했다. 그녀의 얼굴이 자줏빛이 되었다. 포동포동한 손가락들로 탁자를 두드리고 있었다. 마침내 그녀가 더듬더듬 말하기 시작했다.

"이봐요, 페초린 씨. 저는 당신이 고결한 사람이라고 생각해요."

나는 고개를 숙여 답례했다.

"심지어는." 그녀는 말을 이어 나갔다. "당신의 행동이 다소 모호한 것일지라도 말이죠. 아마도 제가 모르는 이유가 있을 것이고, 그 이유를 이제는 저에게 털어놓으셔야 해요. 당신은 제 딸을 비방으로부터 지켜 줬고, 그 애를 위해 결투를 했죠. 결국 당신의 목숨을 걸었던 거예요……. 아무 말씀도 하지 마세요. 당신이 아니라고 할 거라는 걸 알아요. 왜냐하면 그루슈니츠키 씨가 죽었기 때문이죠.(그녀는 성호를 그었다.) 하느님이 그를 용서하실 거예요. 그리고 당신도 용서하시길! 전 그런 일들을 문제 삼지 않아요. 감히 당신을 비난할 수도 없어요. 왜냐하면 순진해서긴 하지만 제 딸이 그 일의 원인이었기 때문이죠. 그 아이가 제게 모든 걸 얘기했어요……. 제 생각엔 모든 걸요. 당신이 그 애에게 사랑을 표현했죠……. 그 애도 당신을 사랑한다고 고백했어요.(이쯤에서 그녀는 무거운 한숨을 쉬었다.) 하지만 그 애가 아파요. 그리고 제 생각엔 분명 평범한 병이 아닌 것 같아요! 은밀한 슬픔이 그 애를 죽이고 있어요. 그 앤 아니라고 하지만, 전 분명 당신 때문이라고 생각해요……. 이보세요, 아마 당신은 제가 지위라든지 엄청난 부를 구하고 있다고 생각하겠죠. 그런 생각 하지 마세요! 제가 바라는 것은 딸의 행복뿐이에요. 당신의 현재 위치가 대단한 건 아니지만, 나아질 수 있잖아요. 당신은 재력이 있는 분이에요. 제 딸이 당신을 사랑해요. 그 애는 남편을 행복하게 해 줄 수 있게 교육받고 자랐어요. 저는 부유하고, 그 애는 제 유일한 자식이에요……. 말씀해 보세요. 왜 망설이죠? 물론 제가 이런 얘길 다 해서는 안 되겠지만, 하지만 당신의 마음에, 당신의 명예심에 드리는 말씀이에요. 생각해 보세요. 제겐 딸이 하나뿐이에요……. 하나라고요…….”

그녀가 울기 시작했다.

“공작부인, 부인께 말씀드릴 수는 없습니다. 따님과 단둘이 얘기하게 해 주세요…….”

“절대로 안 돼요!” 그녀가 몹시 흥분해서 의자에서 튀어 오르며 소리쳤다.

“잘 알겠습니다.” 나는 갈 채비를 하며 답했다.

그녀는 잠시 생각한 뒤에 내게 기다리라는 손짓을 하더니 방을 나갔다.

오 분쯤 지나자 심장이 세차게 뛰기 시작했다. 그러나 생각은 차분했고, 머리는 차가웠다. 가슴속에서 예쁜 메리를 향한 사랑의 불꽃을 찾아보려 애를 써 봤지만 소용없었다.

곧 문이 열리고 그녀가 들어왔다. 하느님 맙소사! 마지막으로 그녀를 봤을 때와 얼마나 딴판이던지. 그렇게 오랜 시간이 흘렀던 걸까?

방 가운데로 와서 그녀는 휘청거렸다. 나는 벌떡 일어나 그녀를 부축해서 안락의자에 앉게 했다.

나는 그녀를 마주 보고 서 있었다. 오랫동안 우리는 말이 없었다. 형언할 수 없는 슬픔으로 가득 찬 그녀의 커다란 눈망울은 내 눈 속에서 희망 같은 무엇을 찾고 있는 듯했다. 그녀의 창백한 입술이 미소를 지어 보려 했지만 헛수고였다. 무릎 위에 포개어 놓은 연약한 손은 너무도 가늘고 투명한 것이어서 안쓰럽게 느껴졌다.

"공녀님, 제가 당신을 희롱한 것 아시죠? 당신은 저를 경멸해야 합니다."

그녀의 두 뺨이 열에 들뜬 장밋빛으로 물들었다.

나는 계속해서 말했다.

"그래서 당신은 저를 사랑할 수 없습니다⋯⋯."

그녀는 고개를 돌리더니 팔꿈치를 탁자에 올리며 두 손으로 눈을 가렸다. 그 속에서 반짝이는 눈물을 본 것 같았다.

"아, 하느님!" 그녀가 거의 들리지 않는 소리로 중얼거렸다.

점점 견디기 힘들어졌다. 일 분만 더 있었더라면 그녀의 발 아래로 쓰러져 버렸을 것이다.

"그러니 아시겠죠." 나는 될 수 있는 한 단호한 목소리로 거짓 웃음을 지으며 말했다. "제가 당신과 결혼할 수 없다는 걸 아실 겁니다. 지금은 당신 마음이 그렇다고 해도 곧 후회하게 될 겁니다. 당신의 어머니와 이야기를 해 보니, 당신에겐 아주 솔직하게 거침없이 터놓고 얘기해야 되겠더군요. 어머니께서는 오해하신 채로 계시길 빕니다. 당신에겐 그분을 속이는 게 편할 거예요. 아시겠습니까. 저는 가장 비참하고 얄미운 역할을 하고 있습니다. 그것마저도 인정하죠. 이것이 제가 당신을 위해 할 수 있는 전부입니다. 당신이 저를 아무리 형편없이 보시더라도 받아들이겠습니다…… 분명, 저는 당신에게 비열한 사람입니다. 당신이 저를 사랑했다고 해도, 지금 이 순간부터는 경멸하게 되지 않을까요?"

그녀는 대리석처럼 하얗게 질려서 나를 보았다. 그녀의 눈동자만이 아름답게 빛났다.

"당신을 증오해요……." 그녀가 말했다.

나는 그녀에게 감사의 말을 전하고, 공손히 고개 숙여 인사한 뒤 그곳을 떠났다.

한 시간 뒤, 특급 마차에 몸을 싣고 키슬로보드스크를 떠났다. 예센투크에 다다르기 몇 킬로미터 전에는 길가에 있던 내 명마의 사체를 발견했다. 아마도 길을 지나던 어느 카자크가 가져갔는지 안장은 보이지 않았고, 대신 까마귀 두 마리가 죽은 짐승의 등에 앉아 있었다. 나는 한숨을 쉬며 고개를 돌렸다……

그리고 지금 이곳, 이 지루한 요새에서 종종 과거 생각의 기록들을 훑어보면서, 스스로에게 묻곤 한다. 왜 그 길을 따라가지 않았는지를. 운명이 나에게 열어 줬던 길, 조용한 기쁨과 마음의 평화가 기다리던 길을…… 아니, 난 그러한 길에는 머물지 못했을 것이다! 나는 해적선의 갑판에서 낳아 길러진 항해사와도 같다. 그의 영혼은 폭풍우와 전쟁에 길들여져서, 해변 위에 던져 놓으면 지루함과 갑갑함을 느낀다. 그늘진 과수원이 그를 유혹한다 해도, 평화로운 태양이 그를 비춘다 해도 소용없다. 그는 종일 해변의 모래사장으로 나와 파도의 단조로운 중얼댐에 귀를 기울이고, 멀리 안개가 자욱한 곳을 응시할 것이다. 저 회색 조각구름으로부터 푸른 심해를 갈라놓는 창백한 수평선 위로, 그리운 돛대가 가물가물 보이지는 않는지. 처음에는 바다 갈매기의 날개 같지만, 서서히 부서지는 파도의 거품으로부터 떨어져 나오더니 평온한 달음으로 황폐한 부두까지 다가서려 하는 그…….

숙명론자

한번은 좌익 부대에 있는 카자크 마을에서 두 주를 보낸 적이 있다. 보병 대대가 그곳에 있었다. 장교들은 저녁마다 돌아가며 저마다의 숙소에 모여 카드놀이를 했다.

하루는 S 소령의 집에서 보스턴 게임을 하다 질려 카드를 탁자 아래로 던져 버렸는데, 그러고서도 아주 오랫동안 머물렀다. 관습에서 벗어난 대화는 즐거웠다. 사람의 운명이 천국에 기록되어 있다고 믿는 이슬람교도 같은 사람들이 우리 기독교도 중에도 많이 있다는 내용의 토론이 벌어졌다. 모두들 이에 동의하거나 반박하면서 여러 가지 특별한 사건들에 대해 이야기했다.

"이런 이야기들로는 아무것도 증명이 안 됩니다, 여러분." 나이 든 소령이 말했다. "정말 이 중에 자신의 견해를 확증시켜 줄 만큼 기묘한 경우를 직접 목격한 사람이 없습니까?"

"물론 없습니다." 여럿이 말했다. "하지만 믿을 만한 사람들에게서 들었습니다……."

"헛소리예요!" 누군가 말했다. "우리가 죽을 날짜들이 적힌 두루마리를 봤다는 바로 그 믿을 만한 사람들은 다 어디로 갔습니까? 그리고 만약 피할 수 없는 운명이라는 게 정말로 있다면 우리에게 자유의지와 이성은 왜 주어진 것이며, 왜 우리가 스스로의 행동에 대해서 생각을 해야 하겠습니까?"

그 순간 방구석에 있던 장교 한 명이 일어나 천천히 탁자로 다가왔다. 그는 고요하고 엄숙한 시선으로 모두를 둘러봤다. 그의 이름을 보면 세르비아인인 것이 분명했다.

불리치 중위의 생김새는 제 성격을 그대로 드러내는 것이었다. 큰 키에 가무잡잡한 피부와 검은 머리카락, 쏘아보는 듯한 검은 눈동자, 크지만 균형 잡힌 코는 그 나라 사람들의 특색이었으며, 입가에는 늘 슬프고 싸늘한 미소가 머물러 있었다. 이 모든 것이 그에게 특별한 존재라는 분위기를 주었다. 운명이 그의 동료로 선사한 사람들과는 생각이나 감정을 나눌 수 없는 존재 말이다.

그는 용감했고, 말수는 적었지만 신랄했다. 누구에게도 자신의 영혼이나 가족의 비밀에 대해 털어놓은 적이 없었다. 포도주는 거의 마시지 않았다. 카자크 마을의 소녀들에게 치근댄 적도 없었다. 그들을 본 적이 없다면 그 매력은 상상하기도 힘든 것이다. 그럼에도 대령의 부인이 의미심장한 그의 눈빛에 관심 있어 한다는 소문이 있었다. 그러나 누군가 슬쩍 떠보기라도 하면 그는 몹시 화를 냈다.

그가 감추지 않는 단 하나의 열정이 있었으니, 그것은 도박에의 열정이었다. 녹색 탁자에 앉기만 하면 그는 모든 것을 잊었고, 대체로 잃었다. 그러나 계속되는 불운은 그의 고집만 더하게 할 뿐이었다. 다음은 원정 중이던 어느 날 밤, 잠자리에서 카드를 돌리던 중에 벌어진 일이라고 한다. 그는 엄청나게 운을 타던 중이었다. 갑자기 총소리가 들리고 경보가 울렸다. 모두들 일어나 무기를 잡으러 뛰어갔다. "판돈 걸어!" 불리치가 앉은 자리에서 그대로 열정적인 도박꾼 중 한 명에게 소리쳤다. "칠에 걸게." 그가 뛰어나가면서 대답했다. 모두들 혼란스러운 가운데에도 불리치는 혼자 남아 계속해서 패를 돌렸다.

그가 전선에 다다랐을 때엔 이미 격렬한 사격 중이었다. 불리치는 체첸인들의 총알이나 칼부림에도 무관심했다. 그는 행운의 도박꾼을 찾고 있었던 것이다.

"칠이었어." 마침내 전선에서 그를 발견한 불리치가 외쳤다. 그때 그는 숲에서 나오는 적들을 공격하는 중이었다. 불리치는 가까이 다가가서, 돈주머니와 지갑을 꺼내 행운의 사내에게 액수를 지불했다. 이곳은 돈을 받기에 적당한 장소가 아니라고 항의했지만 소용없었다. 그리고 이 불쾌한 의무를 다한 뒤에는 병사들을 데리고 앞으로 달려 나가, 교전이 끝날 때까지 아주 냉정하게 체첸인들과 총알을 주고받았다고 한다.

불리치 중위가 탁자로 다가서자 모두들 조용해졌다. 그에게서 뭔가 괴상한 묘기를 기대했던 것이다.

"여러분!" 그가 말했다.(평상시보다 조금 낮았던 그의 목소리는 편안했다.) "여러분! 공허한 논쟁이 무슨 소용 있습니까? 증거를 원하십니까? 사람이 제 의지에 따라 살아가는지, 아니면 우리에게 미리 운명적인 매 순간이 주어진 것인지를 알아보기 위해, 저를 시험해 볼 기회를 드리겠습니다……. 누가 하시겠습니까?"

"전 아니에요." "저도 아닙니다!" 사방에서 이런 소리가 들려왔다. "괴짜야! 한다는 생각하고는!"

"내기를 제안합니다." 나는 농담으로 말했다.

"어떤 내기요?"

"전 피할 수 없는 운명이 없다는 쪽에 걸죠." 나는 탁자 위에 금화 스무 개를 쏟아 놓으며 말했다. 그것이 내 주머니에 있는 돈 전부였다.

"좋습니다." 불리치가 조용한 목소리로 답했다. "소령님, 소령님이 중재하십시오. 여기 금화 열다섯 개가 있습니다. 나머지 다섯 개는 제게 빚지셨던 건데, 그걸 여기에 더할 테니 제 부탁을 들어주십시오."

"좋네." 소령이 말했다. "그런데 이해가 안 가는데, 뭘 하려는 건데? 어떻게 논쟁을 끝내려는 건가?"

불리치는 말없이 소령의 침실로 갔다. 우리는 그를 따라갔다. 그는 몇 개의 무기들이 걸려 있는 벽으로 가서, 다양한 구경의 총들 가운데 하나를 임의로 골라서 내렸다. 우린 그때까지도 그를 이해하지 못했다. 그러나 그가 총의 공이치기를 당기고 약실 안에 화약을 넣자, 여럿이 저도 모르게 비명을 지르며 그의 팔을 붙잡았다.

"뭐 하는 겁니까? 이봐요, 이건 미친 짓입니다!" 우리는 그에게 소리쳤다.

"여러분!" 그는 팔을 빼내면서 천천히 말했다. "저를 위해 금화 스무 개를 거실 분이 없습니까?"

모두들 말없이 옆으로 물러났다.

불리치는 다른 방으로 가서 탁자 앞에 앉았다. 모두들 그를 따라갔다. 그는 우리에게 주위에 앉으라는 신호를 보냈다. 우리는 침묵 속에 그의 말을 따랐다. 순간 그는 신비로운 힘으로 우리를 장악했다. 나는 그의 눈을 뚫어져라 쳐다보았지만, 그는 시험하는 듯한 내 시선에 차분하고 확고한 눈빛으로 답했다. 그리고 그의 파리한 입술은 미소를 지었다. 그러나 그와 같은 냉정함에도 불구하고, 나는 그의 창백한 얼굴에서 죽음의 징조를 본 것 같았다. 나는 그와 같은 것들을 관찰해 왔던 것이다. 그리고 전쟁 중에는 많은 노병들이 내 관찰을 확신시켜 주었다. 즉 몇 시간 안에 죽을 사람들의 얼굴에는 절박한 운명의 기묘한 자국 같은 것이 종종 드러나 보이기에, 숙련된 눈이라면 이를 놓칠 리 없다.

"오늘 밤 당신은 죽을 겁니다!" 나는 그에게 말했다. 그는 재빨리 나를 보았지만, 느리고 차분한 말투로 답했다.

"아마도요. 그리고 아닐지도 모르죠……."

그러고는 소령을 향해 물었다. "총에 탄알이 들었습니까?" 당황한 소령은 제대로 기억하지 못했다.

"이제 됐습니다, 불리치!" 누군가 소리쳤다. "침대 머리맡에 걸려 있던 총이면 장전돼 있겠죠. 장난은 그만하라고요!"

"바보 같은 짓이에요!" 다른 사람도 끼어들었다.

"그 총이 장전돼 있지 않으면 5루블 당 50루블을 걸겠습니다!" 세 번째 사람이 소리쳤다.

이렇게 해서 새로운 내기가 생겨났다.

나는 이런 긴 예식들에 지루해지기 시작했다.

"이봐요. 총을 쏘든가, 아니면 제자리에 걸어 놓고 자러 갑시다." 나는 말했다.

"맞아요." 많은 사람들이 소리쳤다. "자러 갑시다."

"여러분, 제발 그 자리에 계세요!" 불리치가 이마에 총구를 겨누며 말했다. 모두들 돌처럼 굳어졌다.

"페초린 씨," 그가 덧붙였다. "카드 한 장을 집어서 공중에 던져 주세요."

나는 지금까지도 하트 에이스였던 것이 기억나는 카드 한 장을 탁자에서 집어 공중으로 던졌다. 모두들 숨을 멈췄다. 공포와 희미한 호기심 같은 것을 드러내는 모두의 눈동자들이, 총과 공중에서 몸을 떨며 천천히 떨어지는 운명의 에이스 사이를 오갔다. 그것이 탁자를 건드리는 순간, 불리치는 방아쇠를 당겼다……. 불발이었다!

"하느님 감사합니다!" 여러 명이 소리 질렀다. "장전돼지 않았어……."

"어쨌든 한번 볼까요." 불리치가 말했다. 그는 다시 총의 공이치기를 당기고, 창문에 걸려 있던 군모를 겨누었다. 총소리가 들리고 연기가 방 안을 채웠다. 연기가 가셨을 때 모자는 떨어져 있었다. 총알은 정확히 모자 한가운데를 관통해서 벽속 깊이 박혀 있었다.

삼 분가량 누구도 말을 하지 못했다. 불리치는 완전히 냉정함을 유지하며 내 금화들을 지갑 속에 챙겨 넣었다.

처음에는 왜 총알이 발사되지 않았는지에 대한 토론이 벌어졌다. 몇몇은 약실이 막혀서라고 했고, 다른 이들은 원래는 화약이 젖어 있었지만 나중에 불리치가 새것을 좀 집어넣었다고 속삭였다. 그러나 나는 총에서 시선을 떼지 않고 있었기 때문에, 마지막 말은 사실이 아니라는 것을 알고 있었다.

"당신은 행운의 도박사군요!" 나는 불리치에게 말했다…….

"제 생애 처음으로 그렇습니다." 그가 만족스럽게 미소 지으며 말했다. "반크나 슈토스*보다 낫네요."

"하지만 좀 더 위험하기도 하죠."

"그건 그렇고, 이젠 피할 수 없는 운명을 믿게 됐습니까?"

"믿습니다. 하지만 어째서 오늘 밤에 꼭 당신이 죽을 것처럼 보였는지를 모르겠습니다."

바로 조금 전까지만 해도 침착하게 제 이마에 총구를 겨누었던 그 사람은 갑자기 얼굴을 붉히며 당황한 듯이 보였다.

"어쨌든 이걸로 됐습니다!" 그가 일어서며 말했다. "우리의 내기가 끝났군요. 그리고 이젠 당신의 말이 틀린 것 같습니다…….." 그는 모자를 집어 들고 떠났다. 나에게 그 모습은 기묘하게 보였다. 괜한 일은 아니었다!

모두들 곧 집으로 향했다. 불리치의 기행에 대해 여러 의견들을 나누면서, 그리고 아마도 자신을 쏘려고 하는 한 남자에게 내기를 건 나를 이기주의자라 입을 모아 부르면서. 마치 내가 아니었더라면 그가 그처럼 편리한 기회를 잡지 못했을 것처럼!

나는 마을의 텅 빈 계곡을 따라 집으로 가고 있었다. 크게 불이 난 것처럼 빛나는 붉은 보름달이 들쭉날쭉한 지붕들의 선 너머로 나타났다. 검푸른 하늘에는 별들이 고요히 빛났고,

---

* 당시 러시아에서는 '반크(은행)'라는 카드놀이나, 이것이 독일에서 변형된 '스토스'(러시아어로 '슈토스')가 유행이었다.

난 옛날 옛적의 현자들을 떠올리며 웃었다! 그들은 이 천체가 땅 몇 조각이라든지 공상의 권리를 얻기 위해 벌이는 우리의 미미한 투쟁에 관여하고 있다고 생각했던 것이다…… 그리고 어떻게 되었던가? 현자들의 견해를 따르자면, 단지 그들의 전쟁이나 축제를 비추기 위해 점화되었던 그 등불들은 영원한 빛으로 밝게 타올랐던 것이다! 그들의 열정과 희망이란 것들은, 어느 태평한 여행자가 숲의 가장자리에 놓았던 작은 모닥불처럼 오래전에 소멸됐건만! 그렇지만 또 그와 같은 확신으로부터 얼마나 강력한 의지를 분출해 냈던지, 온 하늘과 그 속의 무수한 거주자들이 조용히, 그러나 영원한 동정의 눈빛으로 그들을 바라보았던 것이다! 반면 그들의 비참한 후손인 우리는 그 어떤 확신이나 자신도 없이, 어떤 열정도 없이, 피할 수 없는 끝을 생각할 때면 가슴을 짓눌러 오는 무의식적인 공포를 제외하고는 어떤 두려움도 없이 이 땅 위를 어슬렁거리면서, 더 이상 인류의 행복이라든지 심지어는 우리 자신의 행복을 위해서조차 거대한 희생을 할 수 없게 되어 버린 것이다. 이는 우리가 그것이 불가능하다는 것을 알기 때문이거나, 마치 우리의 조상들이 이런저런 속임수에 걸려들었던 것처럼 무심한 태도로 이런저런 의심에 빠져 있기 때문은 아니다. 그것은 단지 우리가 그들이 지닌 희망이라든지, 진정한 즐거움은 고사하고 막연한 즐거움마저도 지니지 못했기 때문인 것이다. 어떤 사람이나 운명과 대적할 때 영혼이 마주하게 되는 진정한 즐거움…….

그러고도 이와 비슷한 여러 생각들이 내 마음속을 스쳐 갔다. 나는 그것들을 붙들어 두지 않았다. 왜냐하면 추상적인 생각에 머물러 있는 것을 좋아하지 않기 때문이다. 사실 그와 같은 생각의 결론이란 무엇인가……. 어렸을 적의 나는 몽상가였다. 음울한 빛이나 무지갯빛의 이미지들을 떠올려 차례로 애무하며, 쉴 새 없이 탐욕스럽게 상상의 그림을 그려 가는 것을 좋아했다. 하지만 그로부터 내게 남은 것은 무엇이었던가? 피로뿐이었다. 유령과 밤새 싸운 뒤에 남는 피로와 회한으로 가득 찬 희미한 기억뿐. 이 헛된 싸움을 통해서 나는 실제 삶에 없어서는 안 될 열렬한 영혼과 인내하는 의지를 고갈시켜 버렸다. 나는 생각을 통해 이미 다 살아 버린 삶 속으로 들어섰고, 점점 지루해지고 혐오에 차 갔다. 마치 오래전부터 잘 알고 있는 책의 형편없는 복사본을 읽고 있는 사람처럼.

그날 밤의 사건은 내게 다소 깊은 인상을 남겼고, 내 신경을 건드렸다. 지금의 내가 숙명을 믿는지는 잘 모르겠지만, 그날 밤만큼은 확실히 믿고 있었다. 증거물은 경탄할 만한 것이었고, 비록 내가 우리의 조상들과 그들의 친절한 점성학을 비웃었다고는 하나, 무의식중에는 그들의 길을 따르고 있었던 것이다. 하지만 나는 곧 그 위험한 길로 가던 것을 멈추었다. 그리고 어떤 것도 확실히 거절하거나 맹목적으로 믿지 않는다는 원칙을 고수하며, 형이상학은 옆으로 치워 놓고 내 발밑부터 살피기 시작했다. 그와 같은 경계심은 매우 적절한 것이었다. 뭔가 뚱뚱하고 부드럽지만 분명히 죽어 있는 것에 걸려 넘어질 뻔했던 것이다. 나는 몸을 굽혀서 보았다. 이제 달은 곧바로 길 위를 비추고 있었다. 무엇을 보았겠는가? 앞에는 칼로 두 동강이 난 돼지 한 마리가 놓여 있었는데……. 더 살펴볼 틈도 없이 발소리가 들려왔다. 길 밖에서 카자크 둘이 뛰어왔다. 그중

한 명이 내게 와서, 술 취한 카자크가 돼지를 쫓아가는 것을 보지 못했냐고 물었다. 나는 카자크는 보지 못했다고 답하면서, 대신 그 격앙된 용기의 불행한 희생자를 가리켜 보였다.

"깡패 새끼!" 두 번째 카자크가 말했다. "취히리만 마셔 댔다 하면, 앞에 걸리는 게 뭐든지 베어 버리는 겁니다. 예레메이치, 잡으러 갑시다. 그리고⋯⋯."

그들이 떠났다. 나는 무척 조심스럽게 가던 길을 갔고, 한참 뒤 무사히 숙소에 도착했다.

나는 어느 늙은 카자크 하사의 집에 머물고 있었다. 그의 친절한 성격이 마음에 들었고, 특히 예쁘고 어린 딸 나스챠가 그랬다.

늘 그랬듯이 그녀는 털외투로 몸을 감싸고 쪽문에서 나를 기다리고 있었다. 달빛이 그녀의 귀여운 입술을 비추었는데, 밤의 찬 기운으로 푸른빛을 띠고 있었다. 나를 알아본 그녀가 미소 지었다. 그렇지만 내 마음은 다른 곳에 있었다. "잘 자라, 나스챠!" 나는 지나치며 이렇게 말했다. 그녀는 뭔가 말하려다가 한숨만 지었다.

방문을 닫고 촛불을 켠 뒤 침대로 몸을 던졌다. 그렇지만 평상시보다 유난히 잠이 오지 않았다. 잠이 들 무렵엔 동쪽 하늘이 이미 밝아 오고 있었다. 분명 그날 밤에 내가 충분히 잠을 자지 못할 거라고 하늘에 쓰여 있는 모양이었다. 새벽 4시에는 두 개의 주먹이 창문을 두드리기 시작했다. 나는 벌떡 일어났다. 무슨 일이지? "일어나. 옷 입어!" 여러 목소리들이 외쳤다. 나는 재빨리 옷을 입고 밖으로 나갔다. "무슨 일이 있었는지 알아?" 나를 데리러 온 세 명의 장교 중 하나가 말했다.

그들은 죽음처럼 창백했다.

"뭔데?"

"불리치가 죽었어."

나는 넋을 잃었다.

"그래, 죽었어." 그들이 말했다. "빨리 가자."

"어디로?"

"가는 길에 말해 줄게."

우리는 떠났다. 그들은 무슨 일이 있었는지를 말해 줬고, 바로 그가 죽기 삼십 분쯤 전에는 피할 수 없는 죽음에서 그를 구했던 기묘한 숙명에 관해 이런저런 의견들을 나누었다. 불리치가 어두운 길을 홀로 가고 있을 때였다. 그는 돼지를 난도질한 술 취한 카자크와 부딪혔다. 어쩌면 그대로 그를 보지 못하고 갔을지도 모른다. 만약 그 순간 불리치가 멈춰 서서 이렇게 말하지만 않았더라면. "이봐, 친구. 뭘 찾고 있어?" "너다!" 카자크가 칼을 들고 덤비며 말했다. 그리고 그를 어깨부터 심장 근처까지 내리 베었다…… 살인자를 찾던 중에 나를 만났던 두 명의 카자크가 나타났고 부상자를 발견했지만, 그는 마지막 숨을 쉬면서 세 마디 말만을 남겼다. "그놈 말이 맞았어!" 나만이 이 말의 숨겨진 의미를 알고 있었다. 그 말은 나를 향한 것이었다. 나는 뜻하지 않게 그 불쌍한 놈의 운명을 예언했던 것이다. 내 직감은 나를 배신하지 않았다. 난 정말로 그의 변한 얼굴에서 가까워진 죽음을 읽어 냈던 것이다.

살인자는 마을 외곽에 있는 빈 오두막에 틀어박혀 있었다. 우리는 그곳으로 갔다. 수많은 여자들이 울부짖으면서 같은 방향으로 뛰어갔다. 뒤늦게 여기저기서 칼을 찬 카자크들이 나와 우리를 스쳐 달리기 시작했다. 끔찍한 소동이었다.

마침내 그곳에 다다랐을 때, 오두막을 둘러싼 한 무리의 사람들이 보였다. 문과 덧문은 안에서 잠겨 있었다. 장교들과 카자크들이 맹렬한 토론 중이었다. 여자들은 소리 지르고 통곡하며 울고 있었다. 그들 가운데 광적인 절망 상태에 있는 어느 노파의 얼굴이 눈에 확 띄었다. 두꺼운 통나무 위에 앉은 그녀는 팔꿈치를 무릎에 댄 채 두 손으로 얼굴을 감싸고 있었다. 그녀는 살인자의 어머니였다. 이따금씩 그녀의 입술이 움직였다. 속삭인 그것은 기도였을까 저주였을까?

한편 어떤 결정이든 내려서 범죄자를 잡아야 했다. 그렇지만 누구도 먼저 뛰어들 생각을 하지 못했다.

나는 창문으로 다가가서 덧문의 틈을 통해 들여다보았다. 하얗게 질린 그가 오른손에 총을 들고 누워 있었다. 피 묻은 칼이 그의 옆에 있었다. 그는 의미심장한 눈동자를 무섭게 굴려 댔다. 때때로 희미하게나마 지난밤의 일이 떠오르는지 몸을 떨며 제 머리를 꽉 쥐었다. 그의 불안정한 시선에서 강력한 결단력 같은 것은 찾아볼 수 없었으므로, 카자크들에게 문을 부수고 들어가도록 명령해야 한다고 소령에게 말했다. 나중에 그가 완전히 정신을 차린 다음보다는 지금이 더 쉬울 것이기 때문이었다.

이때 어느 늙은 에사울*이 문으로 다가서서 그의 이름을 불렀다. 대답하는 소리가 들렸다.

"예피미치, 네가 잘못했어." 에사울이 말했다. "항복하는 수

---

* 카자크의 군 계급에서 소령.

밖에 없어!"

"항복 안 할 거야!" 카자크가 대답했다.

"하느님이 무섭지 않느냐! 너는 죄 많은 체첸인이 아니라 순
결한 기독교인이라고. 죄를 짓고 길을 잃었을 땐 어쩔 도리가
없어. 자기 운명은 피할 수 없는 거야."

"항복 안 해!" 카자크는 사납게 외쳐 댔다. 그리고 총의 공
이치기를 당기는 소리가 들려왔다.

"이봐요, 아주머니!" 에사울은 노파에게 말했다. "아들에게
뭐라고 좀 해 봐요. 어쩌면 아주머니 말씀은 들을지도 몰라
요……. 이래서는 하느님만 노하실 뿐이에요. 보세요. 여기 신
사분들이 벌써 두 시간째 기다리고 계시잖아요."

노파는 그를 응시하며 고개를 저었다.

"바실리 페트로비치." 에사울이 소령에게 가서 말했다. "항
복 안 할 겁니다. 제가 저 앨 압니다. 그리고 만약 우리가 문을
부수면 여러 명을 죽일 겁니다. 차라리 쏘라고 명령하시는 게
낫지 않을까요? 덧문에 큰 틈이 있습니다."

이때 기묘한 생각이 내 머릿속을 스쳐 지나갔다. 불리치처
럼 내 운명을 시험해 보고 싶었던 것이다.

"잠깐만요, 제가 생포하겠습니다." 나는 소령에게 말했다.

에사울에게는 그와 이야기를 하도록 시키고, 문가에는 세
명의 카자크를 세워 둬 신호를 보내면 도우러 문을 부수고 들
어오라고 한 뒤에, 오두막 주위를 돌아 운명의 창문으로 다가
갔다. 내 심장은 격하게 뛰고 있었다.

"야, 이 망할 놈아!" 에사울이 소리를 질렀다. "우리를 비웃
는 거냐? 아니면 우리가 널 못 잡을 거라고 생각하는 거냐?"

그는 온 힘을 다해 문을 두들기기 시작했다. 난 틈새에 눈을 대고, 이쪽의 공격은 예상 못하고 있는 카자크의 움직임을 살폈다. 그러다 갑자기 덧문을 잡아 떼고 창문 너머로 머리부터 몸을 던졌다. 바로 귓가에서 총소리가 울렸고, 총알이 견장을 떨어트렸다. 그렇지만 적은 방 안을 가득 메운 연기 때문에 옆에 놓아 뒀던 칼을 찾을 수 없었다. 나는 그의 팔을 잡았다. 카자크들이 들이닥쳤고, 삼 분도 지나지 않아서 범죄자는 묶인 채로 호송되었다. 사람들은 흩어졌다. 장교들은 계속해서 내게 축하의 말을 건넸다. 정말이지 그럴 만한 일이었던 것이다!

이 모든 일을 겪은 뒤에도 숙명론자가 되는 것을 피할 수 있을까? 그렇지만 또 어떻게 자신이 무언가를 확신하고 있음에 대해 알 수 있겠는가? 그리고 얼마나 자주 우리는 지각의 속임수라든지 이성의 실수를 확신과 혼동하는가?

나는 모든 일을 의심하는 것을 좋아한다. 이러한 경향의 마음이 성격상의 단호함과 충돌하지는 않는다. 오히려 그와 반대로 무엇이 나를 기다리는지 모를 때엔, 언제나 더 용감하게 앞으로 나아갈 수 있는 것 같다. 왜냐하면 죽음보다 나쁜 일은 일어날 수 없으며, 죽음은 피할 수 없는 것이기 때문이다!

요새로 돌아와서는 내가 겪은 일들과 목격한 일들 전부를 막심 막시므이치에게 이야기했다. 나는 숙명에 관한 그의 의견을 알고 싶었다. 처음에 그는 이 말뜻을 이해하지 못하는 것 같았지만, 난 최선을 다해 그에게 설명했고, 그러자 그가 진지한 태도로 고개를 저으며 말했다.

"그렇지! 물론! 이건 꽤 어려운 문제지! 하지만 그 아시아 놈들 총은 제대로 기름을 쳐 놓지 않거나 손가락으로 아주 세

게 누르지 않으면 잘 불발되거든. 사실 난 체르케스산(産) 소
총도 좋아하지 않는다고. 어쨌든 우리 같은 사람들한테는 맞
지 않는 것 같아. 개머리 부분이 너무 작아서 코가 타지 않게
조심해야 하거든……. 하지만 그놈들 칼은, 아, 정말 대단한 물
건이지!"

　그는 잠시 생각하더니 덧붙였다.

　"그래, 그놈 참 불쌍하고 안됐네……. 도대체 뭐에 홀려서 그
밤중에 술 취한 놈한테 말을 걸었을까. 하지만 뭐, 분명히 태어
날 때부터 정해진 일일 테니까!"

　더 이상 얻어 낼 것이 없었다. 그는 대개 형이상학적인 토론
을 좋아하지 않기 때문이다.

영웅을 찾아서

먼 북쪽 나라 러시아의 서쪽 끝, 아름답고 험악한 땅 카프카스의 깊은 산속에서, 이름을 알 수 없는 미지의 청년이 홀로 여행 중이다. 아니, 다만 추측컨대 청년이며, 어떠한 이유에서인지 이곳을 여행하고 있다는 것, 여행 중에 부득이 일기를 쓰고 있다는 것, 그리고 이것이 그 일기 중 하나라는 사실 정도가 그에 대해 알 수 있는 전부다. 청년은 이곳 험한 산세를 깨나 타고 넘나든 듯한 가무잡잡한 피부의 사내, 막심 막시므이치와 동행하게 된다. 먼 산봉우리에 구름이 끼는 모양만 보고도 눈보라가 들이닥칠 것을 척척 예견하고, 오세트인이니 타타르인이니 카바르다인이니 체첸인이니 이곳에 와글와글 모여 사는 다양한 인종의 습성을 꿰뚫는다는 유능한 여행객과 한길을 가는 행운을 얻은 것이다. 그러나 그가 무엇보다도 청년의 가슴을 설레게 하는 것은, 지금부터 사는 동안 수없이 겪었다는 모험에 관해 이야기를 해 줄 모양이기 때문이다. 물론 이것은 우리 모두에게 주어진 행운이기도 하다. 페초린의 이야기는 이렇게 시작된다. 머나먼 땅에서 만난 우연한 길동무 막심으로부터, 모험담을 좋아하는 미지의 청년을 통해, 기막히고 수많은 우연이 겹친 시간과 공간의 터널을 지나, 바로 지금 여기 그의 존재를 알게 된 우리 앞에서.

그리고 불현듯 그가 나타난다. 막심의 이야기 속에서는 이미 떠나 버린 사람, 페초린이. 그가 눈앞에 나타나 선 순간, 우리의 가슴은 책 속에서 걸어 나온 사람을 만난 것처럼 두근거리기 시작한다. 그러나 우리의 수줍은 반가움이 무색할 정도로 짧은 시간이, 단지 시가 한 대를 피울 정도의 순간이 지났을 뿐인데, 쌀쌀맞은 우리의 주인공은 미련 없는 뒷모습을 남기고 총총히 떠나 버린다. 이제 우리에게 남겨진 것은, 이 무례한 친구가 버리고 간 일기장 몇 권뿐이다. 친절한 청년은 우리의 마음을 미리 알기라도 한 듯, 이 일기장들을 허겁지겁 주워 챙긴다.

그러더니 다음 장에서 페초린은 이미 죽어 있다. 이제 우리는 미지의 청년이 어느새 출판된 페초린 일기장의 서문을 쓴 편집자가 되어 있다는 사실을 발견한다. 허락 없이 임의로 일기 속 인물들의 이름까지 바꾸었다는 미지의 편집자, 그는 페초린의 일기 가운데 단 세 편만을 골라 우리 앞에 던져 놓는다. '우리 시대의 영웅'이라는 대담한 제목까지 달아서. 비로소 우리는 첫 장부터 지금의 장에 이르기까지 모든 것은 편집자의 각본대로 진행된 일이었다는 사실을 깨닫는다. 그러니까, 처음 페초린의 이야기를 전해 듣고 페초린을 목격한 뒤 그의 일기장을 입수하게 된 사연들을 구구절절 늘어놓은 앞의 여행기는, 결국 이와 같이 페초린의 일기장을 펼쳐 보이기 위함이었다는 것. 그리고 이 책 전체는 그 이름 없는 편집자의 작품이라는 것. 그래, 그렇다면 한번 페초린의 일기를 읽어 볼까? 아직 지루해지지 않은 독자라면 흔쾌히 이와 같은 결론을 내릴 것이고, 서슴없이 다음 장을 넘겨 볼 것이다. 그러나 혹 예민한 몇몇은, 마음에 걸리는 몇 가지 사실들을 곱씹어 볼지도 모른다. 그러니까, 이야기의 가장 서두에서 편집자가 제 일기장의 대부분은 잃어버렸다고 굳이 밝혀 놓던 의뭉스러운 증언이라든지(왜? 페초린의 일기와 섞였을까 우리가 의심이라도 할까 봐?) 뒤늦게 남(페초린)의 일기에 제 이름을 서명했다고 하는 애매한 얼버무림 등이 꺼림칙한 것이다.(어디에 서명을 했다는 말인가? 혹시 페초린이란 이름 말인가?) 쉽게 말해, 어디까지가 편집된 부분인가라는 질문이 생겨나는 것이고, 나아가 과연 이 편집자의 이야기들은 모두 진실인가라는 원초적인 의심마저 드는 것이다. 아니, 처음부터 끝까지 다 꾸며 낸 이야기는 아닐까? 아니, 혹시 편집자 자신의 이야기를 남의 이야기인 척하는 건 아닐까? 그리고 이미 여기까지 와 버린 독자라면, 책의 가장 처음, 저자의 서문을 떠올리지 않을 수 없을 것이다. 마치 네가 이럴 줄 알았다는 듯이, 이제 와서 페초린의 실재 여부를 되묻는 우리를 한껏 비웃고 있는 저자의 서문 말이다.

그러나 결국 우리에게 주어진 과제는 매한가지다. 그것은 페초린의 일기를 읽는 것, 페초린을 알아 가는 것이다. 어쨌든 우리 모두는 '우리 시대의 영웅'을 만나기 위해 이곳까지 왔으므로. 물론 우리는 여기서 책을 덮을 수도 있다. 그러면 더 이상 아무 일도 일어나지 않을 것이다. 그러나 분명 우리 중에 누군가는 다시 페초린을 찾기 위한 여정을 시작한다. 왜? 그가 그럴 만한 가치가 있는 인물이라서? 아마도 우리는, 그가 가진 몇몇 특질들을 훌륭하다고 평하며, 그런 그에게 '영웅'이라는 이름을 선사한 편집자의 말을 믿는 것인지도 모른다. 혹은 태어날 때부터 특이한 일들이 일어나게 돼 있는 사람으로 그를 평하는, 막심 막시므이치의 선량한 호기심을 공유하는 것인지도 모르겠다. 그러나 여기에서 우리가 가장 궁금해하는 것은, 아마도 우리 자신의 결론인 듯하다. 우리는 '우리 시대의 영웅'이란 자를 직접 만나고 싶고 판단하고 싶은 것이다. 이미 우리의 손에는 꽤 그럴듯한 나침반이 들려 있으니, 그가 죽은 뒤에야, 더구나 낯선 이의 손을 통해 전해졌으므로 양심의 가책 없이 읽을 수 있는 일기장이다. 이는 흔치 않은 기회이고, 그래서인지 우리는 이 일기장이 실제라고 믿고 싶어 한다. 이야기의 비밀은 여기에 있다. 그러므로 우리의 믿음 속에서 페초린이 실제가 된다는 것. 우리의 새로운 영웅담은 여기에서 시작된다. 이야기가 실제가 되는 기묘한 경계로부터. 저자의 말처럼, 비극의 주인공도 낭만주의의 악당도 아니지만, 그러나 한 세대의 초상으로 제시될 수 있는 공상 속 인물의 머리와 마음속으로 들어가 보고 싶어 하는 우리의 순수한 열정으로부터. 그러므로 여기에서 영웅은 하늘에서 걸어 내려와 우리 앞에 서 있는 성체(聖體)가 아니다. 그는 우리가 찾으러 가야 하는 자다.

＊　　＊　　＊

　이 책에 '우리 시대의 영웅'이라는 제목을 단 편집자는, 이 대담한 칭호의 진정성을 묻는 질문에 다음과 같이 답하려 한다. '나는 모르겠다.' 또 페초린을 세대의 모든 악덕으로부터 구성된 진실한 초상이라 주장한 저자의 마지막 말은 무엇이었던가? "저자의 몫이라면 이 질병의 존재를 알리는 것일 뿐, 어떻게 치료해야 할지는 신만이 아시는 것이다!" 결국 말은 던져 놓고 꽁무니를 빼는 것이다. 그러나 무책임하게만 들리는 위의 답변들은, 사실 수많은 이야기꾼들의 한결같은 고민을 대변한다. 다시 말해 페초린에게 '영웅'이라는 이름을 준 편집자는, 페초린이라는 실제 인물을 이야기 속 '영웅'으로 포장하는 자신의 행위를 의식하고 있다. 더 나아가 그는 이 '영웅'이 다른 이들에게도 '영웅'이 될 수 있겠는지를, 즉 자신의 이야기를 다른 이들이 실제로 받아들여 줄 것인지를 궁금해할 것이다. 저자는 심지어 이 고민을 신에게로 넘겨 버렸다.

　이와 같이 이야기와 실제 사이에서 벌어지는 고민의 모습들은 어쩌면 이야기가 생겨난 이래, 그러니까 인류가 최초의 말을 하기 시작한 이래 한결같은 것이었을지 모르나, 시간과 공간을 따르는 여러 개별적인 이유들로 인해 다양한 형태를 띠게 되었다. 모든 이야기꾼의 질문과 답변은 조금씩 달랐던 것이다. 예를 들어 '이야기는 실제와 같을 수 있다.'와 '이야기는 실제와 같아야 한다.'는 다르다. 또한, '이야기는 실제와 같아야 한다.'와 '이야기는 실제가 될 것이다.' 역시 다르다. 이러저러한 문답들이 난무하는 가운데, 부지런한 이야기꾼들이 서로의 의견에 공감하기도 하고 반박하기도 하는 중에, 실로 변화무쌍한 이야기의 역사가 탄생했다. 우리가 알고 있는 낭만주의와 리얼리즘과 모더니즘 등의 수많은 이름들이란, 결국 이 같은 고민을 거친 이야기꾼들의 역사라 할 수 있겠다.

레르몬토프 역시 동시대 이야기의 특성을 날카로운 시선으로 목격하고 있었다. 그의 주인공 페초린은 시인 바이런의 좌절을 조롱하거나 월터 스콧의 역사소설을 즐기며, 현실 속 소녀를 괴테의 이야기 속 인물이라 상상해 보기도 한다. 즉 그는 이러한 낭만적 이야기의 계보를 잇는 주인공이지만, 한편 그 이야기만으론 전혀 담을 수 없는 실제의 삶을 살아가는 것이다. 그러므로 일종의 낭만성과 실제성이라는 것이 격하게 충돌하는 페초린의 삶을 그리기 위해, 이 치열한 1830년대 러시아의 이야기꾼이 선택한 붓은 더 이상 낭만적 서정시도 웅장한 서사시도 아니었다.(그는 사실 서정시와 서사시로부터 창작을 시작했다.) 그의 새 이야기는 버려진 일기장을 집어 삼킨 소설이라는 의심스러운 말들의 집합체였다. 당연한 선택이었다. 왜냐하면 처음부터 그의 질문은 이야기와 실제 사이에 있었기 때문이다.

하여 그는 이 새로운 형식의 소설 전체를 통해 우리에게 묻는 듯하다. 당신은 당신의 삶 속에 존재하는 이야기, 곧 낭만이란 것을 믿는가? 만약 누군가 진심으로 그런 것은 없다라고 당신을 확신시키려 한다면, 그래서 당신이 실제라고 믿던 삶마저 흔들린다면, 당신은 이에 어떻게 대응할 것인가? 만약 그가 소위 낭만적인 기질에 치우친 이야기꾼이었다면 서둘러 답변을 내리려 했을 것이고, 그래서 이야기는 다음과 같이 슬픈 넋두리로 끝을 맺었을지 모른다.

한 젊은이가 그의 가장 소중한 희망과 꿈을 잃어버리는 것을 지켜보는 일은 슬프다. 사람들의 행동과 감정을 걸러서 보여 주던 장밋빛 천이, 이제 그의 눈앞에서 열어 젖혀지는 것이다. 비록 그 낡은 망상을 새것으로 바꿔 낼 희망이 있다고는 해도, 새것이란 것 역시 덧없고도 달콤한 것일 뿐⋯⋯.

소중한 꿈을 잃어버린 막심도 가고, 그를 슬프게 지켜보던 청년도 사라졌지만, 페초린의 일기는 남게 되었다. 그렇게 이야기는 계속된다. 왜냐하면 페초린은 달랐기 때문이다.

*   *   *

소설 속에는 문제의 장밋빛 천을 잃어버리는 여러 사람들이 있다. 옛 추억의 환상을 버려야 할 기로에 선 「막심 막심므이치」의 막심이 그러하고, 「벨라」의 벨라가, 「공녀 메리」의 메리가 그러하다. 「타만」의 밀수꾼들은 집을 잃고, 「숙명론자」 불리치는 목숨을 건 도박에서 큰돈을 따 낸 날 밤 어처구니없는 죽음을 맞이한다. 그리고 사실 이 모든 상실의 사건 한가운데에는 주인공 페초린이 있는데, 그 역시 이러한 자신의 역할을 의식하고 있다. "막심 막시므이치. 저는 불행한 기질을 지니고 있습니다. 그렇게 길러진 건지, 처음부터 신이 그렇게 만들어 놓으신 건지는 잘 모르겠습니다. 단지 제가 다른 사람들에게는 불행의 원인이며, 저 자신도 행복하지 못하다는 것만을 압니다.” 페초린 스스로 자신을 가장 잘 알고 있으며 사랑하는 자라 평했던 연인 베라는, 이와 같은 불행의 원인에 대해 다음과 같이 진단한다. “당신처럼 정말로 불행한 사람도 없을 거야. 왜냐하면 누구도 스스로에게 반대의 것을 확신시키기 위해 그처럼 힘들게 애쓰지는 않을 테니까.”

페초린은 타인의 가치를 볼 때도 이러한 특질에 척도를 둔다. 베르너가 유일한 말상대 자리를 꿰차는 것은 이것이 있기 때문이고, 그루슈니츠키가 무시당하는 것은 반대의 이유에서다. 페초린 스스로는 이것을 ‘신랄함’이라 부른다. 신랄하다는 것은 무엇인가? 그것은 비판적인 것, 말과 행동의 대상을 적나라하게 드러내는 것으로, 즉 철저히 실제에 머무는 행위이다. 이와 같기 위해서는 자신을 둘러싼 크고 작은 확신들을 의심하며 끊임없이 반기를 들어야 한다. 그리고 이렇게 하다 보면 결국엔, 역설적이지만 실제를 믿지 않게 된다. 베라가 그를 떠났을 때다.(베라, 그 이름은 러시아어로 ‘믿음’이라는 뜻이다.) 미친 듯이 말을 타고 달리다 쓰러진 페초린은 처음이자 마지막으로 격한 감정에 복받쳐 우는 모습을 보여 준다. 그러나 그 끝은 어떠했던가. 그는 “평상시처럼 논리적인 생각들을 하기 시작했다. 나는 사라진 행복을 좇는 것은 무익하고 무의미한 일이라는 걸 깨달았다. 아직도 내게 무엇이 더 필요한가? 그녀를 보는 것? 왜?”라고 말한다. 그리고 이것을 “행운의 견제 공격”이라 평하기까지 한다. 이러한 태도가 마지막 일기 「숙명론자」에서는 보편화된 주제로 나타난다. “그렇지만 또 어떻게 자신이 무언가를 확신하고 있음에 대해 알 수 있겠는가? 그리고 얼마나 자주 우리는 지각의 속임수라든지 이성의 실수를 확신과 혼동하는가?"

결국 페초린은 "지각의 속임수라든지 이성의 실수"를 통해 인식되는 외부의 실제에 휘둘리지 않기 위해, 철저히 내면의 의지로서만 자신의 실제를 꾸려 나가고자 한다. 여기에서 그에게 이해 불가한 실제가 숙명과 다른 이름이 아니라면, 그는 마치 숙명과 맞서 싸우는 인간 존재의 대변인과도 같다. 더 나아가 그는 주변인들의 실제 삶에 개입하여 영향력을 행사하며, 이것을 기록으로 남겨 화석화한다. 그러므로 그들은 페초린의 일기 속 주인공들이 된다. 이 부분은 중요하다. 여기에서 우리는 실제를 만들어 가는 이야기꾼의 형상을 보기 때문이다.

이와 같은 작자와 주인공의 역할 놀이는 「공녀 메리」에서 두드러진다. 페초린은 마치 훌륭한 연출자처럼 머릿속 각본대로 메리와 그루슈니츠키 그리고 옛 연인 베라를 조종한다. "원형 극장 같은 모습의 산들이" 둘러싸고 있는 이곳의 일상은 갖춰 입은 모양에 따라 저마다의 역할이 정해진 연극 무대와도 같다. 그는 주변의 인물들을 배우라 부르면서, 그들을 제 뜻대로 움직이려 한다. 그러므로 작중인물의 목숨마저 좌지우지하는 전지전능한 작자처럼, 그루슈니츠키의 죽음 앞에서는 다음과 같이 외친다. "코미디는 끝났다!"

사건의 배경이 되는 온천장 역시 인위적인 공간이다. 카프카스의 거친 자연 속에 형성된 이곳 사교장에선, 러시아의 중심에서 벗어나 모여든 사람들이 러시아 중심의 일상을 모방하며 살아간다. 그러나 이 일상이란 것 역시 러시아적인 것이기보다는 유럽을 모방하는 러시아적인 것이다. 그들은 유럽의 낭만을 모방한다. 아니, 더욱 구체적으로 말한다면, 유럽의 책 속에서 실제인 척하고 있는 낭만을, 그것의 주인공들을 모방한다. 결국 이곳에서 페초린이 하는 역할이란, 그들의 가슴속에 있는 낭만과 그들이 살고 있는 실제 사이의 괴리를 첨예하게 드러내는 일이다. 그러나 이 틈이 원래는 바로 페초린 자신의 가슴속에 존재한다는 것, 여기에 그의 비극이 있다.

그러므로 카프카스의 거친 자연 속에서 페초린의 존재는 더욱 이질적이다. 이는 단지 풍경이 다르고 인종이 다른 상황적 환경을 말하는 것이 아니다. 이제 그는 도시의 낭만, 혹은 책 속의 낭만에 길들여진 시선으로는 담아낼 수 없는 낯선 실제를 바라보고 있다. 추악한 마을 '타만'에선 아름다운 루살카가 밀수꾼의 정부로 둔갑을 하고, 목숨을 건 도박을 서슴지 않던 용감한 '숙명론자' 불리치는 주정뱅이의 무의미한 칼질에 목숨을 빼앗긴다. 신비로운 미녀 '벨라'는 남자들의 기 싸움에 휘말려 집을 잃고 가족을 잃고 마침내 목숨까지 잃는 가출 소녀로 전락한다. 페초린의 차분한 시선에서 바라본 이들 한 사람 한 사람의 인간 존재들은 저마다의 잔혹한 삶과 힘겨운 싸움을 벌이고 있지만, 결국 이 모든 사건은 낭만적 기대를 배반하는 실제란 형식으로 교묘하게 귀결되는데, 이는 무엇보다도 이야기를 끌어 나가는 페초린 자신의 세계관이 이 묘한 틈새에 위치하고 있기 때문이다. 냉정한 척하지만, 사실 그는 길을 잃은 듯하다. 그리고 둘 중 어느 곳에도 긍정적으로 헌신할 수 없는 그가 하는 일이란, 단지 오랫동안 실망하지는 않는 것뿐이다. 그는 냉소를 무기 삼아 희망 없어 보이는 삶에 저항한다. 그 자신의 표현을 빌리자면 "잔잔한 샘물에 던져진 돌멩이처럼"

그 "스스로도 바닥까지" 가라앉아 삶을 조소하는 것이다.(이미 가장 오래전 일이며 모든 이야기의 출발점인 「타만」에서부터 그러하다.) 그렇다. 그는 이미 절망하였는지 모른다. 그 스스로 자신을 "어리석은 생물"이라 부르고 있듯이, 어느 한순간 자기 자신의 마음에서조차 완전한 진실을 포착해 낼 수 없는 인간 존재의 덧없음에 대하여, 그리고 불완전한 그들이 만나 이루어 내는 어리석은 실제에 대하여. 매 순간 그는 그 실제를 보기 위해 누구보다 노력하고 있지만, 이미 포기하고 있다. 마치 가장 슬피 울 그가 더 이상 울 필요를 느끼지 못하는 것처럼. 결국 이 버림받은 영혼의 마지막 처방은 다음과 같다.

제가 바보인지 악당인지는 모르겠습니다. 하지만 한 가지 확실한 건, 저도 불쌍한 사람이라는 겁니다. 어쩌면 벨라보다도 더요. 제 영혼을 세상이 버려 놓아서, 불안한 공상과 탐욕스러운 마음만이 남았습니다. 제겐 무엇이든지 모자라요. 저는 즐거움 만큼이나 슬픔에도 쉽사리 길들여지고, 제 삶은 날마다 더더욱 공허해지는 겁니다. 이런 저에게 남은 유일한 처방이라면, 여행을 떠나는 것뿐입니다.

"제겐 무엇이든지 모자라요." 이것이 페초린의 실제다. "불안한 공상과 탐욕스러운 마음"을 채워 가며 실제를 살아가기란 쉬운 일이 아니다. 실제는 늘 낭만보다 모자라는 것이니까. 그래서 앞에서도 말했듯이 대부분의 사람들은 "낡은 망상"을 또다시 "덧없고도 달콤한" 새것으로 바꾸어 버리는 실수를 저지르고 만다. 그러나 페초린은 어떠했던가? 그는 새로운 장밋빛 천 뒤에 숨기보다는, 차라리 벌거벗고 있기를 택했다. 비록 낭만에 길들여져 본능처럼 더 많은 것을 구하는 자신의 영혼이 삶을 괴롭힐지라도, 그는 도망치지 않는다. 오히려 그럴수록 신랄하게 자신의 "연약함과 결점들"을 파헤치는 것이다.

이러한 기질을 높이 산 어느 이름 없는 이야기꾼은, 그에게 '바보'도 '악당'도 아닌 '영웅'이라는 이름을 주었다. 그리고 '주인공'과 '영웅'이라는 두 가지 의미 사이에서, 수많은 역자들이 '영웅'이라는 단어를 선택했던 것 역시 같은 이유에서였을 것이다.(러시아어로 '영웅'을 뜻하는 단어 'geroi'는 '주인공'이라는 뜻도 가지고 있다. 이는 영어 단어 'hero'와 유사한 쓰임이다.)

뜨겁도록 차가운 현실주의자 페초린. 그의 현실은 언제나 낭만과 실제 사이에 있었다. 물론 그의 이야기에서 어디까지가 진심이고 확신인지를 의심하게 하는 것 또한, 베라가 말했듯이 그만의 독특한 기질이자, 삶이자, 이 이야기의 실제라 할 수 있겠다. 그러므로 결국엔 마지막까지 그를 무엇이라 불러야 할지 고민하는 우리에게, 페초린은 다음과 같이 그다운 이야기를 건넨다.

저는 한 번도 제 비밀을 털어놓은 적은 없지만, 사람들이 수수께끼처럼 그것을 풀도록 하는 건 정말로 좋아하거든요. 왜냐하면 그렇게 해야만 필요한 순간에 빠져나올 수 있으니까요.

　　　　　＊　　　＊　　　＊

　처음 질문으로 돌아가 보자. 페초린은 과연 영웅일까? 그것
도 '우리 시대'라는 수식 어구를 붙일 수 있을 만큼 영향력 있
는 존재일까? 만약 이것이 현대적 가치로 셈할 수 없는 문제라
면, 그의 시대에는 어떠했을까? 이에 답하는 것 역시 본 해설
에서는 벅찬 일이다. 섣불리 시도하기보다는, 문학적으로나 역
사적으로나 매우 신중하게 고찰이 되어야 할 것이다. 그러나
유효한 척도를 세울 수는 있다. 한 예로, 이 작품의 영어 번역
자였던 나보코프는 다음과 같이 말했다. 페초린을 한 세대 악
덕의 상징이라 총평하는 저자의 언급을 사회적 맥락 그대로
받아들여 신봉하는 것은 피해야 한다고. 오히려 페초린은 괴
테의 베르테르나 샤토브리앙의 르네, 콩스탕의 아돌프와 바이
런의 시적 자아와 같이, 모든 지루하고 별난 러시아 밖 주인공
들을 대물림하고 있다고. 즉 나보코프는 이러한 기 문학적 바
탕에서 러시아적 현실을 재현해 낸 레르몬토프의 시도를 인정
하고는 있으나, 그의 분신 페초린의 격앙된 사고를 당대인들의
보편적 사고로 확대하려는 비평가들의 경솔한 태도에 일침을
가한 것이다. 더 나아가 그는 작자로서 레르몬토프를 믿을 수
없이 재능 있고 통렬할 정도로 정직하나, 결국엔 미숙한 한 젊
은이일 뿐이라고 했다. 무시할 수 없는 견해다. 어쨌든 이것은
약 200여 년 전 스물여섯 살의 청년이 완성했던 한 편의 소설
인 것이다.

　그렇다면, 어쩌면 이것은 교묘한 악의로 물든 책일지도 모
른다. 우리의 안내자 역할을 자처하는 편집자와 저자가, 실은

우리의 사고를 흐려 놓는 유령 같은 존재일지도 모른다. 마치 『한여름 밤의 꿈』에서 퍽처럼. 그들의 목적은 무엇인가? 우리의 정신을 어지럽히는 것인가? 하지만 왜? 혹시 그들은 또 다른 페초린이 되어 우리를 조종하고 있는 것인지도 모르겠다. 보라. 먼저 질문을 던진 것은 그들이었다. 하지만 무책임한 그들의 질문에 고민하고 있는 것은, 결국 우리지 않은가? 마치 페초린의 일기장 속 사람들처럼.

우리는 페초린이라는 하나의 현상에 감염되어 버린 듯하다. 감염된 편집자는 어떠한 의도를 가지고서 페초린을 세상에 알린다. 그리고 그가 이 감염원에 '영웅'이란 이름을 붙인 하나의 사건을, 저자는 사회적으로 확대시킨다. '신만이 아시는 것이다.'라는 거창한 말로 독자의 호기심을 자극하면서, 이 병의 존재를 기정사실화한다. 그렇게 해서 소설은 마치 바이러스처럼 퍼져 나간다. 일은 그런 식으로 진행되었던 것이다.

그러나 페초린이라면 진즉에 알았을지 모른다. 영웅 같은 것은 어디에도 없다는 걸. 다만 영웅을 찾는 사람들만이 있을 뿐. 결국엔 이러한 사람들의 이야기만이 남는다. 그렇다. 영웅담은 이런 식으로 만들어지는 것이다. 그러므로 이것은 사실 우리의 이야기다. 그는 애초에 떠났고, 우린 그를 찾아 여기까지 왔다. 우리 시대의 영웅일지도, 아닐지도 모르는 자를.

2009년 10월
오정미

작가 연보

1814년   모스크바에서 스코틀랜드 용병의 후손인 가난한 퇴역 대위의 아들로 태어남.

1817년   부유한 집안의 딸이었던 어머니 사망. 외할머니의 손에 길러지게 됨.

1818년   림프선염에 걸려 병치레가 잦아짐. 외할머니와 함께 카프카스의 온천장을 찾음. 이후 1825년까지 두어 번 카프카스의 온천장을 방문했으며, 이곳에서 첫 사랑의 감정을 느끼기도 함.

1822년   낭만주의 시들, 특히 바이런에 심취.

1827년   시를 쓰기 시작. 외할머니는 그의 교육을 위해 모스크바로 이주.『우리 시대의 영웅』의 '베라'의 원형이 된 바르바라 로푸히나를 만남.

1828년   서사시 「체르케스인들」과 「카프카스의 포로」를 집필.

1829년   서사시 「악마」 집필 시작.

1830년	모스크바 대학교 입학. 윤리학과 정치학을 공부했으나, 후에 문학으로 전향. 시 「봄」을 집필.
1831년	다양한 시의 집필을 계속함. 사교계 활동을 즐김. 바이런, 월터 스콧 등 영문학에 열정을 가짐. 아버지가 폐결핵으로 사망. 바르바라 로푸히나를 연모함.
1832년	모스크바 대학 교수와의 마찰로 전학을 결심. 페테르부르크로 이주. 페테르부르크 사관학교 입학. 소설 『바짐』을 쓰기 시작했으나 미완성으로 남음. 이후 이 년 동안 학교의 엄격한 규율 때문에 단 세 편의 시만을 남김.
1834년	근위 기병 연대의 장교가 됨.
1835년	바르바라 로푸히나가 바흐메체프의 아내가 되자 상심함.
1836년	희곡 『가면무도회』를 완성. 소설 『리고프스카야 공녀』 집필 시작.
1837년	푸슈킨의 죽음을 애도하는 시 「시인의 죽음」을 발표. 이로 인해 카프카스 주둔으로 좌천되어 스타브로폴에 도착. 건강이 악화되어 퍄치고르스크 병원으로 이송됨. 이곳에서 벨린스키 등을 만남. 아나파에 주둔하던 소속 부대로 가던 중에 타만에서 뜻하지 않게 지체됨. 이곳에서의 경험이 훗날 『우리 시대의 영웅』 중 「타만」의 소재가 됨. 또한 스타브로폴 등지에서 제카브리스트들과 만남.
1838년	외할머니의 탄원으로 사면되어 페테르부르크로 돌

아옴. 이때에는 이미 시인으로서 입지를 굳힌 뒤였음. 소설 『리고프스카야 공녀』 탈고의 어려움을 토로. 페테르부르크의 근교에서 바르바라 바흐메체바와 마지막 만남을 가짐. 페테르부르크의 수많은 무도회에 참석하여 상류사회에 대해 깊이 알게 됨.

1839년   중편소설 『벨라 — 어느 장교의 카프카스 비망록』 발표. 카람진의 자택에서 『우리 시대의 영웅』 일부를 낭송. 중편소설 『슈토스』 집필 시작. 중편소설 『숙명론자』를 발표.

1840년   시 「지루하고 서글퍼」를 발표. 소설 『타만』 발표. 『우리 시대의 영웅』 출판. 프랑스 공사의 아들 바랑트와 벌인 결투로 인해 다시 카프카스로 추방됨. 시집을 두 권 출판.

1841년   『우리 시대의 영웅』 재판 허가받음. 「타마라」 「예언자」 등 일련의 시를 집필. 「악마」의 여덟 번째이자 마지막이었던 원고 완성. 요양차 간 퍄치고르스크에서 학교 동기였던 마르티노프 소령과 벌인 결투로 치명상을 입고 사망.

세계문학전집 **228**

우리 시대의 영웅

1판 1쇄 펴냄 2009년 10월 26일
1판 16쇄 펴냄 2023년 3월 14일

지은이 미하일 레르몬토프
옮긴이 오정미
발행인 박근섭, 박상준
펴낸곳 (주)민음사

출판등록 1966. 5. 19. (제 16-490호)
서울특별시 강남구 도산대로1길 62(신사동) 강남출판문화센터 5층 (우편번호 06027)
대표전화 02-515-2000 팩시밀리 02-515-2007
www.minumsa.com

© 오정미, 2009. Printed in Seoul, Korea

ISBN 978-89-374-6228-3 04800
ISBN 978-89-374-6000-5 (세트)

세계문학전집 목록

세계문학전집은 계속 간행됩니다.